취적취무 吹笛吹舞

설봉 新무협 판타지 소설

FANTASTIC ORIENTAL HEROES

취적취무 6
설봉 新무협 판타지 소설

초판 1쇄 찍은 날 § 2011년 9월 26일
초판 1쇄 펴낸 날 § 2011년 10월 4일

지은이 § 설봉
펴낸이 § 서경석

편집부장 § 권태완
편집책임 § 주소영

펴낸곳 § 도서출판 청어람
등록번호 § 제1081-1-89호
등록일자 § 1999. 5. 31
어람번호 § 제2-2157호

주소 § 경기도 부천시 원미구 심곡2동 163-2 서경B/D 3F (우) 420-822
전화 § 032-656-4452 팩스 § 032-656-4453
http://www.chungeoram.com
E-mail § chungeoram@chungeoram.com

ⓒ 설봉, 2011

ISBN 978-89-251-2639-5 04810
ISBN 978-89-251-2518-3 (세트)

※ 파본은 구입하신 서점에서 교환하여 드립니다.
※ 저자와 협의하여 인지를 붙이지 않습니다.
※ 이 책은 도서출판 청어람과 저작자의 계약에 의해 출판된 것이므로,
   무단 전재 및 유포·공유를 금합니다.

6

진기도주(趁機逃走)
틈을 노려 탈출하다

취적취무
醉笛醉舞

한 잔 술에 취해 곡조 없는 피리를 분다.

술기운을 빌어 흥겨운 가락에 몸을 맡긴다.

취하자, 춤추자.

오늘 하루만, 이 시간만이라도 그저 취하고 웃어보자.

설봉 新무협 판타지 소설

FANTASTIC ORIENTAL HEROES

目次

第五十一章	여해(厲害)	7
第五十二章	창공(蒼空)	39
第五十三章	조직(組織)	73
第五十四章	백공(百功)	107
第五十五章	출산(出産)	141
第五十六章	조정(調整)	175
第五十七章	기상(起床)	211
第五十八章	배자(背刺)	243
第五十九章	탕양(蕩漾)	269
第六十章	추핍(追逼)	295

第五十一章
여해(厲害)

1

지금! 지금? 지금 뭘 하라는 말인가!
할 수 있는 사람은 무엇이든 한다.
할 것이 없는 사람도 있다. 신산조랑이 '지금!'이라고 한 말을 들었어도 쏟아지는 흙더미를 피하기 위해 최대한 몸을 움츠리는 일밖에 할 것이 없다고 생각한 사람도 있다.
거의 대부분이 후자다.
자연이 분노할 때, 인간은 한낱 벌레가 된다.
아무것도 할 수 없다. 무력하게 당하는 수밖에 없다. 그나마 할 수 있는 것이라고는 재앙으로부터 최대한 멀리 도주하는 일이다. 화를 피할 수 있는 곳까지 도망가면 살고, 그런 곳이 없으면 재앙에 휩쓸린다.

당우는 전자다.

신산조랑이 '지금!'이라는 말을 했을 때, 실은 그녀가 그런 말을 하기 전에 자신이 무엇을 해야 하는지 알고 있었다.

치검령이 초령신술을 펼쳐서 동혈을 읽으려고 했다. 어화영이 안공을 펼쳐서 초령신술의 물결을 지켜봤다. 그때, 당우도 그와 비슷한 일을 했다.

전체가 된다.

이것은 편마가 그에게 가르쳐 준 가장 큰 가르침이다. 사부의 모든 것을 흡수할 수 있는 가장 좋은 방법이다. 범인(凡人)이 천재 소리를 들을 수 있는 고도의 집중법이다.

그러면 왜 많은 사람들이 전체가 되지 못하는가!

집중 때문이다. 전체는 고도의 집중법이지만, 자연발생적으로 이루어져야 한다. 인위적인 집중으로는 절대로 전체가 되지 못한다. 될 수가 없다.

자연은 집중하지 않는다.

물은 집중해서 흐르지 않는다. 그저 흐른다. 바람도 집중하지 않는다. 들판에 자라는 곡식들로 열매를 맺고자 집중하지 않는다. 그러나 곡식은 자란다.

이것을 이해하면 전체가 될 수 있다.

특정한 사람만 할 수 있는 게 아니다. 누구나 할 수 있다.

그러면 다른 사람은 왜 못하는가? 할 수 있다. 자기 스스로 하지 않을 뿐이다.

가만히 앉아서 듣기만 하라. 느끼기만 하라. 들리는 것이 있으면 듣는다. 하지만 억지로 들으려고 하지는 않는다. 느껴지는 것이 있으면 느껴라. 다만 억지로 느끼려고 하지 마라.

간단하다. 누구나 전체가 될 수 있다.

당우는 동혈 벽면을 더듬으면서 동혈과 전체가 되었다. 동혈의 말을 들었다.

자연은 많은 말을 한다.

바람이 불 때 소리를 낸다. 풀벌레 울음소리도 있다. 물소리, 새소리…… 모든 게 자연이 내는 소리다.

한 가지, 한 가지를 떼어놓고 들으면 자연의 소리가 아니다. 물이 내는 소리요, 새가 우짖는 소리다.

새가 산에서 우짖으면 자연의 소리가 된다.

같은 소리라도 새를 새장 안에 가둬놓고 들으면 새소리밖에 되지 않는다.

일부를 듣느냐 전체를 듣느냐는 마음을 얼마나 넓게, 깊게 풀어놓느냐의 차이일 뿐이다.

당우는 바위 소리를 듣지 않았다. 흙이 갈라지는 소리, 진동이 일어나는 소리도 듣지 않았다.

그는 암동 전체의 소리를 들었다.

만정은 호로병 구조였다. 여기에 활로가 있다. 지하 백 장 깊은 곳에 호로병 형태의 공간이 마련되기 위해서는 전제 조건이 있다. 사방을 형성하고 있는 벽이 단단해야 한다.

보통 단단해서는 안 된다. 집채만 한 바위들이 차곡차곡 쌓여 있을 때나 호로병 형태를 띠고도 무너지지 않는다.

여해(厲害)

그만한 크기의 바위들이라면 화염탄에 부서지지 않는다. 흔들리고, 갈라지고, 무너져 내릴지라도 일부분이 떨어져 나가는 것이지 바위 전체가 가루가 되지는 않는다.

바위는 여전히 남아 있다. 다만 호로병 구조가 무너졌을 뿐이다. 즉, 머리 위에는 큰 바위들이 차곡차곡 쟁여져 있으리라.

이 생각이 맞아야 한다.

그럴 경우, 진동을 일으키면 바위와 바위 사이를 채워놓은 흙이 떨어져 나간다.

동혈을 메울 듯이 쏟아지는 흙들이 바로 거기서 나온다.

당우는 흙들이 움직임을 시작할 때부터 그 소리를 들었다. 계속 듣고 있었다. 그래서 신산조랑이 '지금!' 이라는 말을 했을 때, 그 말의 의미가 무엇인지 즉시 깨달았다.

쉐엑!

녹엽만주를 펼쳤다.

진기가 실리지는 않았지만 평소 수련하던 대로 몸을 빠르게 회전시켜서 가속도를 붙였다. 그러면 뻗어나가는 채찍에도 탄력과 힘이 붙는다.

금잠사 채찍이 갈라지는 암벽 사이를 뚫고 들어갔다.

츄욱! 쉐에엑! 촤악!

채찍이 쏟아지는 흙을 밀쳐 냈다.

구구구구궁……!

한차례 격렬하게 몸부림치던 진동이 진한 여운을 남기면서 가라앉았다.

　모두들 몸을 웅크린 채 동혈이 화를 식힐 때까지 기다렸다.

　흙먼지가 좁은 공간을 휩쓸고 있다.

　숨을 들이쉴 때마다 흙 한 줌씩 씹어 먹는 느낌이다. 손으로 코와 입을 막고 최대한 숨을 참고 있기는 한데 흙먼지는 좀처럼 가라앉을 기미가 보이지 않는다.

　이번 진동으로도 활로는 열리지 않았다. 예전에 비해서 변한 게 전혀 없다. 아니, 있다. 달라진 것은 있다. 전에는 그래도 다리는 뻗을 수 있는 공간이 있었는데, 지금은 몸을 돌리기도 어려울 정도로 비좁다.

　동혈이 뒤틀리기는 했지만 사방이 꽉 막힌 것은 다를 바 없다.

　완전히 무너지지 않은 게 기적이랄까? 하기는 지하 백 장 깊이에서 사람이 발길질 몇 번 했다고 활로가 열리겠는가.

　애당초 어림없는 짓이었다.

　괜히 동혈의 화만 북돋워서 그마나 온전하던 공간마저 비틀어 버린 꼴이 되었다.

　하지만 사람들의 눈에는 희망이 번뜩였다.

　"지금 그게 뭐야?"

　어화영이 물었다.

　"길이요."

　"길……."

　"길!"

　모두 바위틈에 틀어박힌 채찍을 쳐다봤다.

채찍은 폭풍에 휩쓸렸다. 광란의 일부가 되었다. 흙의 쏠림을 휘젓고 나아가다가 그 속에 함몰되었다.

채찍은 단순한 헝겊이 아니다. 질기디질긴 금잠사로 짜였다. 커다란 바위들의 짓이김을 능히 견뎌낼 수 있다.

"이게 소용 있을까?"

어해연이 말했다.

그녀도 희망에 들떠 있는 것은 마찬가지다. 지금은 아무것도 할 수 없었을 때와는 분명히 다르다.

"바위군만 지나가면 흙이 나올 거예요."

신산조랑이 말했다.

"흙은 생각하지 말고, 그냥 석림(石林)을 지나간다고 생각하세요."

"어떻게 흙을 생각하지 말란 말이야? 손가락으로 건드리기만 해도 파묻힐 판인데."

"단단히 다져야죠."

"다진다……."

치검령이 부스러진 흙을 만지작거렸다.

"흙을 파내서 발아래에 꾹꾹 눌러 다져요. 무너지지 않게. 흙으로 굴을 만든다 생각하고 다져요. 그러면서 앞으로 나가는 거예요. 우린 뚫고 나갈 수 있어요."

신산조랑이 자신있게 말했다.

그녀는 육십 노파다. 하지만 만정에 들어온 이후 늙지 않았다. 말을 하지 않고 살아왔다. 침묵 속에서 만정에 들어왔을 그 당시의 그녀로 살아왔다.

몸은 늙었을지언정 말이나 행동거지는 사십대 중반의 여인처럼 행동한다. 왠지 어색하다. 안 맞는 옷을 입고 있는 느낌이다. 하지만 아무도 그런 점까지는 신경 쓰지 못하고 있다.

지금은 노인이 아이처럼 칭얼거려도 신경 쓰지 않는다. 백 장 깊은 지저에서 하늘을 향해 뚫고 올라간다. 어쩌면 진시황(秦始皇)이 만리장성(萬里長城)을 쌓는 것보다 더 지독하고 험난한 대공사가 될지도 모른다.

아니다. 사실대로 말하면 아무도 하늘을 볼 수 있다고 생각하지 않는다. 그저 할 일이 생겼다는 것, 그것이 탈출이라는 점에 행동을 같이할 뿐이다.

식량이 없다. 물도 없다. 끊임없이 흙을 파내야 한다.

이런 악조건 속에서 며칠이나 견딜 수 있을까?

앞에서 파낸 흙을 뒤에 묻는 방식…… 자신들이 거주하는 공간 자체를 앞으로 밀어 올리는 방식이다.

조건이 너무 나쁘다. 해야 할 일이 너무 지난(至難)하다.

흙만 파내도 힘들다. 하물며 공간을 이동시켜야 한다는 것은 두 번, 세 번 생각해도 미친 짓이다.

그래도 희망을 가질 수 있는 것은 숨을 쉴 수 있다는 한 가지 사실 때문이다.

공기가 소진되고도 남을 시간이다. 그런데도 호흡에는 전혀 이상이 없다. 즉, 공기구멍을 찾을 수는 없지만 한 줄기 공기구멍이 지상에서부터 백 장 지하까지 연결되어 있다.

이곳을 찾아내야 한다. 공기가 어디서 불어오는가. 공기구멍이 어떻게 연결되어 있는가. 공기구멍을 찾지 못한다면 한 걸음도 움직이지 못한다.

공간을 이동시킨다. 그러는 와중에 공기구멍을 막을 수도 있다. 앞에서 퍼온 흙을 뒤에 밀어서 다진다. 그런 과정 속에 구멍을 막아버린다면 끝장이다.

당우가 그 구멍을 찾아냈다.

길……. 채찍이 공기구멍을 가리키고 있다.

다른 곳을 파면 안 된다. 오직 채찍이 가리키는 곳으로 파 들어가야 한다.

채찍 끝에 이르면 어떻게 되는가?

신산조랑은 바위군만 지나면 흙이 나온다는 말로 설명했다.

공기구멍을 찾을 수 없는 바위군만 지나면 그다음은 수월해질 것이라는 뜻이다.

"해보지. 한순간이 아깝잖아."

추포조두가 자신이 밟고 있는 흙부터 단단하게 다졌다.

바위군이 존재하는 건 맞다.

크기를 알 수 없는 바위들이 수북이 쌓여 있다.

머리 위도 바위고, 발밑도 바위다. 사방이 온통 바위들뿐이다. 말만 들은 게 아니다. 멀리서 눈으로 보는 것도 아니다. 온몸으로 바위를 스치며 지나간다.

흙을 파낼 때는 무척 조심스럽다.

자칫 바위가 짓누르기라도 한다면 그대로 압사(壓死)당한다.

앞으로 나아갈 수 없을 만큼 공간이 비좁을 때도 있다. 몸이 커서 지나갈 수 없다면 남아야 한다. 그 문제는 누구도 해결해 줄 수 없다. 팔다리를 잘라서라도 지나가야 한다.

채찍 끝까지 다다르는 데 세 번을 잤다.

체력이 빨리 소진된다는 점을 감안하면 약 이틀 정도가 경과한 것 같다.

채찍을 최대한 늘였을 때 삼 장 길이가 나온다.

바위군을 따라 구부러지고 휘어진 점을 감안한다면 이 장에서 이 장 반 정도의 거리밖에 안 된다.

하루에 일 장을 나아간 셈이다.

이 상태 그대로 지상까지 지속된다면 하늘을 보는데 백 일 이상이 걸린다.

'틀렸어!'

실망감을 입 밖으로 드러내지는 않았다. 하지만 더 움직일 기력도 없었다.

당우는 채찍을 둘둘 말아서 허리에 감았다.

"바위들은 지나쳐 온 거요?"

"네."

"그 말…… 말 좀 어떻게 할 수 없소? 네, 알겠습니다. 그러겠습니다. 다 늙은 노인네한테 꼬박꼬박 존대를 받자니 온몸에 두드러기가 돋는 느낌이야."

"익숙해지셔야지요."

"난 그거 익숙해지지 않는다니까."

"나중에…… 이곳을 벗어나면 제가 왜 존대를 할 수밖에 없는지 이유를 설명해 드리겠습니다. 하지만 빠져나가지 못하고 죽는다면 궁금증도 풀지 못하겠죠? 그러니 빨리 공기구멍이나 찾으세요."

"내 참 미치겠네."

당우는 투덜거리며 손으로 흙을 더듬었다.

바위군을 지나왔다. 하면 앞으로는 진동을 지극히 조심해야 한다. 바위들이 있을 때는 서로 흔들어서 균열을 만들어줬지만, 흙만 있는 곳은 폭삭 주저앉는다.

흙을 앞에서 파내 뒤에 메우는 작업도 조심스럽게 진행해야 한다.

그들은 지지목을 사용하지 않는다. 나무를 구할 수도 없을 뿐더러 그럴 만한 공간도 없다.

발 한 번만 잘못 굴려도 끝장이다.

"흠……"

눈을 감고 손끝에 사랑스런 느낌을 담아서 흙을 쓰다듬는다.

자연의 근본은 사랑이다. 파괴가 아니다. 파괴가 일어나기도 하지만 그 후에는 더욱 찬란한 사랑이 일어난다.

산이 무너지는 것을 사람은 산사태라고 한다. 하지만 자연은 산사태라는 말을 쓰지 않는다. 그냥 일어날 일이었기 때문에 일어났을 뿐이다.

사랑스런 마음으로 자연을 보면 지금까지 보던 것과는 전혀 다른 세상이 나타난다.

파르르르……!

손끝이 떨린다. 개미가 손등을 기어간다. 천번지복(天飜地覆)이 일어날 때, 지상에서 떠밀려 온 나무뿌리도 감지된다.

공기가 어떻게 지하 백 장까지 스며든 걸까?

그들은 당연히 죽었을 사람들이다. 백 중 백 죽어야 했을 사람들이다. 그런데 살아 있다. 기적이다.

푸석푸석하던 흙이 젖은 흙이 되었다.

축축하다고 느낄 정도는 아니다. 물기가 거의 느껴지지 않는다. 하지만 분명히 젖어 있다.

"물……."

"하하하! 네가 제일 먼저 물 타령을 할 줄은 몰랐는데. 너 예상외로 약골이구나."

치검령이 웃었다.

"물……."

당우는 치검령의 말을 무시하고 손에 닿는 감촉을 말했다.

사실 그가 한 말을 듣지 못했다. 아무 소리도 들리지 않았다. 많은 사람들이 있지만 그들의 존재를 전혀 느끼지 못했다. 그가 느끼고 있는 것은 오직 흙뿐이다.

"쉿!"

어해연이 치검령에게 조용히 하라고 눈짓을 보냈다.

그제야 사람들이 바싹 긴장했다.
당우가 말했다. 물!
물이 있는가! 물이 있다면 한 달 정도는 버틸 수 있다.
이대로는 길어야 십 일을 버틸 뿐이다. 그것도 최대한으로 늘려 잡은 것이다.
"물······. 물이 있군요."
당우가 흙을 만지면서 말했다.

기쁨과 걱정이 동시에 찾아왔다.
물이 있다는 것은 분명히 좋은 일이다. 하지만 지하 백 장 깊이에서 물기를 느꼈다는 건 나쁘다. 아주 나쁜 경우다. 그건 머리 위로 수맥(水脈)이 흐른다는 뜻이다.
거대한 물길이 존재한다.
지상으로 흐르는지, 아니면 지하로 흐르는 지하 수맥인지는 모르지만 상당히 많은 물이 흐른다.
물이 공기를 잡아왔다.
물길이 흐르면서 공간이 열렸고, 그 사이로 공기가 스며든다.
예전에는 이런 물길이 없었다. 만정 옥졸들조차 물을 길어다 먹을 정도였다.
만정은 지하수가 없는 퍽퍽한 땅에 세워졌다. 그런데 화염탄이 모든 것을 바꿨다. 만정을 붕괴시킨 강력한 폭발이 주변 지형을 완전히 뒤바꿔 버렸다.
어떻게 해야 하나? 젖은 흙을 파 들어가야 하나 아니면 다른 곳으로 방향을 틀어야 하나.

분명한 사실들이 있다.

젖은 흙을 파지 않고 방향을 튼다면 곧 공기가 끊긴다는 점이다.

젖은 쪽으로 파 들어가야 한다. 선택의 여지가 없다.

또 분명한 사실이 있다. 젖은 쪽으로 파 들어가면 반드시 붕괴된다는 것이다.

함몰을 각오해야 한다.

지하수의 물길은 어디로 흐르는가? 강으로 흘러가나 바다로 가나. 아무 데도 가지 않는다. 지하 수맥은 물길이나 사람이 만질 수 없는 물길이다.

둥글게 파면 물이 고인다. 하지만 파지 않으면 젖어 있을 뿐이다.

그런 경우를 생각해야 한다.

"휴우!"

가급적이면 실망감을 드러내지 않으려고 했지만 자신도 모르게 한숨이 새어 나온다.

"제가 길을 열죠."

당우가 석도로 흙을 파기 시작했다.

어차피 선택의 여지가 없지 않은가. 그것도 전혀! 전혀 없지 않나.

"옆으로, 옆으로 파세요."

"옆으로 파면 무너질 것 같은데?"

"아뇨. 그쪽이 더 위험해요. 각이 안 나와요."

신산조랑이 당우 옆에 바짝 달라붙었다.

당우는 그녀가 시키는 대로 흙을 팠다.

그의 판단보다 신산조랑의 지식이 더 뛰어나다. 그가 느낀 감각보다도 신산조랑의 치밀한 셈법이 더 탁월하다.

당우는 자연을 완전히 읽지 못한다. 약간 맛만 볼 정도다. 반면에 신산조랑의 셈법은 병법에 기초한다. 토목기관술(土木機關術)에 의존한다.

그녀는 야광주의 푸른빛만 의존해서 각을 잡아낸다.

굴을 만들 줄 모르는 인간들이, 한 번도 만들어본 적이 없는 인간들이 절체절명의 상태에서 발악을 한다.

그녀는 그들의 발악이 무너지지 않도록 최선을 다한다.

당우가 길을 찾아내고, 그녀가 단단하게 굳힌다.

토목에 관해서 무지한 사람들이 이만큼이나 굴을 뚫고 나올 수 있었던 것도 그들 덕분이다.

"한 이십 장 뚫었나?"

치검령이 말했다.

"그것밖에 안 돼? 내 느낌으로는 더 되는 것 같은데."

추포조두가 웃으면서 받았다.

"난 그것도 많이 잡은 건데. 후후! 우린 셈법이 다르군."

"같을 수가 없지. 같았다면 한 곳을 바라보고 있었겠지."

"후후!"

치검령이 쓴웃음을 흘렸다.

그들은 세상을 보기 전에 은가부터 봤다.

세상 사람들에게는 부모형제가 있다. 가족이 있고, 집이 있으며, 이웃들이 있다.

그들은 그런 점을 보지 못했다. 칼을 봤고, 죽음을 봤고, 죽여야 할 자들만 보면서 자랐다. 세상 사람들이 늘 보던 것을 보게 되기까지는 이십 년 이상의 세월을 보냈다.

한 사람은 풍천이 온 세상의 전부다. 또 한 사람은 적성에서 벗어나지 못한다.

두 사람의 셈법은 항시 다르다. 결코 같을 수가 없다.

"받아."

추포조두가 당우가 파낸 흙을 치검령에게 건넸다. 그때,

구구구구궁!

머리 위, 아득한 곳에서 미미한 진동이 울리기 시작했다.

"아!"

어화영이 탄식했다.

그토록 염려하던 일이 드디어 벌어지는 모양이다. 최대한 조심한다고 했건만 붕괴가 일어난다.

이제 겨우 이십여 장을 지나왔을 뿐인데 위에는 아직도 천 근, 만 근, 수만 근 무게의 흙이 짓누르고 있는데.

우르르릉!

진동은 굉음으로 바뀌었다.

동혈에서처럼 지축이 흔들린다. 지진이 일어난 것처럼 얼마 전에 느꼈던 느낌이 고스란히 되살아난다.
"계집아, 이젠 정말 끝인 것 같다. 내가 너무 속 썩였지? 미안."
어화영이 어해연의 손을 잡으며 말했다.
그때, 당우가 허리춤에서 채찍을 풀어 뒤로 넘겼다.
"모두 허리를 감아. 죽더라도 같이 죽어야지. 이리저리 흩어지면 혼자 떨어져 나간 사람만 불쌍하잖아."
그는 자신부터 채찍으로 허리를 감았다.

2

"이거야……"
눈앞에 펼쳐진 광경은 할 말을 잃게 만든다.
한 사내가 말을 잇지 못하고 탄식만 토해냈다.
땅이 뒤집혀서 속을 드러냈다.
그 위로 산불이 휩쓸고 지나갔다. 파룻파룻하던 초목은 모조리 새카만 재가 되었다.
재 냄새가 코를 찌른다.
화마(火魔)는 수마(水魔)보다 훨씬 지독한 것 같다.
이렇게 말하면 수마에 상처를 입은 사람은 벌컥 성을 내겠지만 화마는 모든 것을 태워 버린다. 역사의 한 부분을 잿더미로 만들어 버린다.

"흠!"
다른 사내도 침음했다.
"찾아봅시다."
먼저 말한 사내가 뒤집힌 땅을 이곳저곳 살폈다.
"됐네."
다른 사내가 손을 저었다.
"그럼 이것으로 끝난 겁니까?"
"끝났네."
"후회하지 마시고 깊이 살펴보시지요."
"휴우! 됐네. 하늘이 돕지 않고서야 어떻게 이런 폭발에도 살아날 수 있겠나. 지하 백 장……. 후후! 도저히 살아날 수 없는 위치야. 끝난 것으로 하세."
"그럼 수결(手決)을 놓아주시겠습니까?"
"자네들은 감정이 없나?"
"……?"
"이곳에는 자네 사람도 묻혀 있네. 그런데 아무런 감정도 못 느끼는 건가?"
"후후후! 모르시는 말씀입니다."
"무얼 모른단 말인가?"
"이런 광경을 보면 희망이 샘솟습니다. 혹시 살아 있을 수도 있겠구나. 죽었으면 어쩔 수 없고요. 검을 품고 살아가는 인생이 오죽하겠습니까?"
"검에 맞아 죽는 것보다는 낫다는 말이군."

"시신 확인도 여러 번 했죠."

"그렇겠어."

말을 마친 사내는 앞에 펼쳐진 종이에 손바닥 도장을 찍었다.

"이러면 된 건가?"

"됐습니다. 이것으로 천검가에서 의뢰한 치검령 사건은 완전히 종결됐습니다. 다시 한 번 확인해 보시겠습니까?"

"허어! 됐다니까."

"지금 비주님께서 수결한 것은 천검가주님의 권한 대행입니다. 확실히 알고……."

"알고 있어, 알고 있어, 알고 있다니까. 허어! 그 사람 참 지독하군. 다 알고 있다는데도 그러나."

"원래 절차가 그렇습니다."

사내는 수결한 종이를 곱게 접어 품에 찔러 넣었다.

"그런데… 저쪽에도 사람이 있는 것 같군."

비주, 묵비 비주가 황량한 들판 한 구석을 쳐다봤다.

그곳에 자신처럼 잿더미를 뒤지는 두 사람이 보였다.

"한 사람은 적성비가의 무인입니다. 이런 자리에서 종종 본 자인데, 일처리 하나는 상당히 꼼꼼합니다. 다른 사람은 아마도 검련제일가 무인이겠죠."

"자네들 서로 아나?"

"네. 안면은 익히고 있습니다."

"괜찮나? 풍천소옥과 적성비가는 앙숙이라던데."

"비주답지 않으신 말씀입니다. 이미 우리에 대해서 소상히 파악하고 계시지 않습니까?"
"그런가? 하하하!"
비주가 웃었다.

"어떻게 하시겠습니까?"
"종결하지."
"그럼."
적성비가 은자가 풍천소옥 은자처럼 종이를 내밀었다.
그곳에는 이번 백석산 사건에 대한 의뢰를 종결한다는 내용이 빼곡하게 적혀 있었다.
검련제일가 무인이 수결했다.
"지금 중원에는 벽사혈이 떠돌고 있습니다. 이제 그녀에게 연락을 취해서 사건 종결을 말하겠습니다. 괜찮습니까?"
"괜찮네."
"그럼 백석산 사건은 종결된 것으로 알겠습니다. 그리고… 이건 제 권한이 아닙니다만 현재 검련제일가의 추포조두 자리가 비어 있습니다. 다른 사람을 천거할까요?"
"후후후! 염치가 없군."
"……?"
"자네들은 이번 일을 제대로 마치지 못했어. 백석산 살인사건을 의뢰했는데 건진 게 뭔가? 아무것도 없지 않나. 그런데 추포조두가 죽었다고 연락을 취해와? 내 많은 은가를 알고 있지만 적성비가처럼 뻔뻔한 은가는 처음이네."

"알겠습니다. 죄송합니다."

적성비가 은자는 머리를 숙였다.

사내는 두 번 다시 만나지 않을 사람처럼 냉정하게 뒤돌아섰다.

은자는 다른 쪽에 있는 풍천소옥 은자를 쳐다봤다.

사실 이런 만남은 흔치 않다. 양쪽에서 고객을 데리고 나와 한자리에서 만나는 경우는 거의 있을 수 없다.

그들은 거의 대부분 오고 가다 만난다. 현장에서 고객을 동반하고 만나는 일은 그들조차도 어색하다. 이번에는 천검가도 검련 본가도 숨길 것이 없기 때문에 이런 만남이 가능해졌다.

그들끼리는, 검련끼리는 숨기는 게 거의 없다.

아니다. 숨긴다. 숨기지 않는 척하면서 숨기고, 숨기는 척하면서 드러낸다.

종잡을 수 없는 자들이다.

이번 일은 드러냈다.

투골조 사건, 백석산 사건은 안으로 꽁꽁 숨겼다. 하지만 검련 본가에서 적성비가 무인을 썼다는 것, 천검가에서 방어하기 위해 풍천소옥 무인을 썼다는 것은 은연중에 드러냈다.

굳이 숨길 일이 아니라는 뜻인가? 서로가 알고 있는 일이기에 드러내도 괜찮다는 것인가?

천검가에서 풍천소옥 무인에게 일을 맡겼다는 것, 당우를 죽이라는 것은 비리를 인정하는 것과 같다.

그래, 천검가 공자 중에 한 명이 투골조를 수련했다. 너희가 조사를 나온다니 우리가 처리하겠다. 처음부터 일어나지 않은 일처럼 깨끗하게 말살시켜 놓으마.

만정 사건은 그와 반대되는 경우다.

만정? 마인들을 가둬놓은 곳? 하하! 우리가 하는 일을 알고 있다는 겐가?

맞다. 이곳에 귀영단애의 은자를 넣어왔다. 그들이 모종의 일을 하고 있다. 류명이 만정을 폭파시켰나? 미로진을 돌파하고 옥주를 죽였나? 그럼 일반인…… 마인들에게 먹이로 던져질 자도 봤나? 그들까지 죽였다고 들었다. 괜찮다. 다 인정하고, 이해하마.

그들이 서슴없이 한자리에 모였다는 것은 이런 사실들을 인정하고 있는 것과 마찬가지다.

참으로 이해할 수 없는 사람들 아닌가.

하나 적성비가 무인은 그런 데 신경 쓸 정신이 없었다. 오늘 같은 경우가 그를 심란하게 만든다.

풍천소옥은 일을 깨끗하게 끝냈다.

치검령이 맡은 일은 천검가와 투골조 사건의 분리다.

그 일을 하기 위해서 여러 가지 일을 했다. 당우를 죽이는 것도 뒤끝을 깨끗이 하기 위한 일련의 조처 중 하나다. 당우만 죽이면 그의 일은 깨끗하게 매듭지어진다.

그는 묵비 비주를 데리고 나타났다. 치검령이 일을 잘했다는 수결을 받았다.

이로써 풍천소옥은 무패의 전적을 이어간다.

그런 부분에서 풍천소옥과 적성비가는 항상 선두를 다퉈왔다.

무패의 전적을 가진 은가가 그들만 있는 건 아니다. 다른 은가도 있다.

풍천소옥과 적성비가가 그들과 분리되어서 서로를 앙숙으로 여긴다. 서로를 가장 경계해야 할 상대로 생각한다. 그것은 두 은가가 은가에서 차지하는 비중 때문이다.

두 은가가 맡은 일은 전체 은가가 맡은 일의 절반에 해당한다.

상당히 많은 일을 맡고 있다. 그리고 무패를 자랑한다. 단 한 번도 오점을 남기지 않았다.

풍천소옥은 이번에도 일을 마무리했다.

치검령이 살았든 죽었든, 당우가 매몰되었든 빠져나갔든 상관없다. 그들은 고객의 수결을 받았다. 당우가 본격적으로 투골조를 수련한 후에 천검가를 찾아와 따진다고 해도 할 말이 없다. 그때 왜 당우를 죽이지 못했냐고 따지지 못한다.

수결을 받는 순간에 맡은 임무가 끝난다.

고객은 수결을 하기 전에 암중에 숨겨놓은 음모가 있는지 살펴야 한다.

치검령이 일부러 당우를 살려두었을 수도 있다. 그를 뒤로 빼돌렸을 가능성도 완전히 배제하지 못한다.

이런 부분을 확인시키기 위해, 그리고 확인하기 위해 고객과 함께 최후의 현장을 답사한다.

죽음으로 끝나는 경우에는 답사할 필요도 없다. 그때는 결과만 알려주는 것으로 끝난다.

수결은 이번처럼 끝을 확인할 수 없을 경우에, 그리고 서로가 신경 쓸 필요가 없을 경우에 임무에서 해방되고자 요청한다.

물론 요청을 들어주면 다행이지만, 그렇지 않아도 어쩔 수 없다. 수결을 해주지 않겠다고 하면 임무는 평생 동안 지속된다. 은자가 죽었을 경우에는 평생을 다한 후에도 결과가 나타나지 않을 것이다.

풍천소옥은 수결을 받았다. 다른 때처럼 무패의 전적을 확인하면서 일을 끝냈다.

반면에 적성비가는 실패를 인정했다.

추포조두가 한 일은 은가의 치욕이다. 그는 아무것도 알아내지 못한 채 죽었다. 그리고 사건은 이대로 종결짓는다. 그가 차후에 다시 나타나서 백석산 사건의 전모를 밝힌다고 해도 잃어버린 신뢰는 회복되지 않는다.

적성비가는 오점을 떠안았다.

절대은가에서 이류(二流)로 떨어졌다.

단 한 번의 오점이지만 그 여파는 상당하다. 앞으로 특급에 해당되는 일은 풍천소옥으로 쏠릴 게다. 일거리를 적성비가에 가져온다고 해도 가격을 절반 이하로 후려칠 게다.

오점의 영향력은 상당하다.

추포조두, 묵혈도, 벽사혈……. 이 세 명이 만들어놓은 작품

치고는 상당하지 않은가.

은자는 뒤돌아 걷는 검련제일가의 무인을 쳐다보면서 수결이 찍힌 종이를 수습했다.

그때, 무인이 뒤돌아서며 말했다.

"이곳을 폭파시킨 곳, 적성비가인가?"

"은자가 하는 일은 사문에서 간여하지 못합니다. 누가 어디서 무슨 일을 했는지 알지 못합니다."

"후후! 진심인가?"

"진심입니다."

"은자들은 거짓말도 능숙하군."

"……."

"하나만 묻지. 은가는 상당한 돈을 벌어들인다. 해마다 만석지기 한 명씩은 탄생시키고 있어. 그 많은 돈을 벌어서 어디에 쓰는 건가? 창고에 쌓아놓지는 않았을 게고."

"제가 알 수 없는 부분입니다."

"가주를 만날 기회가 없을 것 같아서 하는 말이네만…… 자중하라 하시게."

"……."

"그렇게 벌은 돈들…… 돈이 안 되는 일에 쓰겠지. 이번에 그런 일을 시작한 듯하네만 솔직히 이것도 그런 일 중에 하나 아닌가? 하하! 마사. 그 여자 이름이 마사라고 들었네만."

"……."

"자중하지 않으면 큰코다칠 터. 쯧!"

검련제일가 무인이 잿더미 속을 걸어갔다.

은자의 눈에 기광이 번뜩였다.

검련제일가는 물속에 잠겨서 움직이지 않는 용(龍)이다. 잠자고 있는 호랑이다.

검련제일가는 좀처럼 움직이지 않는다.

검련의 모든 문파들이 활발하게 영역을 확대하고, 분타를 건립하고 있는 마당에 검련제일가만은 고요한 산사처럼 조용하다.

하지만 모든 걸 보고 있다.

움직일 정도로 큰 일이 아니니 움직이지 않겠다는 듯, 조용히 지켜보기만 한다.

그들은 만정이 폭파되었는데도 잠잠하다. 아직도 움직일 때가 아니라고 생각한다. 마치 손자의 재롱을 즐기는 할아버지처럼 뒤에서 웃고 있다는 느낌이 든다.

마사를 알고 있다. 마사와 류명이 만정을 폭파시켰다는 사실도 알 게다. 어쩌면 적성비가에서 은자를 여섯 명이나 풀었다는 사실도 파악했을지 모른다.

잠자는 듯 누워서 세상을 본다.

검련제일가가 일어서면 폭풍이 몰아친다.

"휴우!"

무인은 긴 한숨을 내쉬었다.

"불렀소?"

잿더미 속에서 음산한 음성이 들려왔다.
"당신들도 수결을 받아야 할 것 같아서."
음성이 들려오지 않는다.
"수결을 해주기 위해서 불렀는데…… 왜? 못마땅한가?"
"수결 같은 건 필요없소. 일이 끝나지 않았으니까."
"주변을 둘러보시오. 이 속에서 살아날 수 있다고 생각하시오? 허! 이건 어떻게 된 게 수결을 쳐주겠다고 해도 거절하나. 적성비가는 자기들이 먼저 수결해 달라고 애원하더만."
"비교(比較) 불가(不可)!"
"하하하! 알았소. 기분이 언짢더라도 수결을 받아가시오. 이건 가주님의 뜻이오."
쉬익!
느닷없이 잿더미 속에서 암기가 날아왔다.
무인은 가볍게 암기를 낚아챘다. 암기에 진기가 실리지 않아서 낚아채는 게 그리 어렵지 않다. 또 어렵게 쏘아낸다고 해도 그 정도에 당할 사람이 아니다.
무인은 비도(飛刀)에 묶인 종이를 풀었다. 그리고 그 위에 수결을 찍었다.
"가져가시오. 이로써 홍염쌍화의 임무는 해제되었소."
무인이 비도에 종이를 끼어 절반쯤 타버린 고목(古木)에 꽂았다.
"우린 만정을 파 들어가고 있소."
"알고 있네."

"그쪽에서 끝났다고 해도 우린 계속할 생각이오."

"그렇겠지. 말리지 않겠네. 지금부터 이곳은 우리 땅이 아니네. 여기서 무엇이 나오든 검련제일가와는 연계시키지 말게."

무인은 답답한 사람을 보았다는 듯 인상을 찡그리면서 말했다.

귀영단애는 잿더미 속을 휘젓고 있다.

고객이 만족한 일이라도 반드시 끝을 보고 마는 귀영단애의 철칙 때문이다.

그들은 홍염쌍화의 시신을 발견할 때까지 백 장이 되었든 이백 장이 되었든 파 들어갈 게다.

그 와중에 마인들의 시신이 발견될 수도 있다.

그 시신들이 세상에 나타나서는 안 된다. 지금처럼 완전히 소멸되어야 한다.

이것이 귀영단애가 폐허를 뒤지는 조건이다.

여기서 무엇이 나타나든 검련제일가와 연계시키지 말라는 말이 바로 그 뜻이다.

조건은 계속 이어진다.

지하에서 벌어진 일은 지하에 묻혀야 한다.

검련제일가의 염려처럼 혹여 살아 있는 사람이 있을 수 있다. 그럴 경우에는 어찌하는가? 귀영단애가 전력을 기울여서 처리해야 한다. 세상에서 은퇴시켜야 한다.

마인들은 당연히 척살한다.

홍염쌍화 역시 척살 대상이다. 그녀들은 지하에 있었다. 그러므로 지하에 묻혀야 한다.

귀영단애가 할 수 있는 것은 그들의 죽음을 확인하는 것뿐이다. 그 이상도, 이하도 용납되지 않는다.

그럴 자신이 있으면 파 들어가라. 그럴 자신이 없거든 쓸데없는 짓 하지 말고 물러서라.

그래도 확인하겠는가?

음침한 음성이 대답했다.

"알아들었소. 염려 마시오. 귀영단애는 죽은 자의 원혼마저 죽이는 곳이오."

"그리고…… 일이 또 있는데."

"가주께 상의하시오."

"가주가 만나주지 않더군."

"홍염쌍화를 너무 싼값에 넘겼다고 몇 번 말씀하신 적이 있소. 아마도 그것 때문인 듯."

"값은 걱정하지 않아도 되는데…… 원한다면 끝난 일이지만 홍염쌍화의 가격을 더 쳐주겠소."

"귀영단애를 모욕하지 마시오!"

"알았소."

무인이 고개를 끄덕였다.

"꼭 전해주시오. 일 하나 맡아달라고. 이번 일만 처리해 주면… 후후! 귀영단애의 꿈을 이룰 수 있지 않을까 싶소만."

"뭐라고? 꿈!"

"하하하! 많은 사람들이 알고 있는 바를 우리라고 모를 리 있겠소? 분명히 말하리다. 꿈을 이룰 수 있소. 이번 일만 마무리해 주면. 하니 조만간 연락을 취해주시오. 기다리겠소."

무인이 돌아섰다.

"꿈……."

음산한 음성이 나직이 중얼거렸다.

풍천소옥, 적성비가, 천검가, 검련제일가…… 모두 돌아갔다.

휘이잉!

황량한 잿더미 위에 바람이 분다.

화염이 휩쓸고 간 자리에는 아직도 사람이 남아 있다. 다만 눈에 띄지 않을 뿐이다. 어디엔가 몸을 숨긴 채 부지런히 땅을 파 들어가고 있다. 바로 귀영단애의 은자들이다.

"어때? 가능하겠나?"

잿더미 속에서 굵은 음성이 발해졌다.

"힘들겠어. 저놈들 귀가 오직 영민해야지."

"해봐."

"안 된다니까! 너도 눈이 있으면 봐라, 여기서 살아남은 사람이 있겠냐? 안 돼."

"네가 봤을 때, 그 아이의 관상이 요절할 상이디?"

"그거야……."

"슬하에 자식 열 명은 두고 팔십까지는 살겠다. 누가 이런 말을 한 것 같은데?"

"끄응!"

"해봐라."

"저놈들이 있어서 안 된다니까."

"그럼 내가 저놈들을 따돌릴게."

"네가? 킥킥킥! 드디어 네가 미쳤구나. 아님 미쳐가는 중이던가. 이놈아, 저놈들 귀영단애 은자들이야! 추적에 관한 한 달인들이란 말이야. 네놈이 저놈들을 떨쳐? 에구! 저놈들이 쫓아올 생각을 하면 생각만 해도 치 떨린다. 아서라."

"저놈들만 없으면 할 수 있겠어?"

"어렵다니까."

"안 된다는 말은 안 하네?"

"그 말이 그 말이지. 꼭 안 된다는 말을 해야 안 되는 거야? 어렵다니까."

"그래, 어려워도 해."

"이놈, 이거 순 땡깡만 늘어가지고……."

쉐엑!

그가 말을 끝내기도 전, 굵직한 음성의 사내가 신형을 쏘아냈다.

第五十二章
창공(蒼空)

歌曲
舞

1

 그는 땅에 바늘을 떨어뜨린 사람처럼 눈을 부릅뜨고 이곳저곳을 살폈다.
 잿더미에서 회색 먼지가 풀썩인다.
 "그것참……."
 그는 뭔가 일이 풀리지 않는다는 듯 고개를 갸웃거렸다. 찾는 물건이 발견되지 않는 모양이다.
 "그것참… 이쯤에 있을 텐데."
 옥졸들이 살던 거처는 흉물스럽게 변했다.
 쉰 명의 만정 무인은 용광로보다 뜨거운 불길에 형체도 없이 녹아버렸다. 그들이 거주하던 가옥은 흙벽이 약간 남아 있어서 집 같은 것이 있었다는 느낌을 준다.

그는 그곳들을 뒤졌다.

그곳에서 십여 장만 가면 관정이다.

며칠 전만 해도 마인들을 집어넣던 죽음의 구멍이었지만, 지금은 그저 평평한 땅에 불과하다.

"이 근처에 있을 텐데."

지팡이 대용인 나뭇가지로 잿더미를 휘저을 때마다 회색 먼지가 풀썩거리며 피어났다.

흙벽돌을 들어 올린다. 타버린 나무를 치운다.

그는 폐허를 난장판으로 휘젓고 다녔다.

그의 행동은 한두 시진으로 끝날 것 같지 않았다. 무엇을 찾는지 몰라도 찾기 전에는 물러설 기미가 없었다.

쉬익! 쉬익! 쉬이이익!

그의 주변에서 짧은 바람이 일어났다.

자연적으로 일어난 바람이 아닌 것 같다. 섬뜩한 기운이 서려 있어서 뒷목을 서늘하게 만든다. 경각심을 일깨우기 위해서 누군가 인위적으로 만든 바람이다.

"허! 벌써 귀신이 출몰하나?"

그는 눈살을 찌푸렸을 뿐, 놀라지는 않았다.

쉬익! 쉬이익!

사람은 보이지 않고 바람만 일어난다.

귀신이 아니다. 사람이다. 이제는 확실히 사람임을 드러낸다. 공격할 의사가 있음을 확인시킨다. 지금이라도 도주하면 뒤쫓지는 않을 거라고 경고한다.

"그것참 뉘신지 모르지만 귀신 놀음 그만하시오. 거 별로 놀랄 만한 신법도 아니구먼."

"후후후!"

음산한 웃음소리와 함께 키 큰 사내가 걸어나왔다.

"나한테 볼일 있소?"

"뭐하는 거냐?"

"내가 뭘 하든 당신이 무슨 상관이오?"

"후후후! 죽고 싶으냐?"

"제길! 세상에 죽고 싶은 사람이 어디 있다고…… 거 쓸데없는 소리 말고 용건이나 말하시오."

스릉!

키 큰 사내가 검을 뽑았다.

"이거 뭐하는 짓거리야? 너희 도둑이야? 이 새끼들… 어디 도둑질 할 데가 없어서 죽은 원혼이 떠도는 곳에서 도둑질을 해! 내 네놈들의 버릇을 단단히 고쳐주마!"

차앙!

그가 대도(大刀)를 뽑았다.

한데 대도의 모양이 특이했다. 도첨(刀尖)에 삼각형 형태의 보옥이 박혀 있다. 손잡이에 보옥을 박은 경우는 흔하지만 도첨에 박은 예는 없다.

도는 베는 병기다. 또 찌르는 병기다.

칼끝에 보옥이 박혀 있다면 벨 때나 찌를 때나 곤란한 점이 많을 것이다. 아예 처음부터 도첨에 의존하지 않는 도법을 사용한다면 모를까.

"벽옥(碧玉)…… 대도(大刀)!"

키 큰 사내가 놀란 표정을 지었다.

"그럼 네놈이 벽옥수사(碧玉修士)!"

"허! 고놈 참…… 무림을 떠난 지 한참 됐는데 아직도 노부를 아는 사람이 있나? 그런데… 뭐? 네놈? 이런 빌어먹을 놈을 봤나! 모를 때는 그렇다 치고 알면서도 네놈!"

"후후후! 벽옥수사의 명성도 옛날 일이지."

"킥! 저놈들을 믿고 하는 소리면 생각을 바꿔야 할걸?"

그가 품에서 벽옥색 호로병을 꺼냈다.

크기가 손가락만 한 작은 호로병이다.

"이거면 저놈들쯤은 녹일 수 있을 것 같은데, 안 그래?"

"네놈!"

"그런데 뭐 좀 묻자. 너희 누구야? 왜 다짜고짜 나타나서 이 지랄이야? 보아하니 날 아는 것 같지도 않은데……."

키 큰 사내는 벽옥색 호로병을 쳐다봤다.

그 속에는 능히 천 명을 몰살시킬 수 있는 극독(極毒)이 담겨 있다. 부골산(腐骨酸)의 일종으로 약성이 너무 지독해서 몸속에 틀어박힌 활촉까지 녹여 버린다.

죽은 사람까지 죽인다 해서 붙여진 이름이 사인사(死人死).

벽옥수사는 사인사로 하룻밤 사이에 일문을 멸문시켜 버렸다.

그가 호로병을 연다면 주변에 숨어 있는 수하들은 단숨에 한 줌 부액(腐液)이 되고 만다.

"좋소. 물러가지. 뭘 찾는지 몰라도 오늘 하루만 찾으시오. 내일도 이 자리에서 서성이면 사인사고 뭐고 단숨에 짓이겨 버리겠소. 우리에게는 그럴 만한 능력이 있소. 믿는 게 좋을 거요."

키 큰 사내가 검을 거두고 물러섰다.

'휴우!'

그는 남몰래 큰 숨을 들이켰다.

벽옥수사는 너무 큰 특징을 지녔다. 그래서 그를 사칭한다는 건 어린아이 장난에 불과하다.

도첨에 삼각 형태의 보옥을 박고, 벽옥색으로 된 호로병만 준비하면 그의 이름을 빌릴 수 있다.

더군다나 벽옥수사는 무공으로 이름을 떨친 인물이 아니다. 옥병에 든 사인사로 악명을 날렸다.

무공은 이류에 불과하나 사인사는 절대 극독이다.

하나 그가 벌 수 있는 시간은 단 한 시진뿐이다. 한 시진이 지나면 귀영단애 은자들은 다시 모여든다. 그리고 그때는 말도 필요없이 다짜고짜 검부터 들이댈 게다.

하루의 여유를 준다?

허울 좋은 소리다. 목적을 이루기 위해서 수단방법을 가리지 않는 사람들이 은자다.

사인사의 해독약은 널리 알려져 있다.

벽옥수사는 사인사를 남발했다. 주루에서 시비만 걸어와도 사인사를 꺼내 들었다. 그 덕분에 무림인치고 해독약 한두 병 지니지 않은 사람이 없었다.

귀영단애 은자들에게 필요한 것은 이미 알려진 해독약을 공수해 오는 시간뿐이다.

한 시진…… 그 시간이나마 벌어야 한다.

* * *

화천(火天)이라는 문파가 있다.

뇌화문(雷火門), 화극문(火極門)과 더불어서 중원 삼대 화문(火門)으로 군림했던 문파다.

그들은 불을 다룬다.

불을 다루다 보니 폭약도 다룬다.

화천은 수많은 폭약 중에서도 화액(火液)만 다룬다. 그들이 화액을 다루기 시작한 것은 십 년도 채 되지 않는다. 그전에는 다른 문파들처럼 일반적인 폭약을 다뤘다.

그러다가 우연히 화액을 발견했다.

물의 성분을 지닌 화액은 약간의 충격에도 강력한 폭발을 일으킨다. 화액을 땅에 쏟아놓고 발로 힘껏 밟으면 쾅! 하고 터진다. 시신은 찾아볼 수도 없다.

그뿐만 아니라 이 화액은 열에도 약하다.

태양 볕이 이글거리는 연무장 한복판에 내다 놓으면 얼마

지나지 않아서 폭발해 버린다.

  화액은 지나치게 민감한 폭약이다.

  화천은 화액을 발견한 이후 일반적인 폭약을 전부 내던져 버렸다.

  화액에 비하면 화문에서 사용하는 폭약들이란 것은 어린아이 장난감에 불과했다.

  심지에 불을 붙이고 터질 때까지 기다리자니 얼마나 답답한가.

  더군다나 폭약은 심지가 타들어가면서 냄새를 피운다. 목숨을 함께 할 각오가 아니라면 심지를 짧게 할 수 없다. 그러다 보니 냄새를 맡고 찾아와서 지그시 발로 눌러 끄는 경우도 생긴다.

  화문은 강력한 병기를 가지고 있다. 하지만 무림에서는 암기나 독보다 한 수 처지는 것으로 인정된다.

  더군다나 폭약은 불발이 많다.

  기껏 심지에 불을 붙였는데, 터지지 않는다.

  그러면 무인들은 불발된 화약을 가지고 분석한다. 어느 문파에서 만들어진 것인지 즉시 파악해 낸다.

  그다음을 볼 것도 없다. 잔인한 보복이 이어진다.

  불발이 아니라도 보복을 당하는 건 마찬가지다.

  폭약은 반드시 흔적을 남긴다. 화약을 담은 통이 완전히 연소되지 않고 남아 있거나 화약의 성분이 남아 있거나. 열 번에 아홉 번은 흔적을 남긴다.

처절한 보복이 이어지는 것은 당연하다.
　화액은 화문의 부족함을 일거에 날려 버리는 희대의 폭약이었다. 하지만 아주 어려운 문제가 남아 있었다. 화액이 너무 예민하다 보니, 예정에도 없는 폭발이 종종 일어난다는 것이다.
　화천은 봉문(封門)을 선언했다.
　화액을 자유자재로 다루기 전에는 봉문을 풀지 않겠다고 만천하에 알렸다.
　화천은 지금도 봉문 중이다.

　그는 땅의 틈을 찾았다.
　만정에서 사용한 화염탄은 삼대 화문 중 뇌화문의 화탄이다. 그들의 결정체다.
　화염탄은 심지를 필요로 하지 않는다. 충격에 의해서 터지는 당대 유일의 화탄이다. 화액처럼 즉효성을 냈으면서도 안정적이고, 위력이 깜짝 놀랄 정도다.
　뇌화문은 화염탄을 제조하면서부터 당당하게 무림문파로 자리매김했다.
　당대에서 뇌화문을 무시하는 문파는 없다.
　그들은 독과 암기에 뒤지던 화약을 가장 위력이 탁월한 병기로 탈바꿈시켰다.
　그는 화염탄을 연구했다.
　폭발력, 폭발의 방향, 소멸되지 않고 남는 잔재들…… 화염탄에 대한 모든 것을 샅샅이 살폈다.

그 결과, 화염탄이 회오리를 일으키면서 폭발한다는 사실도 발견해 냈다.

화염탄만의 뚜렷한 특징을 찾아낸 것이다.

이러한 현상은 폭발이 강할수록 더욱 뚜렷해진다. 만정에서처럼 수십 개가 한꺼번에 터질 경우에는 폭발에서 일어난 용권풍(龍捲風)이 땅의 지형까지 변모시킨다.

그는 그 흔적을 찾았다.

'여기군.'

회오리의 시작점을 찾았다.

그곳에서부터 폭발력이 미친 지하 백 장까지 용수철 형태의 회오리 층이 형성되어 있을 것이다.

회오리의 시작점은 많다. 수십 개가 존재한다.

그는 그중에서 가장 골이 깊은 회오리 층을 찾기에 부심했다.

'자식…… 안 된다니까 하라고 지랄이야.'

속으로 투덜투덜 욕을 하면서 시작점을 하나하나 살폈다. 그리고 드디어 마음에 드는 골을 발견해 냈다.

'여기쯤이면 괜찮겠군.'

그는 회오리 층에다 조심스럽게, 아주 조심스럽게 화액을 쏟아부었다.

화액을 쏟으면서 마찰력을 일으키면 당장 폭발한다. 그러니 흐르는 듯 마는 듯 정성을 기울여서 쏟아야 한다.

큰 독에서 바가지로 화액을 떠냈다. 그리고 부었다.

조심… 조심…… 같은 일을 계속 반복했다.

이마에서 식은땀이 솟았다.

화액은 안정되어 있지 않다.

태양이 내리쬐는 한낮이었다면 볕 한가운데에 큰 독을 내놓은 것만으로도 폭발한다.

독에서 물을 떠내 땅에 붓는 단순한 일이지만, 세상에서 가장 위험한 작업이다.

들이붓는다. 들이붓는다.

그런데 여기에는 큰 문제가 있다.

자신이 생각한 대로 회오리 층을 발견해 냈고, 폭발을 일으켰다고 해도 또 한 번 회오리 폭풍이 일어날지는 미지수다. 또한 화액이 어떤 식으로 폭발을 일으킬지도 예측 불허다.

물론 짐작은 한다.

화염탄이 회오리 현상을 일으키는 반면, 화액은 분사(噴射)가 특징이다.

산지사방으로 튀어나간다.

생각이 맞는다면 화액이 터지는 순간, 만정에는 거대한 공동(空洞)이 생긴다.

그것뿐이다. 공동만 생긴다. 그 안에 있는 생명체는 분사와 함께 가루가 된다. 도저히 살아남을 수 없다. 사발 한 그릇 정도의 화액이 터지면 전각이 날아간다. 지금은 큰 독으로 들이붓고 있다. 이만한 화액이면 능히 산을 무너뜨릴 게다.

그놈이 요구하는 것은 공동만 만들어내라는 게 아니다. 공동 안에 사람이 있다면 살려내라는 것이다.

미친놈!

어림도 없다. 안 된다. 죽어도 안 된다. 죽었다가 깨어나도 안 된다. 안 되는 것은 안 되는 것이다. 안 되는 것을 해내라고 우긴다고 해서 되는 게 아니다.

물론 놈의 심정을 이해하지 못하는 바는 아니다.

놈도 자식이 살았다고 보지는 않는다. 화염탄 수백 개가 일시에 터졌다. 그 화력은 능히 일개 성을 부수고도 남는다. 실제로 만정이 초토화되었다. 산이 뒤집혔다.

그런 폭발에서 살아날 수는 없다.

더욱이 당우가 갇힌 곳은 지하 뇌옥이다.

뇌옥의 구조는 자세히 알 수 없지만 일반적인 특성상 가릴 곳이 거의 없을 것이다.

화염탄으로 충분히 제압할 수 있는 곳이다.

그렇다면 살아 있을 가능성은 더더욱 없다.

화약은 밀실에 강하다. 밀폐된 곳에서 더욱 효과를 발휘한다. 평지에서 터뜨리는 것과 집 안에서 터뜨리는 것은 살상력에서 아주 큰 차이를 보인다.

자식내미는 죽었다.

그럼에도 이런 짓거리를 하는 것은 그래도 혹시나 하는 아비의 마음 때문이다.

만약 아직도 살아 있다면? 화염탄의 지옥을 피해냈다면? 지하 백 장 깊이에 살아 있다면?

이대로 놔두면 반드시 죽는다. 숨이 막혀서 죽는다. 빠져나올 가능성은 전혀 없다. 죽었으면 죽은 것이고, 살았어도 죽은 목숨이나 다름없는 처지다.

그래서 이 짓을 한다.

또 한 번 세상을 뒤집어서 변화를 준다.

이것이 살아 있는 사람들을 더 빨리 죽게 하는 길일지라도 무엇이든 해야 한다.

귀영단애처럼 천천히 파 들어가면 시신만 발견할 뿐이다.

밑에 갇힌 사람이 버틸 수 있는 최대한의 시간은 겨우 이틀이다. 공기가 충분하다면 십여 일까지도 버틸 수 있다.

귀영단애가 하는 대로 내버려 두면 두어 달이 걸린다.

일시에 뒤집어야 한다.

'난 분명히 안 된다고 했으니까.'

그는 큰 독을 탈탈 털어 마지막 화액을 쏟아부었다.

화액은 백 장 깊이까지 도달하지 못한다. 겨우 절반밖에 안 되는 오십여 장에서 멈춘다. 그리고 폭발한다.

그 여파는 백 장까지 미친다.

일단은 밀어내는 힘이 작용한다.

엄청난 압력이 가해질 게다. 그 과정에서 오장육부를 터뜨려 버릴지도 모른다.

두 번째로 끌어당기는 힘이 작용한다.

백 장 안의 모든 것을 일시에 뿜어낸다.

화염탄이 회오리 층을 만들었기 때문에 이런 일이 가능하다.

화액을 일직선으로 쏟아부어서 터뜨리면 밀어내는 힘밖에 작용하지 않는다. 빙글빙글 돌고 있는 층이 있기 때문에 밀어내는 힘이 서로 부딪쳐서 위로 솟구치는 작용을 한다.

만약 그 안에 사람이 있다면 백 중 백 죽는다.

사람은 폭발력 밖에 있어야 한다. 그래야 끌어당기는 힘에 의해 위로 빨려 나간다.

그 후에는 어떻게 될까? 모른다. 누가 알겠는가.

'미친놈! 안 된다니까 하라고 지랄이야.'

그는 시작점에 심지를 꽂았다. 그리고 불을 붙였다.

치지직!

심지가 타들어간다.

*　　　*　　　*

그들은 한 시진이 조금 못 되어서 돌아왔다.

'예상대로군.'

그는 호로병을 버렸다.

안에는 사인사가 들어 있지 않다. 안에 물을 담아서 찰랑찰랑 소리가 날 뿐 개미 한 마리 죽일 수 없다.

"후후후!"

키 큰 사내가 다시 나타났다.

그는 검을 뽑은 채 다가섰다. 예상으로는 다짜고짜 검을 쓸 줄 알았는데, 그래도 웃음은 흘린다.

"하루 동안 뒤져 보라며?"

"진작 도주했어야지."

"그런데 왜 날 잡아먹지 못해서 안달인 거냐?"

"이곳에 있는 게 이유다."

쒜에엑!

검이 날아왔다.

사내는 그를 죽이기로 작심했다. 그래서 검을 뻗어내자마자 살초가 쏟아진다.

"이놈이 정말!"

그가 허리를 숙이며 왼발을 축으로 한 바퀴 빙그르 돌았다.

"일족와전(一足渦轉)? 후후후! 그렇군. 이제 알겠어. 도광도부… 자식을 천검가에 내준 비정한 아비라고 들었는데, 그래도 아비의 정은 있다는 건가?"

"하루만 봐주게."

"……"

"자식이 살아날 수 있는지 없는지만 살펴보겠네."

"모두 죽었다."

"그게 상식이네만……. 믿을 수가 없어서. 하루만 살펴보게 해주게."

"도광도부라면 더욱 죽여줘야겠다. 이 일에 간여한 사람은 모두 시신이 되어야 하니까."

"허어! 말귀가 어둡군."
"도광도부 정도는 내 상대가 아냐!"
쉐에엑!
키 큰 사내의 검이 턱 밑으로 날아들었다.
도광도부는 일족와전을 다섯 번이나 펼친 끝에 간신히 검광을 피해냈다.
사내의 말이 맞다. 자신은 사내의 상대가 되지 못한다. 무공 차이가 너무 현격하다.
그러나 지금 이 자리에서 몸 하나 피하는 정도는 할 수 있다. 문제는 이후부터 귀영단애의 추적이 시작될 것이고, 그 추적만은 감당하기 힘들다는 것이다.
앞으로 세상 어디를 가더라도 두 발 쭉 뻗고 자기는 틀렸다.
"허허허! 시간을 안 준다면 어쩔 수 없지. 이만 가네. 다음에 기회 있으면 또 보세!"
도광도부는 신형이 앞으로 달려오는 듯하더니 느닷없이 뒤쪽을 향해 날았다.
키 큰 사내는 쫓지 않았다.
"네가 갈 곳은 없다."
그는 음습한 웃음만 흘렸다.
도광도부 때문에 땅 파는 시간을 한 시진이나 허비했다.
놈은 의도적으로 모습을 드러냈다. 일부러 시비를 걸어왔다. 잿더미 속에서 찾을 게 무엇인가. 시비를 걸려고 일부러 나타난 것밖에 더 되는가.

놈은 자신들이 누구인지 안다. 다 알면서 모른 척 시치미를 뗐을 뿐 아니라, 사인사로 사기까지 쳤다.

하면 무엇 때문에 시비를 걸어왔을까?

'시간 지연!'

그는 귀영단애의 움직임을 잠시나마 중지시켰다. 그 말은 다시 말해서 누군가가 땅을 파지 않고 다른 작업을 하고 있다는 뜻일 게다. 그리고 그 일은······.

'화천!'

그는 생각이 화천에 미치자마자 즉시 소리쳤다.

"물러섯! 모두 물러서!"

꽈앙! 꽈아아아앙!

엄청난 폭음이 지축을 뒤흔들었다.

산이 갈라진다. 땅이 쪼개진다. 하늘이 열린다.

키 큰 사내는 만정의 폭발을 보면서 착잡한 표정을 풀지 못했다.

화액으로 만정을 폭발시켜 버렸다. 땅 밑에 잠자고 있던 온갖 증거들을 단숨에 날려 버렸다.

마인들의 시신은 재가 되었으리라. 홍염쌍화의 시신도 흙먼지가 되어서 올 게다.

화염탄이 폭발했을 때만 해도 잘하면 시신이라도 찾을 수 있겠다고 생각했다. 한데 이제는 그것조차도 틀렸다. 시신은커녕 손가락 한 마디 찾지 못한다.

꽈앙! 꽈아앙!

폭발은 한 번으로 그치지 않고 연쇄적으로 일어났다.

이제 끝났다 싶으면 또다시 지축을 뒤흔들고, 또 끝났다 싶으면 지진이 일어난다.

'도대체 화액을 얼마나 쏟아부은 거야!'

만정은 잿더미조차 남지 않으리라.

화염탄은 불길을 내포한다. 폭발이 일어나면서 불길도 따라서 일어난다. 만정이 붕괴된 후, 불벼락이 쏟아진 것은 그 때문이다. 반면에 화액은 불꽃을 일으키지 않는다. 불꽃도 없이 걸려드는 모든 걸 파괴한다.

"너희 셋! 도광도부를 찾아라. 죽여!"

"넷!"

세 명의 은자가 신형을 띄웠다.

도광도부가 왜 이따위 짓을 했는지 모르지만, 귀영단애의 일을 방해하고 나선 점은 용납하지 못한다.

"다시 뒤질까요?"

"아니, 됐다. 가자."

키 큰 사내는 미련없이 등을 돌렸다.

화액이 저만큼 터졌다면 남아나는 게 없다. 시신조차도 남지 못한다. 검련제일가에서 수결을 받아도 된다.

홍염쌍화의 임무는 종결되었다.

2

꽈앙! 꽈아아앙!

"후읍!"

"큭!"

굉음과 함께 엄청난 압력이 전신을 짓눌렀다.

거한 수백 명이 일시에 몸 위에 올라탄 것 같다. 아니, 아니다. 그것은 압력만 설명할 수 있을 뿐 충격은 표현하지 못한다. 집채 같은 바위가 개미를 덮친 것에 비유할 수 있을까?

저항불능!

"커컥! 컥!"

지옥의 수련을 거쳤다는 치검령이 단말마를 토해냈다.

홍염쌍화와 추포조두도 마찬가지다. 엄청난 힘을 이기지 못하고 비명을 쏟아냈다. 산음초의와 무공을 잃어버린 두 사람은 압력이 들이치자마자 혼절해 버렸다.

그런데 당우는 이상하게도 편안함을 느꼈다.

물론 그라고 압력을 안 받을 수는 없다. 그 역시 외마디 단말마를 연신 토해낸다. 하지만 정신은, 머릿속은 이상하게도 뚜렷해진다. 맑아진다.

수백만 근에 해당될 압력이 그의 전신을 골고루 짓눌러 준다.

'해공!'

그렇다. 해공이다.

그는 지옥의 해공을 통과했다. 온몸의 근육과 신경과 뼈마디를 문어처럼 유연하게 만들었다. 하지만 아직도 딱딱하게 굳어 있는 부분이 있다.

그건 어쩔 수 없다. 도공(陶工)이 흠결 없이 도기(陶器)를 빚는다고 해도 다 구워놓고 보면 생각지도 않은 흠결이 나타난다. 인위적인 것은 완벽하지 않다.

무공도 마찬가지다.

사람의 육신을 누가 만들었는가? 사람이 흙과 뼈로 사람을 만들 수 있는가? 없다. 사람을 만들기 위해서는 반드시 여인의 몸을 통해야 한다.

남녀 화합에 의해 아이가 잉태한다.

너는 똑똑한 놈이 되라. 너는 장군이 되라. 너는 사내가 되라. 또는 여인이 되라……. 어떠한 주문도 할 수 없다. 아이를 잉태한 부모조차도 어떤 아이가 탄생할지 알지 못한다.

그래서 흔히 사람은 조물주(造物主)가 만들었다고 한다.

우주를 창조한 사람이 아니고서는 오묘하기 이를 데 없는 인간을 어떻게 만든단 말인가.

인간은 자연의 일부다.

그토록 오묘한 몸을 무공이라는 이름으로 조정해 본다.

완벽할 수 있겠는가? 절대로 완벽하지 않다.

해공처럼 극단으로 치닫는 무공도 있다.

열일곱 명이 도전했다가 한 명만 살아남은 아주 지독한 공부다. 도전한 사람들이 모자란 것도 아니다. 충분히 도전해 볼 수 있겠다 싶어서 도전시켰으니 근골은 아주 뛰어나다.

백 명에 한 명, 천 명에 한 명 정도 태어나는 수재(首材)는 필요없다. 백만 명에 한 명, 천만 명에 한 명 태어난다는 절대기재가 필요하다.

세상에는 그런 무공들이 많다.

평범한 사람들은 아예 도전해 볼 엄두 자체가 나지 않는다.

그럼 평범과 비범의 차이는 누가 만들었는가? 그것도 인간이다. 인간이 어쭙잖은 잣대로 인간을 측정한 결과 평범한 자와 비범한 자가 나왔다.

악공(樂工)은 악기(樂器)에 능숙하다. 그렇다고 무공에도 능숙하라는 법은 없다. 한 가지에 능통한 사람은 다른 부분에는 거의 문외한인 경우가 다반사다.

그럼 악공은 비범한가, 평범한가.

인간의 잣대는 한 가지라도 특출하면 비범하다고 말한다.

그 외, 아무런 특징도 없는 사람을 평범하다고 한다. 그리고 거기에도 미치지 못하는 사람은 바보라고 말한다.

바보는 누가 만들었는가? 역시 조물주가 만들었다. 조물주가 인간을 만들다가 잠시 한눈을 판 것인가? 왜 평범보다도 못한 인간을 만들었을까?

그렇지 않다. 바보 역시 인간의 잣대다.

세상에 평범한 사람은 없다. 바보도 없다. 그들은 자신의 뛰어난 점을 깨닫지 못한 것뿐이다. 살아온 환경이 그들을 평범하거나 바보로 만든 것이다.

산에서 자라면 나무꾼이 되고, 바다에서 자라면 어부가 되는 일이 비일비재로 일어난다. 나무꾼이든 어부든 자신이 선택할 수 있는데, 마치 다른 일은 못하는 것처럼 생각한다.

세상에 바보나 평범한 사람이 없다고 하자. 모두가 비범하고 뛰어나다. 모두가 천재다. 모든 것을 인정했을 때, 그럼 세상 사람들 모두 해공 같은 절공에 도전할 수 있단 말인가?

그렇다. 도전할 수 있다.

악공은 특성을 탄다. 음률에 특히 민감한 사람이 있다. 음식을 잘 만드는 사람도 있다. 반면에 눈에 띄지 않는 일, 청소 같은 것을 잘하는 사람도 있다.

육신 밖의 것들은 특성을 탄다.

하지만 육신 안의 것, 무공에 관한 것들은 특성을 타지 않는다.

외공의 경우에는 키가 큰 사람, 작은 사람, 뚱뚱한 사람, 마른 사람…… 인간의 체형에 따른 변화가 있다. 맞는 무공이 있고, 맞지 않는 무공이 있다.

내공은 다르다. 어떤 사람이나 수련할 수 있다.

뚱뚱한 사람이라고 해서 백회혈(百會穴)이 두 개 있는 게 아니다. 임맥(任脈)이 없는 것도 아니다. 풍부혈(風府穴)이 머리 꼭대기에 달리지도 않았다.

인간은 누구나 똑같은 경맥과 경혈을 가졌다.

신공절기는 누가 만들었는가? 역시 인간이다. 인간이 만든 무공을 조물주가 만든 육신이 습득하지 못한다면 말이 안 된다.

하고, 또 하고, 또 하면 대성(大成)한다.

반드시 대성한다.

인간이 만든 무공은 조물주가 만든 육신을 충족시킬 수 없기 때문이다.

해공도 엄청나게 혹독한 공부이지만, 조물주가 만든 몸을 완벽하게 다듬지는 못했다.

그것을 땅의 압력이 해준다.

그의 몸을 꾹꾹 짓눌러서 미처 풀지 못한 근육을 늘여준다. 안마해 준다.

옷을 훌훌 벗고 차디찬 계곡물에 풍덩 빠져 보자. 한기가 뼛속까지 스미는 것을 느낄 수 있다. 물에 뛰어들자마자 정신이 번쩍 나서 몸을 급히 일으킨다.

같은 계곡물에 몸을 담근 사람이 있다. 그는 이미 한기를 느끼고 있다. 그리고 더 시원하기 위해서 머리를 살짝 집어넣는다.

그는 놀라지 않는다. 벌떡 일어서지도 않는다. 자신이 목적한 대로 약간 더 시원하다는 느낌만 받는다.

그런 현상이 벌어졌다.

신산조랑, 산음초의, 묵혈도가 엄청난 압력을 이기지 못하고 혼절했다. 홍염쌍화와 치검령, 추포조두는 온몸이 터져 버릴 것 같은 고통에 몸부림친다.

당우는 시원했다.

고통스러우면서도 시원했다. 그때,

타앙!

금사(琴絲) 끊어지는 소리가 들렸다. 머릿속에서 울린 것 같기도 하고, 멀리서 울린 것 같기도 하다. 그리고,

파아악!

그들은 엄청난 흡입력에 이끌려 어디론가 끌려갔다.

"컥! 컥!"

"크헉!"

어해연과 어화영이 눈물, 콧물을 줄줄 흘리면서 기침을 쏟아냈다.

입안에 흙이 가득했다. 코에도, 귀에도, 머리칼 곳곳에도 흙이 한가득이다.

다른 사람들은 혼절에서 깨어나지 못했다.

정신을 차리고 있던 추포조두와 치검령마저 마지막 순간에는 정신을 놓았다.

홍염쌍화와 비교했을 때 내공에서 현격한 차이가 난다.

그것이 그들에게는 오히려 다행이다.

당우는 눈을 뜨려다가 급히 다시 감았다.

눈물이 치솟는다. 눈이 따끔거리면서 자신이 느낄 정도로 눈물이 줄줄 흘러내린다.

그는 만정 마인들 중에 홍염쌍화 다음으로 빛에 익숙하다. 그런데도 빛에 당했다. 아주 잠깐 동안 빛을 보았을 뿐인데도 눈이 아프다. 자칫했으면 실명할 뻔했다.

창공(蒼空)

"모두 무사한 거야?"

정신을 차린 어해연이 물어왔다.

"전 무사합니다."

당우가 말했다.

"다른 사람은? 모두 다 있지?"

그녀는 손으로 옆 사람을 더듬었다. 손길이 당우에게 닿았다.

눈으로 보면 될 것을 손으로 더듬는다. 홍염쌍화도 눈을 뜨지 못하겠는 모양이다.

"접니다. 가만히 계세요. 제가 확인해 볼게요."

그는 어해연이 했던 것처럼 손으로 더듬어서 옆 사람을 살폈다.

체격이 작고, 마르고… 얼굴을 찾아서 더듬었다. 눈을 감고 있다. 코에 손을 댔다. 숨은 쉰다.

"신산조랑은 무사합니다."

그는 계속 손을 더듬었다.

코가 뾰족하다. 턱도 날카롭다. 눈은 감고 있고, 숨을 쉰다.

"치검령도 무사하네요."

그는 그렇게 한 명, 한 명 살펴 나갔다.

"밖이네. 세상에 나왔어. 영원히 못 나올 줄 알았는데."

어화영이 중얼거렸다.

"그래, 밖이야."

어해연도 좋은 듯 음성이 밝았다.

"그런데 방금 전에 그건 뭐였지? 물줄기를 찾은 줄 알았는데, 뭐가 폭발한 것 같지?"

"몰라, 계집아! 가만히 좀 있어봐. 바깥 공기 좀 실컷 들이켜 보게. 사람 썩는 냄새만 맡다…… 응? 이게 무슨 냄새야? 계집아, 넌 냄새 안 나?"

"화약?"

"그렇지? 화약 냄새 맞지?"

"음."

어해연이 침중하게 말했다.

정신을 차려보니 바깥이다. 뭐가 어찌 된 건지는 모르겠지만 좋다. 정말 좋다. 어떻게 해서 바깥으로 나왔는지 따져보고 싶지도 않다. 그냥 밖에 나온 게 좋다.

그런데 또 화약이다.

화염탄에 이어 원인 모를 폭발. 두 번의 폭발만 해도 정신을 차릴 수 없는데 또…….

이젠 움직일 기력도 없다.

"에라, 모르겠다. 터질 테면 터져라."

어화영이 팔을 베고 눕는 듯했다.

"모두 이상없어요."

당우가 모두를 점검하고 돌아왔다.

"근데 왜 아무 소리도 없어?"

어화영이 신경질적으로 말했다. 아무래도 화약 냄새가 신경 쓰이는 모양이다.

"혼절했는데, 곧 깨어날 것 같네요."
"깨우지 그랬어."
어해연이 조곤조곤 말했다.
"저도 피곤하답니다. 온몸이 물 먹인 솜이에요."
당우가 벌렁 드러누웠다.
"약골들 같으니……. 그런데 넌 왜 혼절하지 않았냐? 설마 네 내공이 우리와 맞먹는다는 거야? 내공 수련을 못하는 줄 알았더니. 야, 이거 깜빡 속았네."
"나도 몰라요. 혼절하지 않은데도 이유가 있어야 합니까?"
"저놈 말대꾸하는 거 봐라?"
"어휴!"
"그만들 해. 좀 쉬자."
어해연도 몸을 눕혔다.

시간이 흐르자 한 명, 두 명 몸을 뒤척였다.
그럴 때마다 당우가 다가가서 현재 상황과 눈을 떠서는 안 된다는 주의사항을 말해주었다.
"정말 밖이야? 탈출한 거야?"
어투는 다르지만 첫마디는 모두 똑같았다.

신산조랑이 제일 늦게 깨어났다.
그녀도 당우로부터 주의사항을 전해 들었다.
그녀는 다른 말을 했다.

"저 좀 일으켜 주세요."

당우는 여린 그녀를 일으켜 앉혔다.

그녀는 정신을 수습하는 듯 큰 호흡을 몇 번 했다.

숨을 들이쉬고, 내쉬고…… 단순한 운기토납(運氣吐納)이지만 만정 마인들에게는 꿈만 같은 일이다. 맑은 공기를 마신다는 것은 상상도 못해봤을 게다. 그런데,

"마님, 지청술(地聽術)을 펼쳐 주세요."

차분한 음성이다.

그녀는 밖에 나왔다고, 탈출했다고 들뜨지 않았다. 맑은 공기도 음미하지 않았다. 어느 사람이면 당연히 해야 할 것을 뒤로 미루고 주변부터 살폈다.

"막 깨어났으면서… 좀 쉬었다가 하지?"

"지금 해주세요, 마님."

음성은 공손하지만 말은 단호하다.

어해연이 그녀가 말한 대로 귀를 땅에 대고 지청술을 펼쳤다.

츠으으으……. 쉬이이이…….

고요함, 적막함, 조용함……. 하다못해 산토끼가 뛰어가는 소리조차 들리지 않았다.

"조용한데."

"치검령, 추포조두. 두 사람 다 지청술을 펼쳐."

"펼쳐? 대놓고 반말이네."

치검령이 혀를 찼다.

"내 나이 환갑 넘은 지 오래다. 넌?"
"그럼 당우에게는 왜 존대를 하는 겁니까?"
"당우 공자님은 천신(天神)이니까."
"이유를 말해주겠소?"

치검령이 차분하게 가라앉은 음성으로 물었다.

그가 '반말' 운운할 때만 해도 진심이 아니었다. 농이었다. 그러나 신산조랑은 진심으로 말하고 있다.

그녀는 살기 위해서 당우에게 고개를 숙였다.

모두들 그렇게 알고 있다. 한데 지금 하는 이야기를 들어보니 그것 외에 또 다른 이유가 있는 것 같다.

신산조랑이 말했다.

"명이 질긴 사람은 뭐가 있어도 있는 법이야."
"명은 길지."

어화영이 웃으면서 말했다.

치검령이 죽이려고 했으나 죽지 않았다. 홍염쌍화가 죽이려고 했으나 죽이지 못했다. 당우가 뛰어났던 것도 아니다. 그야말로 팔만 비틀면 되는 상황인데 어찌하다 보니 그리되었다.

"공자님, 밑에서 한 말은 진심입니다. 공자님을 쫓아다니다 보면 이년의 한을 풀 수 있을 것 같습니다."

신산조랑이 머리를 조아렸다.

그렇다고 볼 수 있는 사람은 없다. 모두 눈을 감고 있는 상태다. 그래도 그녀가 어떤 행동을 취하고 있는지 익히 짐작된다.

"흠!"

추포조두가 어색한 침묵을 깨려는 듯 잔기침을 했다.

"귀영단애의 지청술이면 숨은 자까지 찾아낼 수 있을 거요. 굳이 우리까지 하지 않아도 될 것 같은데."

"해주게."

추포조두는 묵묵히 귀를 땅에 대고 지청술을 펼쳤다.

치검령은 다른 방법을 택했다. 가부좌를 틀고 앉아서 초령신술을 펼쳤다.

쏴아아아……. 파아아아…….

한 사람은 땅으로, 또 한 사람은 허공으로 주변을 훑는다.

온 정신을 영안(靈眼)에 모으고 길을 더듬어 나간다. 갈 수 있는 데까지 멀리 가본다.

"아무도 없습니다."

"조용한데요."

두 사람이 거의 동시에 말했다.

그제야 신산조랑이 말했다.

"주위에서 화액 냄새가 나는군요."

"화액!"

"화액! 화천!"

화액이라는 말에 치검령과 추포조두가 깜짝 놀랐다. 하나 홍염쌍화는 어리둥절했다.

화액은 그녀들이 만정에 들어간 이후에 발견되었다. 신산조랑이 미로진을 뚫고 들어갈 때, 다른 한쪽에서는 화천이 봉문

선언을 하고 있었다.
"화약 냄새가 코를 찔러서 살펴봤는데, 걱정할 건 없군요."
"화약 냄새가 나는데 걱정할 게 없다니?"
어해연이 말했다.
"화액은 화약 냄새를 진하게 풍겨요. 폭발이 일어난 후에도 상당 기간 동안 냄새를 풍기죠."
"그럼 정말 걱정할 게 없네?"
신산조랑이 대답했다.
"없어요. 그보다는… 어디 어두운 곳을 찾아야 할 것 같은데요. 당분간은 나오기 힘들겠어요."

기껏 만정에서 탈출한 끝이 불타 버린 폐가로 숨어드는 것이다. 뭐하던 곳인지는 몰라도 제법 깊숙한 골방이 있었다. 여덟 사람은 그 안에서 눈이 떠지기를 기다렸다.
가장 먼저 눈을 뜬 사람은 역시 홍염쌍화다. 야광주의 푸른 빛이 상당한 도움이 되었다.
당우도 눈을 떴다. 야광주의 덕을 봐서 비교적 일찍 눈을 떴다.
세상이 새롭게 보인다.
나무도, 바위도 예전 그대로다. 화마가 훑고 가서 황량하기만 하다. 하지만 그런 모습까지 정겹게 느껴진다.
바람? 좋다. 바람을 볼 수 있다.
눈을 뜬다는 것이 이토록 좋은 것인가.

무인은 심안(心眼)을 갖는다. 육신의 감각에 의존하면 눈이 없어도 길을 걸을 수 있다. 싸울 수도 있다. 어떤 때는 눈을 뜨고 싸우는 것보다 더 효율적일 때도 있다.

햇볕에 적응을 하지 못해서 폐가로 숨어들었지만 행동에 불편함을 느끼지는 못했다.

걷는 것, 생활하는 것…… 모두 편했다.

만정에서도 생활했다. 바깥세상이 아무리 어둡다고 해도 만정과는 비교가 안 된다.

눈을 감았다고?

그것도 다르다. 만정에서 눈을 감으면 정말로 칠흑이다. 만정은 눈을 뜨나 감으나 매한가지다. 하지만 바깥세상은 다르다. 눈을 감아도 햇볕이 눈자위를 타고 흐른다. 눈꺼풀에 밝은 빛이 고요히 스며드는 것을 느낀다.

눈을 감았다고 해서 만정의 어둠을 봤다고 말할 수 없다.

"좋군요."

그가 말한 첫마디다.

"좋지?"

어해연이 그가 본 표정 중에서 가장 밝게 웃으며 한 말이다.

한 사람, 두 사람 눈이 뜨였다.

그러는 사이에 찌는 듯한 여름이 지나갔다. 그리고 아침저녁으로 선선한 바람이 불기 시작했다.

바야흐로 천고마비(天高馬肥), 가을이다.

창공(蒼空)

치검령이 맑고 푸른 하늘을 올려다보며 말했다.

"바깥 공기에 적응하는 데 한 계절을 보냈군. 겨우 삼 년인데… 삼 년을 갇혀 있었을 뿐인데."

문득 만정에서 벌어진 살육이 생각난다.

서로가 서로를 뜯어먹겠다고 아우성을 치던 모습이 생생하게 되살아난다.

그는 치를 부르르 떨었다.

"두 번 다시 만들어져서는 안 될 마물……."

그곳이 만정이다.

第五十三章

조직(組織)

詩曲
詩餅

1

  당우는 만정에서 최강자였다. 그를 상대할 수 있는 사람은 아무도 없었다. 마인들의 저승사자로 군림한 홍염쌍화조차도 그를 죽이지 못했다.
  그러면 밝은 세상에서는 어떨까?
  "준비하거라."
  "했는데, 안 한 것처럼 보입니까?"
  당우의 말에 홍염쌍화는 서로를 쳐다봤다. 그녀들뿐만이 아니다. 지켜보는 모든 사람들의 눈가에 곤혹스러움이 감돌았다.
  "준비했다고?"
  "하하! 공격해 보세요."

어화영은 공격하지 못했다.

당우의 모습이 참으로 가관이다.

그는 무방비 상태나 다름없다. 아니, 무방비 상태.

병기는 편마가 남긴 헝겊 채찍, 사용하려는 무공은 녹엽만주, 두 발의 형태에서 자신들에게서 훔쳐 배운 신무신법(迅霧身法)이 보이고…… 좋다.

이 정도라면 완벽한 기수식이다.

한데 그 모습이 너무 유약하다. 도저히 강함을 찾아볼 수 없다. 슬쩍 스치기만 해도 꽈당! 하고 넘어질 것 같다. 병기도 살아 있지 않다. 좀처럼 활력을 찾을 수 없다.

힘이, 진기가 깃들어 있지 않으니 완벽한 자세가 일시에 무너져 내린다. 흠결을 찾을 수 없는 완벽한 기수식인데, 천하에서 가장 엉성한 모습이 된다.

당우가 이런 모습으로 싸워왔었나?

삼류무인조차 코웃음을 칠 엉성한 모습으로 자신들의 강공을 받아왔던 건가?

"안 해요?"

"안 해."

어화영은 검을 내려 버렸다.

당우의 무공이 밝은 세상에서도 통하나 알아보려고 했다. 하지만 그럴 필요가 없다. 기수식을 취하는 모습만 보고도 진기 없는 무공이 가져올 결과를 알 수 있다.

"그런가? 안 되나 보네."

어화영의 표정을 보고도 상황을 읽지 못할 정도로 바보는 아니다.

당우는 채찍을 둘둘 말아 감았다. 그때,

"잠깐! 내가 한 번 해보지."

치검령이 어화영 대신 나섰다.

"녹엽만주는 미완성으로 알고 있다. 그건 나중에 보기로 하고… 일촌비도를 보자."

당우는 둘둘 말던 채찍을 땅에 놓아버렸다. 그리고 그 순간,

스웃! 스으으으웃!

비도 다섯 자루가 쏘아졌다.

"하아!"

"허!"

지켜보던 사람들은 모두 감탄을 금치 못했다.

비도는 별로 빠르지 않다. 일촌비도의 특징은 '눈 깜짝할 순간'에 있다. 최소한 그만한 시간에는 격중시켜야 한다. 비도를 날린 손이 미처 회수되기도 전에 상대는 나가떨어지고 있어야 한다.

쉑! 탁!

일촌비도는 이 두 마디면 족하다.

그런데 당우의 일촌비도는 평범하기 이를 데 없다.

느리다. 힘이 없다.

어린아이가 장난으로 던진 돌팔매만큼이나 단순하고, 위협적이지 않고, 맥조차 빠져 있다.

사람들이 놀란 것은 무성(無聲) 때문이다.

석도를 허리춤에서 뽑아 던지기까지, 또 허공을 날고 있는 이 순간에도 소리가 들리지 않는다.

슥!

치검령은 손을 들어 석도를 낚아챘다.

"만정 무공이군."

그는 그 한마디로 당우의 무공을 정의했다.

소리를 완전히 죽여서 무음의 경지에 이르면 왕이 되는 세계가 있었다. 그곳을 만정이라고 하며, 당우라는 자가 거의 신처럼 군림했다. 그는 무기지신을 바탕으로 무음의 무공을 펼쳤는데, 상대할 사람이 없었다.

그렇다. 모두 과거사다. 할아버지들이 손자를 무릎 위에 앉혀놓고 들려줄 만한 옛날이야기가 되었다.

만정 무공은 만정에서만 통한다.

"좋다. 이번에는 만정 무공 말고 내 일촌비도를 보여봐라."

치검령이 단단히 준비했다.

당우의 만정 무공은 완벽하다. 그중에서 일촌비도 같은 무공은 어둠 여부를 불문하고 같은 위력을 지닌다.

일촌비도, 눈 깜짝할 순간…… 자칫하면 당한다.

한데 당우가 석도를 꺼내지 않는다.

그는 씩 웃으며 손을 저었다.

"그만해요."

"뭐?"

"이런 건 해서 뭐한다고. 이제 죽일 사람도 없고, 목숨을 걸 일도 없을 것 같고…… 비무를 해도 우선 몸을 뉠 곳이나 마련한 다음에 하자고요."

치검령이 말 같지도 않은 소리에 한 소리 쏘아붙이려고 할 때, 추포조두가 뒤에서 그의 옷자락을 잡아끌었다.

"그만해."

"너까지 왜……?"

"만정 무공이 아냐."

치검령은 망치로 뒤통수를 얻어맞은 것 같은 충격을 느꼈다.

'만정 무공이 아니라고? 그럼… 아까 그게 진신무공? 어린애 돌팔매질에 불과한… 그게…… 진신무공…… 이라고?'

믿을 수 없지만 믿어야 한다.

만정에서는 무적일지 모르지만, 바깥세상에서는 반편에 불과하다. 낮에는 무인 행세를 하지 못하고, 밤에만 검을 패용하는 반편이다. 그것도 칠흑같이 어두운 밤이어야 한다. 보름달처럼 달빛이 밝으면 또 반편이 된다.

한시도 방심할 수 없는 곳이 무림이다. 눈을 뜨고 있을 때는 물론이고 잠을 자면서도 경계심은 늦추지 말아야 한다. 하다못해 뒷간에서 용변을 볼 때도 검은 가슴에 품고 있어야 한다.

반편은 그런 세상에서 살아갈 수 없다.

"그래…… 오늘은 이만하자."

치검령은 다른 말을 할 수 없었다.

"이제 그 마님 소리 때려치워야지?"

어화영이 신산조랑을 놀렸다.

사실은 그녀의 마음도 답답했다. 당우가 만정에서처럼 밖에서도 무적으로 행세해 주기를 바라는 마음이 컸다. 그런 마음이 무엇 때문에 생겼는지는 몰라도, 축 처진 모습을 보는 순간 갑자기 달려가서 꼭 껴안아주고 싶은 생각이 치밀었다.

괜찮아. 걱정하지 마. 무슨 방법이 있겠지.

다른 말은 할 것이 없고, 위안이 안 되겠지만 그런 말이라도 해주고 싶었다.

치검령이 바로 뒤를 잇지 않았다면 정말 그렇게 했을지도 모른다.

그녀는 자신의 답답한 마음을 다른 사람에게, 다른 방식으로 토로하는 것이다.

"어땠어요?"

"아! 아직 안 보이지? 그래도 느낌은 있었을 거 아냐?"

"싸우지 못했다는 느낌만 받았어요."

"휴우! 그랬지."

"왜 싸우지 않았어요?"

"진기가 없는데 어떻게 싸워."

"역시… 그 문제였군요."

"뭐야? 알고 있었어?"

어화영이 신산조랑에게 바싹 다가서며 말했다.

"그럼 방법도 있겠네? 저놈이 만정에서처럼 펄펄 뛰게 할 수 있는 방법이 있는 거야?"

"호호호호!"

신산조랑이 손으로 입을 가리며 웃었다.

그녀는 조곤조곤하게 말한다. 행동거지도 단정하다. 크게 움직이지 않고 조용한 걸음으로 살며시 움직인다. 만정에 있었기 때문에 그런 것이 아니라 원래부터 그런 걸음이었던 것 같다.

"왜 웃어?"

"제가 왜 두 분께 마님이라고 부른 줄 아세요?"

"네가 살기 위해서 그런 거잖아. 네 목숨은 우리에게 달렸으니까."

"그건 맞아요. 당시에 제 목숨은 두 분께 달렸어요. 하지만 그렇다고 해서 제가 이 나이에 그렇게까지 아부할 필요가 있었을까요? 지금은요? 지금도 제 목숨을 쥐고 있나요? 여기서 남남으로 갈라서면 절 죽이고 가실 건가요?"

신산조랑은 얄미울 정도로 나긋나긋하게 말했다.

어화영은 갑자기 묘한 생각이 들었다.

신산조랑은 피골이 상접해 있다. 머리칼은 만정 생활 중에 다 빠져서 민 대머리가 되었다. 눈은 퀭하니 파였고, 입은 이빨만 보일 정도로 크다.

어린아이가 봤다면 괴물이 나타났다고 소리 질렀을 외모다.

한데 그런 외모가 그녀의 나이를 숨겨준다. 노파가 가질 만한 주름살이 상접한 피골에 가려져서 눈에 띄지 않는다. 주름이 너무 많아서 나이 주름이 보이지 않는 경우다.

노파의 나약한 육체도 같은 경우로 보이지 않는다. 금방이라도 무너질 듯한 나약한 몸을 보면 그녀가 스무 살이라고 해도 믿을 것이고, 칠십 노파라고 해도 믿을 게다.

신산조랑은 정숙한 부인처럼 말을 차분하게 한다.

만약 상접한 피골에 살을 붙이고, 맵시 좋은 옷을 입히면, 그리고 검은 머리칼만 붙이면 삼십 대 전후로 볼 것이다.

자신들은 늙지 않는 주안술을 수련했지만, 신산조랑은 너무 늙어서 늙어 보이지 않는 주안술을 수련한 것이 되었다.

신산조랑이 또렷하게 말했다.

"두 분을 마님으로 모시는 건 제 진심이에요. 다시 한 번 말씀드리지만 두 분을 마님으로 모시겠습니다."

어화영은 코웃음 쳤다.

"흥! 그런 말은 당우에게나 통하지 내게는 안 통해. 괜히 헛소리 말고 뱃속이나 드러내 봐. 계속 헛소리하면 이 자리에서 쳐 죽일지도 몰라."

"두 분을 마님으로 모신다. 당우를 공자님으로 모신다. 이 말은 당우와 두 분이 떨어져서는 안 된다는 말이에요. 떨어지지도 않을 거고요. 이게 제 판단이에요."

"뭐라고?"

"당우 공자님과 두 분 마님 곁에서 제 머리를 빌려 드리겠어요. 그러면 검련을 상대할 수 있을 거예요."

"누가 검련과 싸우겠데?"

"싸우게 될 겁니다. 마님들은 몰라도 당우 공자님은 필히 검련과 부딪칠 거예요. 투골조를 어디서 얻었는지 잊은 건 아니겠죠? 공자님이 이대로 물러나도, 공자님이 살아 있다는 걸 저들이 알게 되면… 먼저 죽이지 않으면……."

"당우가 죽겠군."

"그래요. 두 분은 이제 자유의 몸이에요. 그럼… 공자님을 이대로 놔두고 떠나실 건가요?"

"……."

어화영은 일시 말을 못했다.

세상 밖으로 나왔다. 당우와는 남남이다. 서로 간에 남아 있는 계산도 없다.

서로 등을 돌리고 헤어지면 그만이다.

그런데도 떠나지 못하고 있다. 자신들뿐만 아니라 치검령, 추포조두, 그리고 무림과는 아무런 상관도 없는 산음초의까지 마치 한 식구인 양 붙어 있다.

그들은 헤어질 수 있으나 헤어지지 않는다.

이게 무슨 일인가?

지금까지는 시력을 회복해야 한다는 선급한 문제가 있었다. 먼저 시력을 회복했다고 해서 떠나지 않았다. 그들은 아직 시력을 회복하지 못한 자를 위해서 식량과 물을 조달해 왔다.

이제 선급한 문제는 거의 풀렸다.

신산조랑을 제외하고는 모두 다 눈을 떴다.

신산조랑이 지금 당장 목숨을 끊어도 좋을 마인이라는 점을 생각하면 그들이 모여 있을 이유가 없다.

그런데 왜 떠나지 못하고 있는 것인가?

모두들 왜 제 갈 길을 가지 않는 것인가!

가슴속에 불안감이 남아 있기 때문이다. 밀림에 들어서면 모이라고 하지 않아도 자연스럽게 뭉치는 것처럼 낯선 환경과 부딪치니 서로를 의지하고 있는 것이다.

그럼 무림이 낯선 곳인가?

그렇다. 그들에게는 너무도 익숙한 곳이지만 지금은 낯선 곳이 되었다. 그것이 그들을 불안하게 한다. 왜? 왜 익숙한 곳이 낯선 곳이 되었을까?

모르겠다. 막연히 그런 느낌이 든다. 함부로 떠돌아서는 안 된다는 느낌이 강하게 밀려온다.

이것은 은자의 감각이다.

삶이 있는 곳과 죽음이 있는 곳을 본능적으로 골라내는 은자의 감각이 말한다. 그들이 서 있는 곳, 무림이라는 곳, 세상이라는 곳이 온통 죽음으로 가득 차 있다고.

신산조랑이 말했다.

"당우 공자님은 수련을 더 쌓아야 합니다. 만정 무공이 세상에서 통하지 않을 거라는 건 모두가 다 알고 있었어요. 그걸 모르는 사람은 없었죠. 다만, 혹시나 하고 기대감을 가졌을 뿐이에요. 당우 공자님이 워낙 괴이하니까."

신산조랑의 말이 맞다.

모두 당우의 무공을 염려했다. 그래서 비무로 진신 무공을 알아보고자 한 것이다.

역시 만정 무공은 어둠 속에서만 통한다.

그런 사실을 확인했다고 해서 새삼 놀랄 필요는 없다. 이미 알고 있었던 일이지 않나.

그래도 섭섭한 마음이 든다. 지나치게 울적해진다. 당우에게 큰 기대를 하고 있었던 건가? 안 될 줄 알았고, 시험해 보니 안 된 것뿐인데, 뭐가 섭섭한 건가.

"당우 공자님은 제게 맡기세요."

"뭐! 네가 그럴 정도로 무공이 고강하다는 거야? 아니면 무슨 수라도 있다는 거야?"

"있어요. 전 여러 수에 능통한 마인이에요. 공자님을 이 세상에 적응시킬 방도가 있어요."

"음! 그게 뭔데?"

"죄송해요. 말씀드릴 수 없어요."

"사이(邪異)한 거겠지?"

"아뇨. 말씀드릴 수 없다 뿐이지 사이하지는 않아요. 그건 믿으셔도 좋아요."

"그리고?"

"여러분은 사문 소식을 알아보세요."

"……"

어화영이 침묵했다.

그들이 불안한 이유, 익숙한 세상이 낯선 세상으로 느껴지는 이유가 바로 이것이다.

그들은 사문을 욕되게 한 죄인이다.

홍염쌍화는 만정을 지키지 못했다. 화염탄으로 폭파된 것을 무슨 수로 지키느냐고 항변할 수도 있지만, 은자들에게는 어떠한 변명도 통하지 않는다.

지켰느냐, 못 지켰느냐…… 결과로 말한다.

홍염쌍화는 지키지 못했다.

추포조두는 백석산 사건을 밝혀내지 못했다. 치검령은 당우를 죽이지 못했다.

그들은 모두 사문을 욕되게 한 자들이다.

자신들의 임무는 어떻게 된 건가? 아직 지속되고 있는 것인가. 서둘러서 수결을 받지는 않았겠지?

다른 때 같으면 이런 걱정을 하지 않는다.

사문은 그들을 믿는다. 시간이 지체된다고 해서 실패했다고 생각하지 않는다.

은자가 사라질 수도 있다. 아무런 보고도 없이 흔적조차 남기지 않고 사라진다. 하지만 실종(失踪)은 곧 사건의 연속이다. 시신이 발견되지 않는 한 사건은 지속된다.

그러나 이번에는 경우가 다르다. 누가 봐도 삶을 보장할 수 없는 사태가 벌어졌다.

화염탄 수십 개가 만정을 초토화시켰다.

만정이 지하 백 장 깊숙이 매몰되었다. 산 전체의 지형도가 새롭게 바뀌었다.

이만한 사건이면 수결을 받고도 남는다.

그렇다면 그들은 사문의 죄인으로 낙인찍혔으리라. 임무를 완수하지 못한 최초의 실패자로 기록되었으리라.

그들은 사문의 버러지다.

향후, 사문은 그들을 적으로 간주할 게다. 혹여 살아 있다는 사실이라도 알려지면 이번에는 사문에서 그들을 제거하고자 은자들을 보낼 것이다.

동문 사형제와 병기를 맞대는 일이 벌어진다.

목숨을 버리면서까지 지키고자 했던 사문과 이빨을 드러내며 싸워야 하는 관계가 된다.

세상이 답답해 보이는 이유다.

어화영은 신산조랑의 말을 흘려듣지 않았다.

"두 분을 마님으로 모신다. 당우를 공자님으로 모신다. 이 말은 당우와 두 분이 떨어져서는 안 된다는 말이에요."

신산조랑의 말뜻은 홍염쌍화도 갈 곳이 없다는 뜻이다.

신산조랑은 치검령이나 추포조두에게는 특별한 호칭을 부여하지 않았다.

그들은 떨어져 나갈 수 있지만 홍염쌍화만은 그럴 수 없다는 말이다. 풍천소옥과 적성비가의 조처에 비해서 귀영단애의 조처가 더욱 단호하고 매섭다는 말과도 일맥상통(一脈相

通)하다.

그 말뜻…… 어화영은 이해한다.

귀영단애에서 그녀들을 버렸다면 그것은 완벽한 죽음으로 이해했다는 뜻이다. 즉, 세상에 다시 모습을 보여서는 안 된다. 그럴 경우에는 정말로 귀영단애와 사생결단을 벌여야 한다.

"네 목적이 검련이랬지?"

"네."

"네 말대로라면 우리가 상대하는 건 검련만이 아냐. 귀영단애, 적성비가, 풍천소옥…… 이게 제정신으로 할 말이야?"

"호호호! 검련 사십 검가를 상대로 싸우겠다는 말은 제정신으로 들리나요?"

"하기는……."

어화영은 고개를 끄덕였다.

이제야 자신들이 왜 당우를 떠나지 못하고 있는지, 마음속에 깃든 불안감의 정체가 무엇인지 확실하게 인지했다. 아니, 그런 사실은 이미 알고 있었다. 자신들이 스스로 인정하지 못했을 뿐이다. 그럴 리 없다고 부정하는 마음이 컸다.

사실을 인정하고 나니 마음이 홀가분하다.

"저놈을 세상에 적응시킨다는 말…… 빈말은 아니지?"

"제 인생, 제 한을 건 일인데 빈말일 리 있나요."

"시간은 얼마나 걸리는데?"

"글쎄요? 그건 공자님께 달린 문제라서……."

"알았어. 그런데 노파에게 존대 받기 싫어. 말투 고쳐."

"그러면 공자님도 싫다고 하실 걸요? 그래서 안 됩니다."

"다른 것도 많은데 왜 종을 고집하는 거야? 참모도 있고, 저 놈들처럼 아무 관계도 아닌 채 곁에 있을 수도 있어. 왜 여러 사람 불편하게 종이야?"

신산조랑이 입술을 비틀었다.

그녀는 웃음을 띤 것이지만 어화영이 보기에는 입술 근육의 일그러짐으로밖에 보이지 않았다.

"종이 편해요. 왜 편한지, 제가 왜 종이 되어야 하는지는 나중에 아실 거예요. 하지만 이게 공자님이나 마님을 곤란하게 만들지는 않을 거예요. 제 복수를 두고 맹세하죠. 제 말에 한 치라도 거짓이 있다면 제 복수는 이루어지지 않을 거예요."

"휴우!"

어화영은 이해할 수 없다는 듯 고개를 절레절레 흔들었다.

2

홍염쌍화는 귀영단애의 흔적을 발견했다.

폭발에 이은 화염은 인위적인 흔적들을 말끔히 지워 버렸다. 뒤집어엎었고, 태워 버렸다.

인간의 손길은 그 위에서 발견되었다.

폐허를 파낸 흔적, 그을림을 건드린 흔적이 뚜렷했다.

"폭이 좁고 길어. 우리 거야."

어해연이 말했다.

땅을 파낸 흔적에서 귀영단애의 야삽(野挿)을 보았다.

귀영단애의 야삽은 휴대성에 중점을 두고 만들었다.

폭은 사람 손바닥 정도밖에 되지 않는다. 반면에 길이는 손바닥 세 개를 합쳐 놓은 것 같다. 삽날과 삽자루가 접히게 되어 있어서 허리춤에 꽂으면 방패 역할도 한다.

폐허는 귀영단애의 야삽 흔적이 가득했다.

"왔다 갔네."

어화영이 힘없이 말했다.

"응."

"파다 말고 그쳤어. 끝냈다는 이야기지?"

"응."

"누가 왔다 갔을까? 이런 일이라면……."

"마수신검(魔獸神劍)일 거야. 죽지 않았다면."

어해연이 키가 크고 냉철한 사내를 떠올렸다.

그녀들이 만정에서 생활한 게 거의 이십 년이다. 그만큼의 세월 동안 귀영단애를 떠나 있었다. 더 지났을 수도 있고, 덜 될 수도 있지만 얼추 그 정도의 세월이 지나갔다.

강산이 변해도 두 번은 변했다.

그녀들이 있을 때, 은자들의 뒤처리만 전문적으로 담당하던 사내가 있었다.

마수신검.

은자들은 그를 보고 싶어하지 않는다. 그를 봤다는 것은 실패의 상징이기 때문이다.

성공했을 때는 결코 그를 볼 수 없다.

성공했을 때도 뒤처리를 필요로 할 때가 있고, 그럴 때면 어김없이 그가 나타나지만 그때는 은자들과 마주치지 않는다.

그는 늘 그림자처럼 뒤에서 은밀히 도와준다.

실패할 경우? 그때는 생각도 하기 싫다.

홍염쌍화가 그런 경우다. 그녀들은 마수신검을 만날 뻔했다. 그들이 땅을 파 내려왔다면 좋지 않은 상황에서 만날 수 있었다. 실패자와 처리자의 관계에서 만나면 무엇이 남겠는가.

물론 이번 일이 그녀들의 잘못은 아니다.

세상에는 불가항력이라는 것이 있다. 누가 봐도 어쩔 수 없는 상황이다. 고객이 이런 점을 감안했다면 동정이 아니라 진심으로 인정했다면 홍염쌍화가 맡은 일은 실패가 아니라 성공의 종결로 마무리되었을 가능성이 크다.

그래도 귀영단애는 용납할 수 없는 것이다.

땅을 파 들어가서 끝까지 뿌리를 뽑아보고자 했을 것이다.

마수신검이다. 마수신검만이 그토록 악착스럽게 끝장을 본다. 만약 화액이 아니었다면 정말로 그런 일이 벌어지고도 남았다. 시체를 보든지, 살아 있는 자를 만나든지 둘 중에 한 가지 일이 벌어진다. 어떤 상태에서든 마수신검과는 만났다.

그런데 중도에서 포기했다. 중간까지도 가지 않았다. 땅 판 자국을 보면 시작한 지 하루, 이틀 만에 포기하고 물러섰다.

"제길!"

어화영이 신경질적으로 불에 탄 잡목을 걷어찼다.

수결을 받았다.

마수신검을 중도에서 그만두게 할 것은 고객의 중단 요청밖에 없다. 은가에게 요구하는 중단 요청이란 곧 종결을 의미하는 것, 수결이 끝났다.

"가까운 곳에서 사실을 알았으니… 멀리 갈 필요가 없어서 좋잖아. 좋게 생각해."

어해연이 씁쓸하게 웃으며 말했다.

홍염쌍화의 종결은 적성비가의 종결로 이어진다.

만정을 운용하는 건 검련 본가다. 그리고 추포조두는 검련 본가에 고용되었다.

그들은 추포조두가 어디에서 무엇을 하고 있는지 안다.

당우를 쫓고 있다. 흔적 곁에서 떨어지지 않는다. 백석산 사건을 알려줄 수 있는 유일한 증거가 당우인 이상 그에게 바짝 붙어 있는 것은 당연하다.

그의 임무는 아직 끝나지 않았다. 그가 쉬고 있는 것도 아니다. 최악의 장소에서 묵묵히 임무를 수행하고 있다.

우연찮게도 검련 본가에서 고용한 은가 두 군데의 은자들이 한 장소에 모여 있다.

그리고 꽝! 폭발이 일어났다.

그들은 홍염쌍화의 종결을 수결했다. 이로써 만정은 완전히 끝났다고 본 것이다. 그렇다면 홍염쌍화와 함께 있는 추포조두의 종결 또한 수결했을 게다.

하지만 상황은 다르다.

귀영단애의 수결은 성공을 의미하는 종결이지만, 적성비가의 종결은 실패를 의미한다.

그는 아무것도 알아내지 못했다.

알아낼 시간이 충분히 있었는데도 파악해 내지 못했다. 치검령만 아니었어도 알아낼 수 있었는데 미련이라고 해야 할까, 여운이라고 해야 할까. 조금만 더 빨랐다면 하는 여운이 불가항력을 인정할 수 없게 만든다.

그들은 할 수 있었지만 기회를 놓쳤다.

실패의 수결이다.

다른 사람들에게 이만한 일은 충분히 납득될 수 있고, 인정받을 수 있지만 은자는 다르다. 홍염쌍화처럼 정말 어쩔 수 없었을 때만 인정받는다.

자신의 대척점에 있는 풍천소옥은 당연히 잔치 분위기일 게다.

무엇보다도 적성비가와의 맞대결에서 이겼다는 점이 그들의 어깨에 날개를 달아주었으리라.

풍천소옥은 여전히 일류다. 적성비가는 이 한 판으로 인해서 이류로 떨어졌다.

그들은 사문을 살피기 위해 밖으로 나갈 필요가 없다.

귀영단애의 판단이 정확하다면 그들에 대한 판단도 확실하게 정리된 것이다.

"후후! 우리 모두 갈 곳이 없는 몸들이군."

치검령이 말했다.

"그래도 넌 죄인은 아니잖아. 영웅인가?"

"나타나지 않아야 영웅이 되는 거지. 알잖아. 임무완수 수결을 받아도 최종 결과가 뒤집혔을 때의 냉대."

"후후후!"

추포조두가 웃었다.

그들의 위치는 언제든 뒤바뀔 수 있다.

지금은 치검령이 승자고, 추포조두가 패자. 그러나 당우가 모습을 드러내는 순간, 그들의 위치는 정반대로 뒤바뀐다. 치검령은 당우를 죽이지 못했다. 추포조두는 여전히 당우를 쫓고 있다. 생각할 것도 없다. 아주 간단하다.

세상의 시선은 변하지 않는다. 하지만 진실을 보는 은가의 시선은 매서울 게다.

그들은 갈 곳이 없는 사람들이다.

모두 한자리에 모여 앉았다.

그들은 언제나 모여 있었다. 식사를 할 때마다 모였다. 둥글게 원을 그리고 앉아서 사냥해 온 고기를 잘라먹었다.

그러나 그때와는 다르다.

그들은 심도 깊은 말을 주고받지 않았다. 그럴 필요가 없었다. 서로 갈 길이 다른 사람들이기 때문에 마음속에 있는 말을 꺼낸다는 자체가 힘든 일이었다.

그저 형식상 '잘 잤냐?' 하는 정도만 묻곤 했다.

"우리 중에 수장(首長)은 이 계집이야. 불만있으면 지금 말해."

어화영이 못마땅한 표정으로 말했다.

자매이면서도 늘 윗자리는 어해연에게 양보해야 한다는 사실이 불만인 모양이다.

"후후! 그럼 계집이란 말도 써서는……."

"죽을래!"

묵혈도가 괜히 한마디 꺼냈다가 반공갈을 당하고는 급히 입을 다물었다.

말처럼 죽이지는 않는다. 하지만 두어 대 정도 되게 얻어맞는다.

"난 입 다물래. 이다음은 네가 해."

"그래."

어해연이 웃으면서 말했다.

"우리 사이에 새삼스럽게 수장이니 뭐니 할 것은 없고……."

"아뇨. 수장은 있어야 합니다."

신산조랑이 어해연의 말을 단호하게 잘랐다.

이 자리, 그녀가 만든 자리다. 다 아는 사람들끼리 새삼스럽게 정색을 하고 말할 게 뭐가 있냐고 해도 부득불 고집해서 모두를 한자리에 불러 모았다.

그녀가 말했다.

"갈 곳이 없는 사람들이 옹기종기 모여 앉은 꼴을 보니 한심해요. 오합지졸도 이런 오합지졸이 없어요. 지금 여러분 자신을 보세요. 얼마나 한심해요?"

"하!"

어화영이 놀라서 입을 쩍 벌렸다.

신산조랑은 늘 조용히 말했는데, 여러 사람을 설득하고 있다. 그리고 그런 설득이 그럴싸하게 들린다.

"기왕 같이 움직일 바에는 조직이 되는 게 나아요. 조직의 장점은 일사불란함이잖아요. 불의의 상황에 빠르게 대처할 수 있죠. 지금보다 서너 배는 기민해질 수 있어요."

몇몇 사람이 고개를 숙였다. 아니, 당우와 산음초의를 제외한 은자들 모두가 눈길을 다른 데로 돌렸다.

갈 곳이 없다고는 하지만 사문을 배신하지는 못한다.

조직? 조직의 유용성은 인정한다. 하지만 사문이 있는데 다른 조직에 가입할 수는 없다.

어해연을 수장으로 모실 수는 있다.

그것은 조직의 수장을 말하는 게 아니다. 자신들을 대표하는 대표자 정도의 역할일 뿐이다.

조직은 안 된다.

귀영단애, 적성비가, 풍천소옥…… 모두 같은 생각이다.

신산조랑은 눈을 뜨지 못해서 그들의 표정을 보지 못했다.
그녀가 말했다.
"우리는 검련을 상대해야……."
그녀가 문득 입을 다물었다.
싸한 정적이 흐른다.
이제야 그녀는 이상한 분위기를 감지했다. 이들이 무슨 생각을 하고 있는지, 자신의 말을 어떻게 받아들이는지 알아챘다.
"그렇군요."
그녀가 고개를 몇 번 주억거렸다.
이들에게 조직을 기대한다는 건 무리다.
그녀가 잠시 착각했다. 마인이라면 얼마든지 가능하다. 그들은 쉽게 조직원이 되었다가 또 떠난다. 그래서 마인들의 조직이란 조직원들이 변절하지 않도록 어떻게 단속하느냐에 성패가 달려 있다고 해도 과언이 아니다.
신산조랑은 죽음의 맹세를 받을 생각이었다.
그 정도의 결속력은 있어야 말도 안 되는 싸움을 견뎌 나갈 수 있다. 한데 그것조차도 안 된다.
'시작도 하기 전에 끝나 버려.'
검련, 아니, 천검가 한 곳만 놓고 봐도 승패가 명확하게 갈린다. 천검가에는 이들을 상대할 만한 고수가 부지기수다. 아니다. 아니다. 단 한 명이면 족하다.
천검가를 무너뜨리기 위해서는 결국 천검가주를 쓰러뜨려

야 한다.

이들이 천검가주의 상대가 될까? 어림도 없다. 상대는커녕 일초도 받지 못할 게다.

역시 조직적으로 움직이지 않고는 일말의 희망조차도 없다.

신산조랑은 단호하게 말했다.

"전 당우 공자님의 종이자, 홍염쌍화님의 종이에요. 공자님과 두 분 마님은 헤어지지 않아요. 늘 같이 있을 거예요. 그렇죠?"

신산조랑이 붕대 감긴 눈으로 홍염쌍화를 쳐다봤다.

"그래. 그렇다고 해."

어화영이 말했다.

사실 그녀들도 문제가 있다.

당우 곁에 머물고는 있지만 굳이 머물 이유가 없다. 더군다나 그를 도와서 검련을 친다는 것은 썩 내키지 않는다.

검련은 귀영단애를 찾았고, 그녀들에게 임무를 부여했다. 그런데 역으로 그들에게 검을 들이댄다는 것은 아무리 임무가 끝났다고 해도 난감한 일이다.

결국 당우를 얼마나 생각하느냐로 결정이 내려질 텐데… 특별하게 어떤 관계라고 할 것도 없다. 그저 늦둥이로 태어난 막냇동생을 보는 심정이다.

겨우 그 정도의 인연으로 왜 이리 절절매는 것인가.

만정에서의 생활은 그녀들을 무척 외롭게 했다. 그나마 친자매가 같이 있었으니 망정이지 그렇지 않았다면 진작 정신병에 걸리고도 남았다.

그러던 참에 당우가 외로움을 밀쳐 내고 들어섰다.

삼 년. 무척 짧은 세월이다. 하지만 당우와 싸우면서 보낸 그 삼 년의 세월이 홍염쌍화에게는 가장 행복했던 시간이다.

신산조랑은 이런 감정을 파고들었다. 그래서 그녀들과 당우를 묶어놓는 종이 되었다.

이거! 이거였구나! 그녀가 굳이 종이 되겠다고 한 것이…… 그녀들을 당우 곁에 묶어놓기 위해서였구나!

세 사람을 모시는 한 명의 종.

두 부류를 모시는 한 명의 종.

당우와 홍염쌍화는 신산조랑이라는 종을 통해서 서로의 관계를 유지시켜 나간다. 홍염쌍화의 입장이 변해도, 당우의 입장이 변해도 세 사람의 특별한 관계는 지속될 게다.

어해연이 불현듯 이런 점들을 깨달았다.

"신산조랑……. 조랑이라는 말은 모르겠고, 신산이라는 말은 맞는 것 같네. 호호호! 종. 그렇지?"

"떠나지 않으실 거죠?"

"안 떠나."

어해연이 단언하듯 말했다.

"감사해요."

"신산조랑…… 만약 이 수에 약은 꾀가 섞여 있다면, 대가를 아주 잔혹하게 치러야 할 거야."

"무슨 소리야?"

아직 사실을 깨닫지 못한 어화영이 어리둥절한 표정으로 물어왔다. 어해연의 표정이 너무도 진지했던 까닭이다.

"물론이에요."

'됐어!'

신산조랑이 웃었다.

이제 이들을 묶었으니 강하게 밀고 나갈 수 있다.

"당우와 두 마님이 동지적 입장에서 뭉쳤어요. 두 마님…… 당우를 위해서라면 사문과도 검을 섞을 수 있어요."

'그렇게까지는…….'

어해연은 고개를 미미하게 내저었다. 하지만 드러내 놓고 거부하지는 않았다.

"세 분도 결정을 내려주세요. 그럴 수 있다면 남고, 안 되시면… 죄송하지만 우리 인연은 여기까지로 해요."

그녀는 산음초의의 의사는 물어보지도 않았다.

물어볼 필요도 없었다.

그를 만정에 가둔 곳은 천검가다. 아무 죄도 없는 의원을 납치해서 만정에 가뒀다. 만약 그가 다시 나타나면 천검가가 가만히 있겠는가. 그는 천하에서 가장 갈 곳이 없다.

여덟 명은 밤새도록 흩어지지 않았다.

눕기도 하고, 잠을 청하기도 했지만 둥근 원을 풀지는 않았다.

신산조랑의 요청이다.

끝을 보기 전에는 원을 풀지 않는다. 남지 않겠다면 일어서서 원 밖으로 나가면 된다. 챙길 물건이 있을 리 없으니 그대로 떠나면 된다. 남겠다면 그렇다고 말 한마디만 하면 된다.

다섯 명은 결정을 내렸다.

사문이 있는 세 사람만 결정을 내리면 된다.

"묻겠습니다. 정말 귀영단애에 검을 겨눌 생각이십니까?"

추포조두가 어해연에게 물었다.

"그래."

어해연은 쉽게 대답했다.

그녀들도 밤새도록 깊은 생각을 했다. 이 문제에 대해서, 신산조랑이 한 말에 대해서 생각을 곱씹었다.

그녀들은 결정을 내렸다.

귀영단애가 그녀들의 죽음을 원한다. 다시 살아나면 완전히 종결된 사건이 되살아난다. 그런 변화를 원치 않는다.

그녀들은 죽어야 한다.

그녀들의 생존이 귀영단애에 알려질 경우, 사문은 은자를 보내올 것이다.

목적? 꼭 말해야 알겠는가.

그럴 바에는 차라리 지금 죽는다. 어해연, 어화영 자매는 만정 깊숙한 곳에 묻혔다. 그녀들은 귀영단애의 은자가 아니다. 당우 곁에서 새로운 사람으로 탄생한다.

"좋습니다. 나도… 적성에 검을 들죠."

추포조두가 선언했다.

"좋아. 어떻게 되는지 두고 보자고."

치검령도 따라나섰다.

돌이킬 수 없는 말이다.

두 번 다시는 사문으로 돌아갈 수 없는 막다른 골목으로 들어섰다.

만정에서는 참 많은 생각을 했다.

탈출하게 되면 어디서부터 어떻게 일을 시작할까? 백석산의 일을 들춰내려면 류명을 끄집어내야 한다. 지금쯤은 다 큰 어른이 되어 있겠지? 무공도 늘었을 게고…… 그래 봤자 어린애겠지만.

천검가를 어디서부터 건드릴까? 당우는 언제 죽일까? 이것저것 다 만족스러워야 되는데…….

그들의 모든 생각은 임무 종결이라는 어처구니없는 사태 앞에서 전혀 엉뚱한 방향으로 돌아섰다.

'사문이 적이라니. 후후!'

잠시 중단되었던 논의는 일사천리로 진행되었다.

어해연이 수장이다.

어화영은 호법원(護法院) 원주(院主)로, 어해연을 밀착 방어한다.

치검령은 청마단(靑魔團) 단주(團主)이며, 추포조두는 백마단(白魔團) 단주(團主)다. 그들은 어해연의 좌우쌍비(左右雙臂)로 실질적인 행동을 담당한다.

산음초의는 불사원(不死院) 원주(院主)가 되었다.

조금 과한 이름이기는 하다. 하지만 이 자리에 있는 사람들 중에서 죽는 사람이 생겨서는 안 된다. 일차로는 자신이 조심한다. 이차는 산음초의의 손길에 기대한다.

산음초의의 임무는 막중하다.

일인(一人)이 단주이며 원주다. 어린애 장난도 아니고 무슨 놈의 조직이 이렇단 말인가.

"세상 사람들은 모릅니다. 백마단주라고 하면 그 뒤에 반드시 수하가 있을 것이라고 생각합니다. 한 백 명? 그 정도만 생각해도 단주가 두 명이니 이백 명이 됩니다. 기껏해야 여덟 명뿐인 조직이지만 남들이 보기에는 수백 명이 움직이는 문파로 보이는 겁니다. 결코 무시할 수 없죠."

"거짓은 드러나게 되어 있는 법인데……"

"그런 점은 심려 놓으세요. 노신이 알아서 하겠습니다. 우리는 막강한 조직을 가진 신흥문파입니다. 그런 위치에서 무림에 나서는 겁니다."

"그럼 신산조랑은 뭘 맡을 건데?"

"노신은 그냥 종이 좋습니다."

"왜? 신산조랑도 그럴듯한 직위 하나 갖지 그래? 총관(總管)도 괜찮을 것 같고…… 모사(謀士)도 있고."

"그런 역할을 맡으면 세상에 드러납니다. 누구의 눈에도 띄지 않는 곳에서 조용히…… 그래야 제 역할을 다할 수 있습니다. 그런 자리로는 종년보다 좋은 게 없죠."

그녀가 종이라는 신분을 여러 가지로 사용한다.

종은 확실히 눈에 띄지 않는 자리다. 피골이 너무 말라서 일시 주목을 받을 게다. 하지만 볼품없는 여자가 묵묵히 수발만 들면 주시하던 눈길도 돌리게 된다.

어디서 다 죽게 된 노파를 살려준 은혜? 그 정도의 배경이면 종으로 부릴 수 있다.

"그래, 그건 마음대로 해. 그런데 저 두 사람은 왜 아무 직위도 안 줘?"

어화영이 당우와 묵혈도를 쳐다보며 말했다.

"두 사람은 무공을 회복하는 게 급선무입니다."

"……!"

여러 눈길이 신산조랑을 쳐다봤다.

그 눈길 속에는 희망이 담겨 있었다. 정말이냐는 의문이 묻어 있었다. 농담하지 말라는 질책도 스며 있었다.

묵혈도의 혈맥은 망가질 대로 망가져서 도저히 되살릴 수 없다. 오죽하면 추포조두마저 두 손 두 발 다 들었겠는가. 당우는 진기가 사라져서 무기지신이 되었다. 투골조 때문이라는 건 짐작하겠는데 특별한 이유도 없이 사라져 버렸다.

그런 사람들을 되살릴 수는 없다. 하나 신산조랑은 당우를 현실에 적응시키겠다고 했다.

그 말은 어느 정도 신빙성이 있다. 마공, 사공 중에는 요사한 비술이 많으니 어떤 수단을 모색할 수도 있다. 하지만 묵혈도는, 산음초의마저 고개를 내저은 묵혈도까지 무공을 회복시킨다는 것은…… 그러다가 안 되면 마음의 상처만 깊어진다.

　신산조랑이 말했다.
"모든 건 공자님께 달렸어요. 두 분이 어느 정도 회복되는지 지켜보죠."

第五十四章

백공(百功)

1

"당우를 얼마나 맡기면 돼?"
"백 일이요."
"백 일? 백 일이면 돼?"
"네."
"백 일이면 진기를 살릴 수 있단 말이야?"
"그건 공자님이 알아서 하실 일이고…… 제가 할 일은 백 일이면 끝나요."
"그동안 우리는 뭘 할까?"
"무공을 다듬으세요. 지금까지 써왔던 무공을 완전히 버릴 수는 없을 것이고…… 뭔가 다른 것 같으면서도 비슷하게, 그래서 한눈에 알아보는 일만은 없게끔 고치세요."

"약간만 고치면 되겠지."

"네."

"묵혈도는 같이 안 가?"

"백 일 후에요."

신산조랑과 당우가 폐허 깊은 곳에 연공실(練功室)을 만들었다. 그리고 백 일 연공에 들어간다.

그곳은 누구나 들어갈 수 있다. 언제라도 나올 수 있다. 하지만 들어가지도, 나오지도 않는다.

바깥 경비를 은가 최정예 은자들이 담당한다.

치검령과 추포조두가 지키고 있는 한 쥐새끼 한 마리 뚫고 들어서지 못할 것이다.

연공 기간 동안 식량은 공급하지 않는다.

그들은 만정에서 살아남았다. 이 세상 어디에 뚝 떼어놓아도 살아남을 능력을 갖췄다. 사막 한가운데 내려놓아도 굶어 죽지는 않을 것이다.

신산조랑은 아예 아무것도 없는 것보다는 조금이나마 있는 게 낫지 않겠냐는 말도 거절했다.

"조금이라도 있으면 의지하는 마음이 생기죠. 만정에 있어봐서 알잖아요. 우리가 알아서 할게요."

"겨울이 지난 후에나 볼 수 있겠군."

"새봄에 새사람으로 보는 것도 괜찮죠."

"그래."

"꼭 진기를 회복해."

"전 언제나 최선을 다하잖아요."

당우가 씩 웃었다.

하얀 이빨이 햇볕에 반사되어 반짝였다.

백 일 후면 어디론가 사라져 버린 진기를 마음대로 사용할 수 있다.

솔직히 가슴이 뛰지 않는다면 거짓말이다. 흥분으로 들뜬 마음을 좀처럼 감출 수 없어서 얼굴 표정에 고스란히 드러난다.

자신의 무공이 어떤지는 다른 사람보다도 당우 자신이 제일 잘 알고 있다. 또 그만큼 제일 답답하기도 하다.

세상이 항상 어둠 속에 숨어 있으라고 고사를 지낼 수도 없는 노릇이다. 그렇다고 통하지 않는 무공을 열심히 가다듬는 것도 무의미하다.

그가 힘을 쓰지 못하는 원인은 내공에 있다.

어둠 속에서는 은밀한 자가 왕이었지만, 밝은 세상에서는 힘이 강한 자가 왕이다. 힘이 강해야 빠르게 나아갈 수 있고, 거칠게 몰아붙일 수 있으며, 다양한 변화를 그려낸다.

은밀함만 가지고는 아무것도 하지 못한다.

모두들 그의 무공을 두고 반편이니 어쩌니 한다.

그들이 말하기 전에 당우가 먼저 그 사실을 깨닫고 있으며, 어떻게든 해보려고 했다. 단단하게 밀봉된 진기를 꺼내기 위해서 하루 한시도 제대로 쉬지 못했다.

단진은 요지부동이다. 단단한 껍질 속으로 들어가 버린 진기는 나올 생각을 하지 않는다. 껍질이 눈에 확 띄기라도 하면 부숴보기라도 할 텐데 그것마저 투명이다. 어디쯤 있는 것 같기는 한데, 종잡을 수가 없다.

그만 포기하고 싶은 마음이 간절하다. 하지만 포기할 수도 없다.

그때, 신산조랑이 방법을 내놓은 것이다. 백 일 연공이면 잃어버린 진기를 사용할 수 있다고 공언했다.

백 일…… 얼마나 짧은 세월인가.

"무엇부터 해야죠?"

"말씀부터 놓으세요."

"에이, 그건 말이 안 되고……."

"주인이 종복에게 말을 올리는 법은 없습니다. 하려면 완벽하게 해야 합니다."

"알았…… 다고."

"그럼 지금부터 어떻게 해야 잃어버린 진기를 쓸 수 있는지 방법을 말씀드리겠습니다."

신산조랑이 맞은편에 앉았다.

"진기를 풀 수 있는 방법은 없습니다."

신산조랑의 첫마디가 뒤통수를 퉁! 가격했다.

"신산조랑…… 그게 무슨 말이야? 방금 전에는 진기를 풀 수 있는 방법이 있다고 했잖아?"

당우는 당황했다.

희망이 절망으로 바뀌면, 희망에 먹구름이 끼면 머릿속이 하얗게 탈색된다.

사람을 놀리는 건가?

제일 먼저 이 생각이 들었고, 이후에도 다른 생각은 들지 않는다. 괜히 놀려본 것이겠지 하는 생각만 부질없이 든다.

"놀라셨습니까?"

장난이 아니다. 진심이다.

당우는 크게 심호흡을 해서 흥분된 마음을 가라앉혔다.

'후우웁!'

깊이 들이쉰 숨이 단전에까지 내려갔다가 쑥 올라온다.

천천히, 천천히, 천천히……

내쉬는 숨이 빠르면 마음도 급해진다. 반면에 내쉬는 숨이 가늘고 길면 급하던 마음도 잔잔하게 가라앉는다. 그래서 사람의 숨을 보고 마음 상태까지 분별할 수 있는 것이다.

당우는 천천히 내쉬었다.

이런 습관은 만정에서부터 계속되어 왔다.

진기를 잃은 그가 할 수 있는 것이라고는 호흡을 조절하는 것밖에 없었다.

"실망이 컸나 보군요."

깊게 깔린 숨소리를 들었는가?

신산조랑은 그렇게 심한 장난을 쳐놓고도 아무렇지 않은지 태연하게 말했다.

"다 그렇죠, 뭐. 원래 쉬운 건 없으니까."

당우는 애써서 섭섭한 마음을 감췄다.

"말씀에 신경을 써주세요. 방금 존대를 썼습니다. 당분간은 말을 하실 때마다 깊이 신경 써주세요. 종복에게 존대를 하는 주인은 없습니다. 몸에 붙어서 자연스럽게 나와야 합니다."

"알았어. 알았다고. 그까짓 반말이 뭐 그리 어려운가?"

"진기를 풀 수 있는 방법이 없다고 했지, 풀 수 없다고는 하지 않았습니다."

"풀 수 있다는 거야, 없다는 거야?"

"모르죠."

"저기… 사람을 가지고 노는 게 습관이 된 모양인데……."

"가지고 놀지 않았습니다. 공자님이 말씀을 듣고 있지 않을 뿐이죠. 잊었습니까? 공자님을 따라다녀야 복수를 할 수 있을 것 같다는 말. 공자님의 지금 상태로는 아무것도 하지 못합니다. 설마 제가 이런 공자님을 쫓아다닐 것 같습니까?"

"아! 미안. 이제부터는 두 귀 씻고 경청할게."

당우는 즉시 진중한 표정으로 돌아갔다.

그는 신산조랑의 말에서 그녀의 진정을 읽었다.

이것이 당우가 가진 것들 중에서 가장 강한 힘이다.

그는 사람을 느낄 수 있다. 좋은 사람과 나쁜 사람을 거의 즉각적으로 구분해 낸다. 거짓말과 진심을 족집게로 집어내듯이 가려낸다. 그러니 적을 구분해 내는 것은 아주 쉬운 일에 속한다.

"검련은 만정을 만들었고, 그곳에 마인들을 가뒀습니다."
"……."

듣기만 했다. 다 아는 일이지만 그녀가 말을 하니 새로운 뜻이 있지 않을까 싶다.

"검련의 목적이 무엇일까요? 왜 마인들을 가둬놓고 인육을 공급했을까요? 공자님 의견은요?"

"뭔가 일을 벌이고 있다는 정도만."

"그 정도는 누구나 알고 있었어요. 또 그 이상을 아는 사람은 한 명도 없었고요. 홍염쌍화를 포함해서."

"신산조랑은?"

"제 성(性)이 엄(嚴) 씨예요. 엄노(嚴老)라고 불러주세요."

"엄노는 알아냈어?"

"저도 알아내지 못했어요. 왜 마인들을 가둬놨는지 이유가 분명히 있을 텐데, 알 수가 없더라고요. 그래서 한 가지 나름대로 대안책을 마련했죠."

당우는 고개를 끄덕였다.

"전 마인들의 무공을 수집했어요. 검련은 무가, 마인들은 무인. 무가에서 무인들을 필요로 한다면 목적은 무공에 있을 터. 무공을 모으면 뭔가 되지 않을까 싶어서죠."

"무공을……. 그들이 무공을 쉽게 내놓지 않았을 텐데?"

당우는 만정 마인들을 떠올렸다.

바로 옆에 사람만 있어도 잡아먹으려고 으르렁거리던 자들이다. 남의 말이라면 콩으로 메주를 쑨다고 해도 믿지 않는다.

그런 자들이 무공을 내놓을 리 없다.

"제겐 방법이 있었어요."

"흠……!"

"사구작서와 편마의 무공만 빼앗지 못했죠. 그들은 장난삼아 건들기에는 위험 부담이 너무 컸어요."

"그렇지."

이번에는 죽은 사부와 사구작서가 생각난다.

"그들을 무시하지 마세요. 그래도 무림에서는 마인으로 이름을 떨친 자들이에요. 오죽하면 만정에 집어넣었을까. 만정에 가둬졌다는 사실만으로도 그들의 무공은 뛰어난 거예요."

"악행이 뛰어난 거겠지."

"무공요. 무공이 뛰어난 거예요. 악행이 지독한 자는 즉참당했어요. 그런 자는 가둬놓지도 않아요."

"그런가……."

고정관념의 일부분이 깨진다. 만정 마인들은 인간 세상에 존재할 수 없는 악인들이라고 생각해 왔는데. 아무래도 식인 습관을 보다 보면 그런 생각을 안 할 수 없다.

"만정 마인들의 무공 백 개. 그래서 전 이 무공을 백마비전(百魔秘傳)이라고 명명했어요."

"백마…… 비전."

당우는 무엇에 홀린 듯 백마비전이라는 말을 따라 읊었다.

"검련의 목적이 무엇인지는 모르지만 이 백마비전 속에 있는 것만은 틀림없어요. 무공들의 통합(統合)? 상잔(相殘)? 제가 알고 있는 지식으로는 풀리지 않더군요. 하지만……."

신산조랑이 잠시 말을 멈췄다.

그녀는 말을 하기 전에 잠시 고민하는 듯했다. 말을 해야 하나 말아야 하나 망설이는 듯하기도 했다.

"이 백마비전만 수련하면 천하 모든 마공을 모두 수련했다고 할 수 있을 거예요."

"그 속에 투골조도 있나?"

"없어요."

"녹엽만주는?"

"없어요."

"편마가 녹엽만주 전에 가르치려고 했던 게 있어. 사십사편혈이라고, 마흔네 초식으로 이뤄진 건데……."

"없어요."

"그럼 정작 강한 무공은 모두 빠진 거잖아."

"무공을 수련해서 사용하라는 말이 아니에요. 이 중에 어떤 것도 공자님이 수련한 녹엽만주를 능가할 수 없어요. 하지만 백마비전은 마공의 근원이에요. 뿌리라는 거죠. 이것을 수련하면 투골조의 이치도, 녹엽만주의 이치도 한눈에 보여요."

"아!"

당우는 비로소 신산조랑의 말뜻을 알아들었다.

근본 이치부터 깨달아야 한다.

나무줄기와 잎사귀만 보지 말고 땅속에 파묻힌 뿌리도 봐야 한다.

백미비전으로 마공의 이치를 깨달으면, 투골조가 왜 진기를 삼켰는지도 알 수 있을 것이다.

신산조랑이 진기를 풀지는 못한다. 하지만 당우 자신이 스스로 풀 수는 있다.

백마비전을 수련하는 게 아니다. 이치만 깨우치면 된다.

한 가지 무공을 수련하는 데만도 몇 년을 소비해야 되는데, 백 가지 무공을 백 일 만에 수련한다는 게 말이 되는가.

터득이다!

"하하하! 그럼 묵혈도도 내가 고쳐야겠네?"

"공자님이 깨우치신다면, 그것도 가능하지 않을까 싶네요."

"신산조랑."

"엄노라고 불러……."

"알았어. 엄노. 엄노는…… 정말 큰 모험을 한 거야. 이 수가 먹히지 않으면 저 사람들이 가만 놔두지 않을걸?"

"이 수가 먹히지 않는다면…… 호호호! 전 살 희망이 없어요. 누구 손에 죽든지 상관없는 몸이 되는 거죠."

신산조랑의 얼굴이 딱딱하게 굳었다.

아마도 죽은 자식들의 얼굴을 떠올리는 듯했다.

삼혈마지(三穴魔指), 천마진성(天魔振聲), 독비마검(獨臂魔劍)…….

난생처음 들어보는 무공들이 줄줄줄 흘러나왔다.

당우는 하루에 한 가지씩 참오했다.

그는 좋은 공부 방법을 가지고 있다. 편마에게 무공을 전수받으면서 항상 써오던 방법이다.

전체가 된다.

종알, 종알, 종알…….

신산조랑이 근 반 시진 동안 한시도 쉬지 않고 입을 놀렸다.

그 말들이 정말 희한하게도 단 한 자도 귀에 들어오지 않았다. 무슨 말인가 들리기는 하는데 알아들은 말은 없다. 단지 귀에 들리기에 들을 뿐이다.

말뜻에는 주의를 집중하지 않는다. 하지만 소리는 한 자도 놓치지 않으려고 집중한다.

말의 뜻이 아니라 말의 진동을 느낀다.

"참불검초(斬佛劍招)예요."

"이게…… 마공인가?"

"참불. 부처를 벤다고 했으니 마공이죠."

"명칭만 그렇지 이건…… 부처에 얽매이는 마음마저도 벤다는 뜻이잖아. 이건 선종무학(禪宗武學)이야."

"만정 마인들 중에 착한 사람은 없어요."

"선종무학을 잘못 쓴 거 아냐?"

"그들을 마인으로 구분 지을 때, 기분 내키는 대로 편 가른 게 아녜요. 참불검초를 마공으로 분류하기 위해서 불가(佛家), 도가(道家), 선가(仙家)의 고수들이 깊이있게 연구했어요. 그런 후에 마공이 된 거죠. 단지 명칭에 참불이란 말이 들어갔다고 해서 마공으로 분류한 게 아녜요."

"그럼 내가 깨닫지 못한 마성(魔性)이 있다는 거네?"

"찾아보세요."

"모두 칠식(七式)이었지?"

"팔식(八式)을 말해 드렸는데요?"

"마지막 일식은 필요없어. 사족(蛇足). 칠식으로 완벽한데 완벽하고자 하는 마음이 일식을 덧붙인 거야."

"벌써 이해한 거예요?"

"아니. 그냥 느낌이 그렇다는 거지, 이해는 무슨 이해."

"그럼 내일 봬요."

신산조랑은 당우 발밑에 무엇인지 알지도 못할 벌레 아홉 마리를 놓았다.

한 끼에 세 마리씩 하루 치 식량이다.

"이놈의 벌레는 끝도 없이 나오네."

"그렇죠? 이런 황폐한 곳에…… 호호! 제가 감히 한 말씀 드린다면 마공은 이 벌레 같은 거예요. 아무것도 없는 속에서 끝없이 피어나죠. 그래서 때로는 사악해 보이기도 하고요. 좌우지간 생명력 하나는 끈질긴 게 마공이에요."

"그것도 참고로 할게."

당우는 눈을 감았다. 그리고 방금 전에 들은 참불검초 칠식을 참오하기 시작했다.

여든한 번째, 구령마혼(九靈魔魂).

무림에는 분심공(分心功)이 있다. 대표적인 것이 무당파(武

當派)의 양의심공(兩意心功)이다.

마음을 둘로 나눈다. 말은 참 쉽다.

어떻게? 마음의 형체를 잡을 수 없는데 어떤 식으로 마음을 나눠야 하나?

양의심공은 좌뇌와 우뇌를 독립적으로 활용시킨다.

좌뇌가 하는 일이 있고, 우뇌가 하는 일이 있다. 그 둘을 완전히 둘로 나눠 버리면 죽도 밥도 안 된다. 인간은 아주 작은 일을 할 때도 양쪽 뇌를 모두 쓰도록 훈련되어 왔다.

여기서 전체라는 말이 또 등장한다.

전체 속에 하나다.

좌뇌와 우뇌를 통괄하는 전체 속에서 좌뇌와 우뇌가 세부적으로 갈린다.

진기를 움직여서 뇌의 상태를 조절하는 것이 양의심공이다.

구령마혼은 거기서 한 걸음 더 나아간다.

구령…… 아홉이다. 아홉 가지 영혼이다.

구령마혼도 뇌를 나누는 분심공의 일종이다. 하지만 좌뇌와 우뇌를 나누는 것이 아니라 아예 머리 전체를 갈기갈기 찢어 버린다. 의념(意念) 속에서 찢는다.

머리가 아홉 가지 조각으로 나뉘면 그 속에 각각의 행동 명령을 심는다.

첫 번째 검을 써라. 두 번째 도를 써라.

이렇게 해서 좌우의 두 팔은 검과 도를 쓰게 된다. 각기 다른 초식을 능수능란하게 구사한다. 한 몸에서 두 가지의 무공이 동시에 펼쳐진다.

세 번째, 상대의 검초를 살펴라. 네 번째, 보법을 봐라…….
아홉 가지 마음이 동시에 일어난다.

평소 무의식적으로 행하던 일들을 의식적으로 행할 수 있다. 어느 한 순간도 놓치지 않고 주관자의 입장에서 지켜볼 수 있다. 공격을 하면서 탈출로를 살피는 것도 가능하다.

구령마혼은 심성을 해친다.

마음을 아홉 가지로 세분화시킬 때는 무적인 듯 여겨지지만, 진기를 풀면 높이 솟았던 만큼 무기력해진다.

싸움이 없어도, 할 일이 없을 때도 진기를 끌어올린다.

일종의 중독 현상이 일어나는 것이다.

무인치고, 아니, 사람치고 강함을 추구하지 않는 사람은 없다. 강한 상태를 원하지 않는 사람은 없다. 건강한 게 좋은가, 병든 게 좋은가. 아주 간단한 질문이니 대답해 보라.

강한 상태를 맛본 사람은 어지간해서는 그 상태에서 내려오려고 하지 않는다.

구령마혼이 그렇다.

진기를 끊임없이 소진하다 보니 마침내 탈진하게 되고, 원정까지 망가뜨린다.

구령마혼은 아주 무서운 마공이다.

당우는 마공을 아는 데서 그치지 않았다. 단순한 지식 쌓기는 아무짝에도 쓸모없다. 그럴 바에는 차라리 녹엽만주를 일초라도 더 수련하는 게 나을 게다.

 머릿속에 들어 있는 마공을 투골조에, 녹엽만주에 접목시켜 나갔다.

 투골조의 씨앗을 풀어야 한다. 녹엽만주의 넘지 못할 철벽을 넘어서야 한다.

 양쪽 모두 넘을 수 없는 강에 가로막혀 꼼짝도 하지 못하는 상태다. 그것을 두 무공의 하위에 있는 마공으로 풀려고 한다. 상위에 있는 무공으로도 풀까 말까 한 일인데, 하위의 마공으로······.

 '진기가 사라진 이유가 뭘까?'

 그는 구령마혼을 일으켰다.

 마음을 아홉 가지로 분류시켰고, 아홉 가지 마음을 온통 투골조에 쏟아 넣었다.

 스으으으으!

 그의 얼굴에 핏기가 몰려 얼굴색이 빨갛게 변해갔다.

2

 터엉! 터엉! 터어엉!

 뇌에서 폭죽이 터진다.

 뇌는 불길을 일으키기 위해서 공기를 쓴다. 숨으로 들이마신 공기가 혈액 속으로 녹아들고, 녹아든 공기는 혈맥의 흐름에 따라서 뇌로 공급된다.

인체 중에서 공기를 가장 많이 다루는 기관은 심장이지만 가장 많이 쓰는 곳은 뇌일 것이다.

 평소에도 그럴진대…… 구령마혼을 펼치자 사지백해로 흘러들던 공기가 일시에 차단된다. 인체의 모든 기능을 죽이고 뇌만 활성화시킨다.

 당우가 아홉 개의 마음을 모두 사고(思考)에 집중시킨 까닭이다.

 생각한다, 생각한다, 생각한다……. 아홉 가지의 생각을 동시에 일으켜서 상호 비교한다.

 당우와 똑같은 지능을 가진 사람 아홉 명이 모여서 깊이있게 토론을 진행한다. 맞고 틀림이 환히 들여다보이고, 버리거나 취할 것이 뚜렷해진다.

 당우는 투골조의 비밀을 알아냈다.

 포태(胞胎)!

 자신이 씨앗이라고 생각했던 것은 단순한 껍질이 아니다. 그 속에 진기가 아이처럼 잉태되어 있다.

 종자(種子)와 포태는 엄청난 차이가 있다.

 일단 종자는 열과 힘을 필요로 하지 않는다. 활동이 중단된 상태이기 때문에 삶에 필요한 생명력을 요구하지 않는다. 하지만 포태는 다르다. 끊임없이, 한시도 쉼없이 열과 물과 힘을 요구한다. 삶에 필요한 음식을 요구한다.

 당우의 경우 포태된 것은 진기다. 진기가 필요로 하는 열과 힘 또한 진기다.

그는 끊임없이 진기를 수련했지만, 그 모든 것이 포태된 진기에게 빨려 들어갔다.

그동안 진기가 있는 듯하다가도 없고, 없다 싶으면 있었던 이유가 이것 때문이다.

종자가 아니었다. 포태였다.

여인이 아이를 잉태한 것처럼 자신은 진기를 잉태했다.

여인은 열 달 동안 영양을 충분히 섭취해야 한다. 아이가 튼실하게 클 수 있도록 균형있게 먹어야 한다. 그 모든 영양분이 아이에게 전달된다.

당우는 끊임없이 진기를 수련해야 한다.

포태된 진기가 무럭무럭 자랄 수 있게끔, 몸집을 키울 수 있게끔 진기를 덧보태야 한다.

어떻게 공급할 것인가는 생각하지 않아도 된다. 그런 것은 포태된 진기가 알아서 한다. 자신이 원하지 않아도 끊임없이 빨아들이고 있지 않은가. 몸에서 일어난 진기라면 좋은 것이든, 나쁜 것이든 가리지 않고 먹어치운다.

그럼 이 아이, 포태된 진기는 언제 껍질을 깨고 나올 것인가?

지금보다 몸집이 배 이상 커졌을 때다.

무슨 말인가? 현재의 크기는 얼마 정도 되나?

동남동녀 백 명의 정기!

백석산에서 일어났던 일이 또 한 번 일어나지 않는 한 포태된 진기는 출산하지 않는다.

'진기가 밖으로 나오려면 껍질을 깨야 하는데…… 그럴 만한 힘이 없다는 거지? 매일 수련해서 바치는 정도는 간식거리도 안 되고, 큰 힘을 한꺼번에 달라는 거네.'

당우는 이제야 비로소 자신의 상태가 어떤지, 왜 진기를 쓰지 못하는지 명확하게 알았다.

강력한 진기를 밀어 넣지 않는 한 진기는 나오지 않는다.

진기를 쓰기 위해서는 오히려 진기를 불어넣어야 한다. 그것도 백 명의 목숨을 취할 정도로 강력해야 한다.

그 외에 다른 방도는 없다.

당우는 구령마혼을 풀었다. 순간,

타악!

무엇인가가 세차게 뒤통수를 가격했다. 너무 거센 충격이라서 머리가 으스러지는 게 아닌가 싶었다.

"크윽!"

당우는 자신도 모르게 비명을 내지르며 쓰러졌다.

잠깐, 아주 잠깐 동안 눈을 감았다가 떴다.

눈을 떴을 때 제일 먼저 보이는 것은 뿌연 흙먼지다. 새카맣게 타서 재가 되어버린 나무들이다. 그것들이 정상적인 모습으로 보이지 않고 모로 쓰러져서 비쳐진다.

'기절?'

당우는 몸을 일으켰다.

구령마혼을 쓴 대가로 얼마 동안 기절을 겪었다. 하지만 구령마혼을 쓰지 말아야겠다는 생각은 들지 않는다. 그것을 쓰는 동안 그는 천하에서 가장 똑똑한 현자(賢者)였다. 편마조차도 알아채지 못한 종자의 비밀을 한눈에 꿰뚫어 봤으니까.

그것은 굉장한 경험이었다.

이 세상의 이치가 한눈에 들어왔다.

이해할 수 없었던 무리(武理)들이 일시에 쭉 풀렸다.

신산조랑이 말해준 여든 가지의 마공이 한 줄에 꿰인 듯 쭉 나열되었다.

참불검초는 선공처럼 보였다.

마음속에 있는 부처마저도 베어내고 완전한 공(空)의 상태로 돌아간다는 건 참선의 요체다.

그러나 그 속에 검이 섞였다.

아무것도 섞이지 말아야 할 것에 살심이 깃든 검이 들어섰다.

결국 텅 빈 마음은 온통 살심으로 변한다. 인성(人性)이라고는 전혀 찾아볼 수 없는 악마가 탄생한다.

참불검초를 쓰게 되면 부모형제도 알아보지 못한다.

한데 이런 점을 보통 사람들은 알아챌 수 없다. 이런 점을 알아내려면 우선 텅 빈 마음이 무엇인지부터 알아야 한다. 그리고 그것은 이론의 세계가 아니라 경험의 세계다. 직접 부딪쳐서 알아보기 전에는 알 수 없다.

불가, 도가, 선가의 각자(覺者)들이 모두 참불검초를 마공이라고 규정지은 것은 아니다. 어느 각자는 참불검초야말로 도를 추구하는 사람이 닦아야 할 선검(仙劍)이라고까지 칭찬했다.

참불검초의 진면목을 보지 못한 것이다.

각자라는 말을 쓰고 다니지만 진정한 각자는 아니었던 것이다.

아는 사람만 마공이라고 일컬었다. 텅 빈 마음을 경험해 본 사람만 마공이라고 불렀다.

누가 옳은지 가려내는 데는 오랜 시간이 필요치 않았다.

참불검초가 마성을 띠기 시작했고, 무차별 살상으로 이어졌다. 자신을 죽이는 검이 아니라 타인을 죽이는 검이 되었다. 깨달음과는 전혀 상관없는 마검이 되었다.

마인이 검을 들었기 때문에 그런 것인가?

그럴 수도 있고, 아닐 수도 있다. 깨달은 몇몇 사람들이 아무리 마공이라고 해도 깨닫지 못한 다수가 아니라고 하면 다수의 의견이 이긴다.

당우는 구령마혼 속에서 참불검초의 진면목을 봤다.

이만한 경험을 어디서 할 수 있겠는가.

구령마혼이 탈진을 넘어서 혼절까지 이끈다고 해도 몇 번이고 반복하고 싶지 않은가.

당우는 구령마혼을 사고하는 데만 썼다.

여타의 무인들은 무공 수련에 쓸 것이다. 비무나 결전을 벌일 때는 반드시 쓸 게다.

이만한 공능을 숨겨놓고 쓰지 않는다는 것은 죄악이다.

당우는 벽에 등을 기대고 앉아서 멍하니 허공을 쳐다봤다.

하늘 높이 솟았다가 다시 지상으로 내려온 느낌은 썩 좋지 않다. 부귀영화를 잔뜩 거머쥐었다가 한꺼번에 잃은 사람보다도 더 큰 허탈감을 느낀다.

당우는 구령마혼을 또다시 일으키고 싶었다.

진기를 끌어올리지 않고도 펼칠 수 있는 심공(心功)이니 더욱 불가사의(不可思議)하다.

물론 진기가 소용되지 않는 것은 아니다. 분명히 필요로 한다. 한데 자신은 진기를 공급해 줄 수 없다. 그래서 진기 대신에 몸이 써야 할 기본적인 힘을 제물로 바쳤다.

구령마혼 뒤에 겪는 극심한 탈진은 그 때문이다. 만약 진기를 사용했다면 기절까지는 가지 않았을 게다.

구령마혼을 다시 써보자. 한 번만 더 깊이 들어가 보자. 투골조 또한 인간이 만든 무공이니 반드시 뒷문이 있을 게다. 그걸 찾을 수 있지 않겠나.

유혹이 몸과 마음을 휘어 감았다.

'써볼까?'

아니다. 다시 써도 진기를 사용할 방법을 찾을 수는 없다. 그것만은 확실하다. 백 명의 원정지기를 흡수하지 않는 한 그의 진기는 영원히 밀봉되어 있을 게다.

그런 점을 알면서도 사고 속으로 침잠하고 싶다. 한 번만 더 해보면 방법을 찾을 수 있을 것 같다.

이래서 마공인 게다. 한 번 맛을 들이면 헤어 나올 수 없기 때문에, 구령마혼을 끝없이 펼치다가 그 속에서 말라 죽어가기 때문에 마공이 된 게다.

칠지도마(七指刀魔)라고 했나?

그는 구령마혼의 진수를 알지 못했다.

구령마혼이 어떤 무공인지 알았다면, 그래서 자신의 무공에 접목시켰다면 그의 이름은 칠마 앞에 있으리라. 만정에 갇혀서 죽지 않았으리라. 성명절기인 마도(魔刀)를 백 년 이래 가장 강한 도법으로 탈바꿈시켰을 게다. 그랬다면 칠마 중 도마는 칠지도마가 대신했을 것이다.

그는 손에 보물을 들고도 활용하지 못했다.

왜 그랬을까?

구령마혼은 심득의 무공이다. 수련해서 체득하는 것이 아니라 깨달아야만 쓸 수 있는 심공이다.

당우는 마공에 대해서 팔십 일 동안 여든 가지 마공을 숙고해 왔다. 마공의 근본 이치를 탐구했다. 인간에게 어떤 영향을 끼치며, 최악의 경우에는 어떻게 되는지 상상했다.

그래서일까? 구령마혼의 구결을 들었을 때 이상하게도 어디선가 한 번쯤 들어본 구결이라는 생각이 들었다.

그는 즉시 깨달았다.

칠지도마가 쓰지 못한 보물을 손에 쥐었다.

쓸까? 말까?

말아야 한다. 적어도 투골조를 참오하기 위해 써서는 안 된다.

구령마혼을 쓰면 정혈(精血)이 갈취당한다. 남에게 갈취당하는 것이 아니라 자기 자신에게 빼앗긴다.
"끄응!"
당우는 이를 악물고 참았다.

아흔아홉 번째는 혈조공(血爪功)이다.
"조공이라면 투골조가 가장 뛰어나지만… 이것도 그에 못지않을 겁니다."
당우는 마공 중에서 조공으로는 가장 뛰어나다는 투골조를 가지고 있다. 하지만 연성할 수 없다. 더 나아갈 수 있는 길이 일성에서 꽉 막혔다.
투골조가 산악을 무너뜨린다고 해도 무용지물이다.
혈조공은 그녀가 근 백 일에 걸쳐서 불러준 아흔아홉 가지 마공 중 유일한 조공이다.
당우가 축 늘어진 몸을 간신히 일으키며 말했다.
"구결을 불러봐요."
"말하는 습관을……."
"그건 내가 알아서 할 테니까…… 좀 편하게 삽시다. 지금은 오로지 무공만 신경 씁시다."
"휴우! 습관을 들여놔야 합니다."
"알아서 한다니까."
"구결을 불러 드리죠. 제일식(第一式) 혈귀탐조(血鬼探爪). 연습자쌍각분개여견등관(練習者雙脚分開與肩等寬:수련자는 두 다리를 어깨 넓이로 벌리고), 십지조지(十趾抓地:열십자로 땅을 긁으면서 움직인다), 족심공함(足心空含:족심은 비워놓고)……."

신산조랑이 혈조공의 구결을 줄줄 읊어나갔다.

당우는 머리를 벽에 대고 축 늘어진 모습으로 들었다.

듣는다기보다는 '너는 말해라, 나는 잠이나 자야겠다' 하는 모습으로 비쳤다.

"그럼 공법(功法)의 요점을 말씀드리겠습니다."

혈조공이 막바지에 이르렀다.

당우는 꿈쩍도 하지 않았다. 너무 굶어서 일어설 기력도 없는 사람처럼 축 늘어져 있다.

"외우셨습니까?"

"외웠어."

"내일이 마지막 백 일입니다. 방법은 찾아보셨습니까?"

"없어."

"없던가요?"

"……."

"투골조는 일 성을 높일 때마다 백 명의 동남동녀가 필요합니다. 지금이 그런 단계입니까?"

"……."

"노신이 구해오겠습니다."

"엄노."

당우가 힘없이 불렀다.

이러다가 오늘 죽는 게 아닐까 싶다. 너무 힘이 없어서 죽이라도 한 그릇 먹이고 싶다.

신산조랑은 공손히 대답했다.

"네."

"만약… 엄노가 아이들…… 백 명을 구해오면…… 난 엄노를 죽일 거야."

"공자님이 무공을 회복하지 못하면 노신은 죽은 목숨이나 다름없습니다. 만약 내일까지 방법을 찾지 못하신다면 아이들을 데려오겠습니다."

"엄노, 죽는다니까."

"공자님이 아이들을 취하지 않으시면…… 제가 공자님을 죽여 드리겠습니다. 전 제 눈이 삐었다는 점을 인정해서 제 스스로 이 두 눈을 파내 버릴 거고요."

"후후! 그럼 복수는 물 건너가는 거네?"

"그렇습니다."

"엄노는 대단한 사람이야. 목적이 분명해서 좋고. 하지만 내 말도 진심이야. 아이들을 데려오면, 엄노는 죽어."

당우는 눈을 감아버렸다.

저벅! 저벅!

신산조랑의 발걸음 소리가 귓전을 울린다.

그녀는 정말로 아이들을 납치해 올 것이다. 그리고 그녀의 뛰어난 머리로 정기를 흡취하지 않으면 안 되게끔 압박을 가해올 것이다. 그런 과정에서 홍염쌍화를 동원할 수도 있고, 치검령이나 추포조두를 앞세울 수도 있다.

어쨌든 그런 일이 벌어지면 누가 누구를 죽이든 간에 백 명의 아이들은 목숨을 잃는다. 신산조랑은 죽임을 당하기 전에 아이들을 죽일 것이다.

무공을 잃은 노파가 무엇을 하겠냐고 생각하면 오산이다. 그녀는 그럴 만한 능력이 충분하다.

내일이 지나기 전에 없는 방법을 만들어내야 한다.

당우는 양손을 들어 올렸다.

스윽! 쏙! 쓰으윽!

왼손은 혈조공의 초식을 그려낸다. 오른손은 투골조의 초식으로 맞받는다.

양손이 두 사람이라도 된 듯이 비무를 한다.

이런 비무는 그리 놀랄 일이 아니다. 분심공을 수련한 사람이라면 누구나 할 수 있다. 하물며 그는 분심공을 뛰어넘어 구령마혼을 깨달았다.

타악! 탁! 탁탁탁!

오른손이 왼손을 때리기 시작했다.

왼손은 힘을 잃는다. 시간이 지날수록 허점투성이가 되어간다. 무엇인가 하려고 손가락을 오므리면 어느새 다가온 오른손이 진로를 가로막는다.

당우는 심드렁한 표정으로 손을 내렸다.

"상대가 안 되는군."

두 조공의 싸움은 투골조의 일방적인 승리로 끝났다.

혈조공의 수련이 낮아서 생긴 결과는 아니다. 방금 전에 한 번 들었을 뿐이다. 하지만 아홉 개의 머리는 구결을 듣는 중에도 외우고, 반복하고, 참오하는 과정을 되풀이했다.

 신산조랑이 구결 읊기를 마쳤을 때, 그는 혈조공을 완벽하게 깨달은 후였다.

 숙련도에서는 차이가 없다. 순수한 무공 본질로만 따졌을 때, 혈조공은 투골조보다 한 수 아래다.

 만정 마인들의 무공이라는 게 전부 이런가?

 신산조랑이 읊어준 무공 중에는 편공도 있다.

 구절단장공(九折斷腸功)과 편린비사공(片鱗飛射功), 그리고 이십칠초마록(二十七招魔錄)이 있다.

 사십사편혈에 비견될 만한 뛰어난 편공들이다.

 녹엽만주와 비교하면 어떤가? 상대가 안 된다. 녹엽만주를 대성한 것도 아닌데 네 가지 편공과 비무를 해본 결과 추풍낙엽처럼 떨어뜨려 버린다.

 편공 중에 제일은 녹엽만주다.

 그러면 이상하지 않은가? 왜 절정마공을 내버려 두고 그보다 처지는 무공들을 만정에 가둬둔 것인가. 절정마공만 파고 들어도 마공의 본질은 알 수 있는데, 그보다 못한 무공은 왜 참오를 해야 하는가. 그것도 백 일 동안이나.

 폭넓음이다.

 깊이가 아니라 넓이를 보여주는 것이다.

 한 가지 특성만 봐서는 안 된다. 다양한 특성들을 고루 살펴

봐야 한다.

산 정상에 오른 사람은 정상으로 오를 수 있는 길을 모두 살펴볼 수 있다. 자신이 오른 길이 아니더라도 산로(山路)의 형태며 깊이를 파악할 수 있다.

그러나 산을 오르는 중에 보고 느꼈던 진정은 산로를 직접 걸어본 사람만이 안다.

정상에 오른 사람은 한 가지 산로만 알 뿐이다. 다른 산길을 알려면 산을 내려갔다가 다시 올라와야 한다.

정상은 똑같지만 산길은 다르다.

신산조랑은 여러 가지 산길을 백 일이라는 짧은 기간 동안에 고루 맛보여 주고 있다.

왜 이런 일을 할까?

그녀 말대로 당장 급한 것은 진기를 되찾는 일이지 않나. 그것이 안 된다면 여러 가지 마공을 탐독한들, 아니, 완벽하게 몸에 붙인들 아무짝에도 소용없지 않나.

그나마 구령마혼을 얻었느니 소득이라면 소득일까?

당우는 아흔아홉 가지 마공을 처음부터 다시 돌이켜 봤다. 그뿐만이 아니다. 자신이 알고 있는 모든 무공들을 구령마혼이라는 요물 안에서 되살펴 봤다.

다 안다 싶었는데 모르는 것투성이였다.

되돌아보면 볼수록 새로운 모습들이 계속 드러났다.

지켜보는 관점이 다르니 알고 있는 무공도 새로운 모습으로 변형되어서 나타난다. 그러다 문득!

'엄노!'

당우는 모든 생각을 중지했다. 뿐만 아니라 죽을힘을 다해서 운용하던 구령마혼마저 뚝 그쳐 버렸다.

엄노는 이 모든 마공을 알고 있다.

자신이 가장 큰 소득이라고 자신한 구령마혼도 안다.

신산이라는 별호를 지닌 그녀이니 구령마혼의 진의도 깨달았을 게다. 다시 말해서 그녀는 그가 알고 있는 상태를 이미 넘어섰다. 마공들을 전부 꿰고 있다.

혈맥이 망가져서 운기를 못할 뿐이지, 검을 들어 초식을 펼치면 매서운 면이 있을 게다.

그녀가 이 속에서 투골조에 관한 단서를 찾았다면 굳이 백일 연공을 시작할 필요조차 없었다.

생각을 해야 한다.

스스스슷!

구령마혼이 또다시 피어난다.

'생각'이라는 말만 생각해도 의식의 일부가 된 것처럼 마음이 아홉 갈래로 갈라진다.

신산조랑은 왜 쓸데없는 짓을 한 건가?

'아냐!'

당우의 눈에서 번갯불이 튀었다.

구령마혼은 칠지도마의 무공이 아니다. 바로 신산조랑, 그녀 자신의 무공이다.

그녀는 구령마혼을 지녔기 때문에 신산이 될 수 있었다. 어떠한 상황에서도 여우처럼 빠져나갈 수 있었다. 그 모습이 너무 얄미워서 조랑이라고 불렀지만 신산조랑에게 그만한 일들은 일이라고 할 수도 없었다.

그녀는 일부러 구령마혼을 여든한 번째로 전수했다.

마약이나 다름없는 심공을 전수하면서 한마디 주의사항조차 말해주지 않았다.

결국 그는 구령마혼에 빠져들었다.

너무도 강력한 맛을 봤기 때문에 그 속에서 헤어 나올 수 없었다.

아무리 머리를 쥐어짜도 오의(奧義)가 깨달아지지 않는다. 하나 구령마혼만 펼치면 숨어 있던 비도(秘圖)가 환히 펼쳐진다. 지극히 짧은 시간 동안만 펼쳤는데도 수십 일 동안 고심참담한 것 같은 결과를 얻는다.

펼치지 않을 도리가 있는가?

이십여 일을 그렇게 보냈다. 그리고 그의 몸은 망가질 대로 망가졌다. 정혈이 갈취당해서, 뇌가 쓰는 양분이 너무 많아서 사지는 장작개비나 다를 바 없게 되었다.

신산조랑은 그런 모습을 보고도 그만두라는 조언을 하지 않았다. 몸이 왜 이리 망가졌냐고 걱정하지도 않았다.

이렇게 될 줄 알고 있었던 것이다.

그녀는 구령마혼을 펼치면서도 멀쩡하다. 혈맥이 망가져서 진기를 전혀 쓰지 못하는 몸인데도 혼절하거나 무기력한 모습을 보이지 않는다.

구령마혼을 제대로 알려주지 않았다.
남아 있는 부분이 있다. 뇌로 몰려든 양분을 다시 사지백해로 휘돌리는 부분이 있어야 한다.
구령마혼은 심공제일이라고 할 수 있다. 하지만 이토록 짧은 시간 동안에 사람을 폐인으로 만들어 버린다면 심공으로써의 가치가 전혀 없다.
신산조랑은 그의 기력이 완전히 소진되기를 기다린 게다.
지금 그녀가 다시 나타났다고 가정해 보자. 그녀가 백 명의 어린아이를 끌고 왔다고 해보자. 그녀를 죽일 수 있을까? 머릿속에 들어 있는 수많은 무공들 중에서 그녀를 죽일 만한 무공이 있나?
없다.
그녀가 만정 폐인으로 끝났다면 죽일 수 있겠지만, 구령마혼을 깨달았다면 만정 마인들처럼 진기 없이 쓸 수 있는 육신의 무공을 터득하고 있을 터이다.
그녀가 억지로 동남동녀의 정기를 밀어 넣는다면 받아들일 수밖에 없다.
물론 나중에는 그녀를 죽일 수 있다. 그러나 그것은 그녀도 아랑곳하지 않는다.
당우가 진기를 얻으면 반드시 천검가와 부딪칠 것이다. 그가 원하지 않아도 천검가에서 그를 죽이려고 할 것이기 때문에 싸움은 반드시 벌어진다. 그리고 그 싸움은 검련 전체와의 싸움으로 이어진다.

당우는 그가 원하든 원하지 않든 검련과 싸울 수밖에 없다.

신산조랑은 그를 무인으로 만들기만 하면 된다. 그러면 그녀가 곁에 있든 없든 그는 그녀의 복수를 위해서 최선을 다하는 것과 같은 결과를 만들어낸다.

그렇게만 된다면 죽어서도 눈을 감을 수 있으리라.

내일… 내일…… 백 명의 동남동녀가 이곳으로 들어서리라. 신산조랑은 일찍부터 그 일을 준비해 왔으리라.

"안 돼!"

당우가 힘없이 중얼거렸다.

第五十五章
출산(出産)

1

포태된 진기가 출산해서 제 모습을 보이려면 완벽한 형체가 되도록 키워야 한다.

그 외에는 방법이 없다.

어떠한 마공, 사공을 쓰더라도 자라지 않은 미숙아를 출산시킬 방도는 없다.

뱃속에 든 아이는 배를 갈라서라도 끄집어낼 수 있다. 하지만 진기는 제 스스로 모습을 감춰 버렸다. 끄집어내고 싶어도 찾을 수가 없다. 숨을 때와 마찬가지로 진기 자체가 스스로 판단해서 모습을 드러낼 때까지 기다려야 한다.

진기를 키운다는 말에는 어폐가 있다.

포태된 진기는 그가 키울 수 없다. 단단한 씨앗으로 감싸져

출산(出産) 143

있어서 건드릴 수 없다. 씨앗 밖에서 외적인 환경을 조성하면 씨앗 안의 진기가 알아서 빨아들인다.

백 명의 원정지기를 흡취한다?

이것 역시 그가 하는 일은 아무것도 없다. 백 명의 원정지기는 몸 밖에 있다. 진기는 씨앗 안에 밀봉되어 있다. 이 둘 사이에서 그의 몸은 하나의 통로일 뿐이다. 원정지기를 흡취하더라도 씨앗이 빨아들이지 않는다면, 동남동녀의 원정지기는 육신을 맴돌다가 정착하지 못하고 흘러 나간다.

목숨까지 빼앗으면서 빨아들인 진기가 물거품이 된다.

그의 육신은 아무것도 거두지 못한다. 단전이 무형의 씨앗으로 가득 차 있기 때문에 외적인 것을 밀어 넣을 수 없다. 하물며 키운다는 것은 더욱 말이 안 된다.

그러면 동남동녀의 진기를 흡취하지 않고 씨앗을 키울 수 있는 방법은 정말 없는 것인가?

'없어.'

당우는 탈진한 채 고개만 저었다.

현재 그의 몸은 딱 두 군데만 살아 있다.

투골조로 대변되는 종자가 단전에 단단히 틀어박혀 있다. 움직이지 않고 생명력도 느껴지지 않지만 분명히 살아 있다. 물과 햇볕만 적당하게 공급해 주면 틀림없이 발아한다.

구령마혼으로 대변되는 머리가 살아 있다.

머리는 기생충이다. 몸의 다른 부분이 써야 할 자양분까지 모두 빼앗아간다. 공기며 영양분이며 모조리 머리로 빨아들인다. 그리고 생각을 이어가는 불쏘시개로 쓴다.

이 두 부분을 제외하고는 모두 죽었다.

하나는 머리에서 하나는 단전에서, 하나는 진기를 흡취하고 하나는 육신의 힘을 갈취한다.

그때, 치검령의 이기타기(以氣打氣)가 빠르게 스쳐 갔다.

치검령의 진기 주입법은 아주 독특하다. 자신의 몸을 통로로 사용해서 제삼자끼리 진기를 주고받을 수 있게 해준다. 그는 그런 방식으로 류명의 몸에서 투골조를 빼내 자신에게 심었다.

그런 방식으로…… 씨앗을 키운다.

제삼자에게서 진기를 빼내어 육신을 관통시킨 후, 씨앗 속으로 밀어 넣는다.

진기를 빼앗는 방법으로는 북명신공(北溟神功), 화공대법(化功大法), 흡성대법(吸星大法) 등등이 있다. 제각각 사용하는 방법이 다르고, 효능도 다르며, 목적도 다르다. 공통점이라면 타인의 진기를 빼앗는다는 점이다.

당우는 그런 공부를 알지 못한다. 그런 무공들이 있다는 소문만 들었다. 하지만 그와 비슷한 공부는 알고 있다. 치검령이 사용하는 이기타기를 조금만 변형시키면 된다.

다른 사람의 진기를 빼앗을 필요도 없다.

몸에 와 닿는 충격, 그것 자체가 힘이다. 몸에 전달되어 오는 진동을 씨앗이 받아들이게 만든다.

이게 가능할까?

'해보면 알겠지.'

당우는 구령마혼을 풀었다.

진기를 이끌고 푸는 것처럼 호흡을 가다듬을 필요가 없다. 그저 머릿속에서 시선을 거두면 된다. 지켜보던 마음의 눈을 다른 곳으로 돌리기만 하면 된다.

구령마혼은 사라졌다. 아홉 개의 환상도 사라졌다. 분주하던 마음이 전부 사라지면서 텅 빈 공허가 물밀 듯이 밀려왔다.

저벅! 저벅!

신산조랑의 발걸음 소리가 들려온다.

뚜렷하게 들리는 건 아니다. 비몽사몽 간에 환청처럼 들려온다.

구령마혼을 전개하고 있을 때, 그는 세상에서 가장 영민한 사람이 된다. 하지만 마공을 풀면 그 순간부터 가장 쇠락한 인간으로 전락한다.

힘이 없어서 아무것도 할 수 없다. 머릿속에 무엇이 꽉 찬 듯 흐리멍덩해서 생각조차 이어지지 않는다.

"엄노입니다."

"……"

당우는 왔느냐는 말도 하지 못했다.

입에 침이 말라 버려서 말을 할 수가 없다. 입을 열 수가 없다. 눈을 들어 그녀를 쳐다볼 기력조차도 없다.

"오늘은 백마비전의 마지막 백 번째 마공을 들려 드리겠습니다."

 그녀는 당우의 심상치 않은 모습을 보고도 전혀 개의치 않았다.

 아직 눈을 뜨지 못한 것인가? 마흔 번째인가, 쉰 번째인가? 기억이 가물거리지만 그쯤에서 눈이 보인다고 말한 것 같은데…… 밝은 햇빛을 보는 건 무리이지만 음지에서는 사물을 구분할 수 있을 정도가 되었다고 말한 것 같은데…….

 "이 마공의 이름은 도미나찰(刀眉羅刹)이라고 합니다."

 '도미나찰…….'

 당우는 입속으로 '도미나찰'이라는 마공 이름을 되뇌었다.

 무척 생소한 이름이다. 중원식 이름이 아닌 것 같으면서도 귀에 익숙하다. 아마도 나찰이라는 말 때문일 게다.

 "도미는 미간에 틀어박힌 칼, 나찰은 악귀를 말합니다. 다른 뜻은 일체 없습니다. 단순하게 그리 생각하십시오."

 '도미나찰…….'

 "구결을 불러 드리겠습니다."

 스읏!

 당우는 구결이라는 말에 본능적으로 구령마혼을 끌어올렸다.

 중독성이 굉장히 강한 마공을 습관처럼 사용한다. 이는 이미 중독이 되었다는 뜻이다.

 그렇다. 이제 그는 구령마혼이 없으면 아무것도 하지 못하는 무능력한 인간이 되었다.

출산(出産) 147

자신의 머리를 믿을 수 없다.

자신의 움직임을 믿지 못하겠다.

구령마혼은 지혜로운 자다. 능력있는 자다. 그런 자가 있는데 왜 형편없는 자를 믿어야 하는가.

신산조랑이 말했다.

"니좌재나아간수면(你坐在那兒看水面), 취시타좌(就是打坐)."

당신은 거기에 앉아서, 아무것도 하지 않고 물을 본다.

"니적심(你的心), 호흡(呼吸), 풍(風), 수면(水面). 능동시감각파동(能同時感覺波動). 취시입도(就是入道)."

너의 심장, 호흡, 바람, 물을 느껴라. 조그만 변동도 감지하라. 그곳에 도(道)가 있다.

'취시입도?'

당우는 곤혹스러웠다. 아니, 아홉 개의 머리가 일제히 의문을 표시했다.

신산조랑이 말해주고 있는 구결은 마공이 아니다. 도가(道家)의 공부(工夫)다.

"아재거관찰수면시(我再去觀察水面時), 발현과진시환각(發現果眞是幻覺)······."

수면을 관찰하다 보면, 환상적인 진아(眞我)가 발현할지니.

'마공이 아니다.'

구령마혼이 명확한 결론을 내렸다.

아흔아홉 번째까지는 틀림없는 마공이다. 어떤 방식으로든 인체에 해를 끼친다.

 심성이 변한다거나 뇌가 다친다거나 장기에 무리를 줘서 생명을 단축시킨다.

 그런 점을 감안하면 마공으로 분류된 것들 중에서 절반 정도는 정공으로 돌려세워야 한다.

 구령마혼만 해도 그렇다. 구령마혼은 틀림없이 인체에 손상을 준다. 그것도 지극히 짧은 기간 동안에 치명적인 타격을 가한다. 옆에서 뭐라고 알려줄 필요도 없다. 칠 일간만 운용해 보면 본인 스스로 깊은 구렁텅이에 빠졌다는 것을 깨닫게 된다.

 하지만…… 어떤 사람은 이런 마공을 필요로 한다.

 만약 아버지가 이 마공을 접했다면 어땠을까? 틀림없이 수련했을 게다.

 밀마해자는 밀마에 목숨을 건다.

 풀고 나면 아무것도 아닌데, 인생을 살아가는 데 도움이 되는 것도 아니고 부귀영화를 안겨주는 것도 아닌데…… 난제(難題)만 나타났다 하면 눈이 돌아간다.

 학자는? 깨달음을 얻기 위해 평생 동안 고련을 마다하지 않는 선승(禪僧)들은?

 마공이라고 할지라도 손을 댈 사람이 부지기수다.

 그런데 마지막 공부, 백 번째 마공은 겉에서부터 속까지 마(魔)의 기운을 전혀 엿볼 수 없다.

 신산조랑은 반 시진에 걸쳐서 세 번이나 읊조렸다.

이런 일도 지금까지는 없었다. 지독하게 난해한 마공도 한 번 읊어주는 것으로 끝나곤 했다.

"외우셨습니까?"

"도공……."

"그렇습니다. 도가의 공부입니다."

"도공인데 마공?"

"그렇습니다."

"확실해?"

"구령마혼이 아니라고 하나요?"

"……."

"구령마혼이 최선은 아닙니다."

"……."

당우는 말을 하지 않았다. 그냥 쳐다보기만 했다.

솔직히 말하면 쏘아보고 싶다. 매서운 눈길로 노려보고 싶다. 하지만 눈에 힘을 줄 만한 기력도 남아 있지 않다.

"그렇습니다. 짐작하신 대로 구령마혼은 노신의 무공입니다. 하지만 그렇다고 잘못된 건 아닙니다. 노신 또한 만정 마인… 제 무공도 마공의 한 귀퉁이에 이름을 올릴 자격이 있죠."

"이걸 원한 거요?"

당우는 눈짓으로 축 늘어진 자신을 가리켰다.

"그렇습니다."

신산조랑은 마음을 숨기지 않았다.

구령마혼은 모든 걸 관찰한다. 눈빛, 행동거지, 말투, 음색, 이마에 흐르는 땀까지 모두 지켜본다. 하다못해 눈가에서 일어나는 잔 경련까지 살핀다.

구령마혼 앞에서는 거짓말을 늘어놓지 못한다.

"후후후! 투골조를 깰 심산이군."

"그렇습니다."

"아이들은 구해놨겠지?"

"그렇습니다."

"내가 거부한다면?"

"내일… 이 엄노를 죽이십시오."

신산조랑의 눈빛은 흔들리지 않았다.

이미 죽음을 초월한 사람이다. 당우만 무인으로 만들어놓으면 복수를 위해서 할 바는 다했다고 생각한다.

"신산조랑이라면…… 혼자서도 할 수 있지 않나? 복수를 하는데 꼭 무공이 있어야 하는 것도 아니고."

구령마혼을 염두에 두고 하는 말이다.

당우는 구령마혼의 효험을 단단히 봤다. 덕분에 백 가지나 되는 마공들을 깊이있게 연구할 수 있었다. 사서삼경(四書三經)을 달달 외우고 있는 유생에게 천자문을 들이민 것이나 다름없을 정도로 쉬웠다.

그런 공부를 신산조랑도 가지고 있다.

그녀는 단신으로 만정 미로진을 뚫고 들어갔다. 그 후에도 옥졸들을 뿌리치며 관정에 도착했다.

출산(出産) 151

구령마혼이 얼마만 한 위력이 있는지 몸소 보여주었다.

그렇다면 그녀가 직접 복수를 하면 되지 않겠나. 복수는 남의 손을 빌리는 것보다 자신의 손으로 직접 해야 한다. 그래야 가슴에 쌓인 한이 풀린다.

신산조랑은 왜 쉬운 길을 놔두고 어려운 길을 택했을까?

"전 이제 여한이 없습니다."

신산조랑은 당우의 말에는 대답하지 않고 그녀가 할 말만 했다.

"공자께 백마비전을 전했고, 내일이면… 공자님은 거부할 능력이 없습니다. 그렇죠?"

"엄노, 그러지 마."

"이미 아이들을 데려다 놨습니다. 아무 일도 없었던 듯이 풀어줄 수는 없는 노릇이죠. 그리고 그럴 이유도 없고요. 내일까지 최대한 기력을 차리십시오. 그래서 이 엄노를 죽이세요. 공자님께 베푸는 마지막 기회입니다. 이 기회를 놓치시면 그다음에 오는 기회는 이 엄노가 차지하겠습니다."

"엄노!"

신산조랑이 일어섰다. 그리고 냉정하게 등을 돌려 걸어나갔다.

"후후! 제가 드릴 기회는 다 드렸습니다. 구령마혼…… 좋은 것이죠. 하지만 최선은 아닙니다. 이겨내 보세요."

그녀가 남긴 마지막 말이었다.

마지막 백 번째 무공에 구령마혼을 이겨낼 수 있는 단서가 있을까?

 아홉 개의 마음을 가동시켜서 도미나찰을 샅샅이 훑었다.

 마음이 명경지수(明鏡止水)처럼 맑아진다.

 가만히 앉아서 수면을 본다. 심장의 고동 소리, 몸을 스쳐가는 바람, 그리고 가늘고 깊게 들어왔다 나가는 숨을 지켜본다. 아무것도 하지 않고 그냥 지켜본다.

 옛날, 어른들은 아이들이 이렇게 멍하니 앉아 있는 모습을 보면 넋 빠진 놈이라고 했다.

 넋 빠진 놈, 뭐하고 있는 거야!

 도미나찰이 바로 그런 상태를 요구한다.

 그저 지켜보라. 아무 생각도 하지 말고 보기만 해라.

 단 일각이라도 이러한 수련을 해본 사람이라면 도미나찰이 얼마나 어려운 수련인지 알게 될 것이다.

 사물을 지켜볼 수는 있다. 하지만 곧 생각이 치민다. 망상이 될 수도 있고, 상상, 공상이 될 수도 있는데…… 어떤 생각이든 자신도 모르게 치솟는다.

 생각없이 지켜본다는 건 너무 어렵다.

 그래서 관찰을 시작한다. 몸에 와 닿는 느낌들을 살핀다. 조그만 진동도 감지한다.

 "후우우우……."

 당우는 숨을 길게 쉬었다.

 마음을 죽이기 위해서 숨에 생각을 집중했다.

마음은 숨하고 연결되어 있다.

숨을 멈추면 마음도 멈춘다. 온갖 망상이 떠오르는 중일지라도 느닷없이 지식(止息)해 버리면 망상도 사라진다. 그러다가 숨을 다시 쉬면 또 어느새 슬그머니 망상이 피어난다.

숨을 쉬면 생각이 일어난다. 숨을 멈추면 온갖 생각도 죽는다. 숨을 멈추는 순간, 죽음과 연결되기 때문이다.

이런 방법은 구령마혼을 익히기 전부터 알고 있었다.

가급적 길게 지식하면서 도미나찰을 즐긴다.

즐긴다는 표현이 맞다. 다른 아흔아홉 가지 무공은 수련하는 것이지만, 도미나찰 같은 선공은 즐겨야 한다. 그런데!

"훗! 컥!"

머릿속에 후딱 스쳐 가는 생각이 있다. 그리고 그 생각에 너무 놀라 목이 메고 말았다.

그는 거센 기침을 토해낸 끝에야 숨을 쉴 수 있었다.

"구령마혼…… 구령마혼……."

저절로 입 밖으로 저주의 마공 이름이 흘러나왔다.

그를 처참한 몰골로 만들어 버린 구령마혼……. 마공을 습득하는 데 이것이 최선이었나? 구령마혼을 펼쳐야만 마공들을 분석할 수 있었나? 아홉 개의 머리를 움직이면 천재가 된다는데 그 말이 사실인가? 착각이라고 의심은 해보지 않았나?

신산조랑은 '최선이 아니다'라는 말을 두 번이나 했다.

그녀 자신이 구령마혼을 지녔으면서도 복수를 할 생각은 꿈도 꾸지 않고 있다.

어째서 그런가?

한 가지, 놓친 것이 있다.

그는 구령마혼을 전해 듣기 전에도 마공을 습득하는 데 하등 지장을 받지 않았다. 하루에 한 가지씩 마공 구결을 전해 들었지만 즉시 이해하고 연구에 몰두할 수 있었다.

전체!

그는 마공과 하나가 되어서 움직였다.

구령마혼을 수련한 다음에는 전체를 잊어버렸다. 머리에 의존하는 힘이 커지면서 몸 전체로 일체시키는 능력을 상실해 버렸다. 아니, 자신 스스로 망각해 버렸다.

구령마혼에는 후반부가 존재한다.

구령마혼이 육신의 기력을 완전히 소비하지 않게끔 통제하는 장치가 분명히 있을 게다.

그런 점을 가르쳐 주지 않고 전반부만 일러준 것은 단단히 빠져 보라는 심산이다. 마약에 중독되듯이 깊숙이 빠져서 진정한 뇌의 힘을 맛보라는 뜻이다.

그녀는 구령마혼이 최선은 아니라고 했다.

정말 그런가? 그렇다. 마음이 아홉 개로 갈라진다고 해서 특별하게 나아질 게 없다. 한 사람이 아홉 가지의 일을 동시에 한다는 의미밖에는 없다.

그런데 한 명이 정말로 아홉 가지 일을 할 수 있는가?

없다. 현실에서는 두어 가지 일밖에 하지 못한다. 양손으로 비무를 하는 일, 그리고 신법을 따로 펼치는 일…… 이렇게만 놓고 보면 세 가지 일을 한 셈이다. 나머지 여섯 가지는 사고(思考)에 투입해야만 한다.

즉, 구령마혼은 생각을 깊이 해야 하는 사람에게는 아주 유용하지만 그 외에는 별로 유용하지 않다.

무인의 입장에서 보면 분심공, 양의심공으로 충분하다. 괜히 마음을 아홉 조각으로 나눠서 심력을 고갈시킬 이유가 하나도 없다.

구령마혼은 책사의 심공이다.

그것을 자신은 절대인 양 생각하며 따라왔다.

백마비전을 연구하는 과정이 생각의 연속이니 그의 생각이 틀렸다고 할 수는 없다. 지금까지는 구령마혼이 제 진가를 발휘했다고 할 수 있다. 하지만 대가가 너무 크다. 그 덕분에 사지를 움직일 수 없는 지경에 이르렀으니 아주 큰 희생을 치른 게다.

그래서는 안 되는 거였다.

계속 전체로써 무공을 받아들이면서 탐득해 왔어도 충분했다. 그랬다면 신산조랑의 수중에 걸려드는 일은 없었을 게다.

스읏!

당우는 즉시 구령마혼을 풀었다.

'하나!'

숨을 내뱉는다. 몸 안에 있는 공기를 완전히 내뱉어서 진공 상태로 만든다.

숨이 탁 막힌다.

이때 눈도 감는다. 귀도 막을 수 있으면 막는다. 하지만 지금은 귀까지 손을 올릴 힘이 없다. 또 그가 있는 폐허는 쥐 죽은 듯이 조용해서 귀를 막을 이유가 없다.

조용한 곳에서 오공(五孔)을 틀어막는다.

'큭!'

금방이라도 숨이 넘어갈 것 같다.

괜찮다. 죽지 않는다. 숨 좀 쉬지 못한다고 해서 죽지는 않는다. 꾹 눌러 참는다.

정신이 아득해진다.

당연하다. 의식에서 무의식으로 넘어가는 순간은 찰나에 불과하다.

잠에 빠지는 순간을 잡아챌 수 있는가?

의식이 접히면서 깊은 수마(睡魔)가 전신을 뒤덮을 때, 그 모습을 지켜볼 수 있는가?

일세(一世)에 한두 명 정도. 진정 깨달음을 얻은 선승(禪僧) 외에는 불가능하다.

불가에서는 잠에 빠져도 의식을 놓지 않고 계속 지켜보는 단계가 있다. 이를 몽중일여(夢中一如)라고 한다. 잠자는 순간에도 깨어 있는 상태다.

이 정도로 지고한 경지에 이르지 못한 사람은 의식과 무의식의 경계를 찾아내지 못한다.

숨을 멈추었는가? 계속 숨을 멈추면 죽는다. 질식해서 죽는다. 아주 당연한 말이다.

출산(出産)

그러나 인위적으로 숨을 참는 것은 걱정할 필요가 없다. 설혹 숨을 참다가 의식을 잃는다고 해도 죽을 염려가 없다. 그때는 무의식이 숨을 찾아주기 때문이다.

아무 염려 하지 말고 숨을 멈춰라.

"끅! 끄윽!"

정말로 숨을 쉬어야만 할 것 같다. 더 이상 참았다가는 죽는다는 생각이 치민다. 죽음의 그림자가 머리 위로 다가왔다.

"끄으으윽!"

당우는 계속 참았다.

이러한 인내는 잠력을 촉발시킨다. 몸속 구석구석에 숨어 있는 힘을 일시에 이끌어낸다.

근육의 힘만 소생시키는 게 아니다. 탁한 세상에 물든 정신을 일시에 씻어주는 역할도 한다.

아주 간단한 공부이지만 대단한 효험이 있다.

"끅!"

머릿속에서 번갯불이 번쩍 튀었다.

무엇이 어떻게 된 것일까?

순간적으로 의문이 치밀었지만 그는 의식을 잃고 쿵 쓰러졌다.

후욱! 후욱!

그제야 코와 입에서 숨이 들락거리기 시작했다.

2

저벅! 저벅!

신산조랑의 발걸음 소리는 특이하다. 마치 다리가 불편한 사람처럼 땅에 질질 끌리는 듯한 소리를 낸다.

"엄노입니다."

신산조랑이 여느 때와 다름없이 인사했다.

대답은 들리지 않았다. 당우가 쓰러져 있는 것도 아니다. 그는 앉아 있다. 두 눈을 시퍼렇게 뜨고 쏘아본다.

"기력을 찾으셨군요."

"반쯤 죽다 살아났어."

"다행입니다."

"아이들은?"

"백 명의 동남동녀, 원하십니까?"

"무슨 소리야?"

"투골조는 다른 방식으로 운용되어야 합니다. 종자를 깨더라도 인의를 저버려서는 안 됩니다. 그러면 명분을 잃지요."

"그럼……?"

신산조랑이 씩 웃었다.

"흠! 자극받으라고 속인 거군."

"자극제가 되었습니까?"

"너무했어. 난 오늘 엄노를 죽일 생각이었거든."

신산조랑이 당우 앞에 작은 종지를 내밀었다.

뿌연 국물이 담겨 있고, 따뜻한 김이 모락모락 솟는다.

냄새도 구수하다. 무엇보다도 오랫동안 요리된 음식을 먹어본 적이 없어서 저절로 군침이 돈다.

"뭐야?"

"원기를 많이 다치셨을 텐데, 쭉 드세요."

당우는 사양하지 않고 종지를 받아 들어 쭉 들이켰다.

따뜻한 국물이 뱃속을 훈훈하게 녹인다.

그러고 보니 바깥세상은 겨울 한복판을 치달리고 있으리라. 눈이 내렸을지도 모르고······.

"구령마혼이 제법 쓸 만하죠?"

신산조랑이 놀리듯 말했다.

"그것 때문에 단단히 혼났어. 구령마혼······ 후반부, 있지?"

"네."

"왜 골탕 먹인 건데?"

"구령마혼으로 알아내지 못했나요?"

"신이 되라는 소리겠지."

"맞아요."

신산조랑이 기대에 찬 눈으로 쳐다봤다.

그녀의 얼굴은 피골이 상접해서 감정 표현이 제대로 드러나지 않는다. 하지만 유난히 짙은 검은 눈동자가 반짝반짝 빛난다. 윤기가 흐르는 느낌이다.

어제만 해도 당우는 육신을 잃었다.

그에게 남은 것은 단전의 투골조와 머리를 점령한 구령마혼뿐이다. 아니, 한 가지가 더 있다. 백마비전이 머릿속에 차곡

차곡 쟁여져 있다.

이 외에는 아무것도 없었다.

몸을 움직일 힘이 없으니, 지루함을 떨쳐 버리려면 생각이라도 꾸준히 해야 한다.

모든 생각을 오직 투골조에만 집중할 수 있는 환경이 조성된 것이다. 거기에 백마비전이 풍부한 자료를 제공하고, 구령마혼이 비상한 지혜를 이끌어낸다.

하고자 하는 것은 무엇이든 이룰 수 있는 환경이다.

신산조랑은 한 가지를 더 보탰다.

백 명의 동남동녀를 죽이겠다는 압박감이다.

하루 동안에 해답을 찾아내지 못하면 아이들의 영혼을 네 몸에 퍼붓겠다고 공언했다.

최대한 집중할 수 있는 환경에 해답을 찾아내야만 하는 절박한 심정이 어울렸다.

그럼 무엇을 해야 하나?

투골조의 씨앗을 깨뜨려야 한다.

그 부분에 대한 생각은 이미 결정된 게 있다.

외기(外氣)를 끌어들여서 숨어 있는 진기를 크게 키운다. 스스로 모습을 드러낼 수 있게끔 키워준다.

시간이 얼마나 걸릴지, 인간의 진기가 아닌 자연의 진기가 씨앗 속으로 스며들지 궁금한 것이 많다. 불확실한 것이 너무 많다. 그래도 그것이 최선이다.

당우는 하루 동안에 그에 대한 해답을 찾아내야만 했다.

가능한가? 가능하지 않은가? 시일은 얼마나 걸리겠는가?

백 명의 동남동녀에 버금갈 만한 힘을 쏟아부어야 하는데…… 외기는 순기(順氣)가 아니라 탁기(濁氣)다. 걸러내야 할 것이 많다. 받아들이는 외기가 십(十)이라면 그중에 일곱이나 여덟은 버려야 한다. 그런 식으로 차곡차곡 쌓는다면 몇 년이나 걸릴까?

신산조랑은 기다리지 않는다. 그녀는 즉시 해결하려고 든다. 아이들을 벌써 납치해 놓지 않았나.

종자를 깨는 데 일 년이 걸린다고 해도 듣지 않으리라. 한 달만 참아달라고 해도 듣지 않는다. '지금 즉시'가 아니면 어떠한 말도 통하지 않는다.

'가능하지 않을까?' 하는 생각을 버려야 한다. 필히 가능해야 한다.

오래 걸리지 말아야 한다. 그녀가 보는 눈앞에서 바로 출산할 수 있어야 한다.

그가 찾아야 할 것들이다.

다시 말해서 투골조의 구결을 무시하고 완전히 새로운 투골조를 창안하라는 소리다.

칠마 중 일인이 사용한 무공인데…… 신이 되어서 창안하란다.

그리고 지금은 당연하다는 듯이 묻는다. 창안했어요?

당우가 말했다.

"아이들은 정말 없지?"

"없어요."

"좋아. 그럼 나도 말할게. 진기를 쓸 수 있어."

신산조랑은 크게 놀라지도 않았다. 이번에도 아주 당연하다는 듯이 담담하게 말했다.

"방법을 찾아낼 줄 알았어요."

"정말… 정말 치료할 수 있나?"

묵혈도의 음성이 가늘게 떨려 나왔다.

신산조랑은 당우의 백일연공이 끝난 후에 그의 무공을 회복시켜 주겠다고 했다.

그 말을 믿는가? 경혈이 망가질 대로 망가졌는데, 무인의 눈에 망가진 모습이 보이는데, 누가 봐도 불가능한데…… 그런데도 고칠 수 있다고 감언이설을 늘어놓는가?

고칠 수 있단다!

이번에는 신산조랑이 아니라 당우가 직접 한 말이다.

"정말, 정말 고칠 수 있나!"

추포조두가 와락 달려나와 당우의 두 손을 움켜잡았다.

"고칠 수 있어요."

당우가 웃으면서 말했다.

"별로 어렵지는 않은데…… 꽤 고생할 거예요. 참을성 좋아요? 경혈이 망가질 때보다 더 아플 텐데."

묵혈도를 쳐다보며 한 말이다.

"얼마나, 얼마나 걸리는데?"

"글쎄요? 얼마 걸린다고까지는 말할 수 없네요. 아시다시피 전 의원이 아닌지라. 쉽지는 않을 거예요. 그냥 속 편하게 오래 걸린다고 생각하세요."

당우가 자신있게 말했다.

경혈이 망가진 마인들, 묵혈도와 신산조랑을 치료할 방법은 경근속생술에 있다.

―네 오성(悟性)이 어느 정도인지 모르겠다만, 그리고 내가 하는 말이 가당치도 않은 말이란 걸 안다만…… 느낄 수 있으면 느껴라. 지금 찔리고 있는 혈 자리를 잘 기억해라.

구령마혼을 펼쳐서 뇌를 극한으로 움직일 때, 까마득히 잊어버리고 있던 음성이 귓전을 울렸다.

―이것이 바로 경근속생술이다. 하루에 한 번씩 정성을 다해서 침을 놓아야 한다. 한 치라도 깊이 찌르면 죽을 것이요, 반 치라도 얕게 찌르면 효험이 사라질 게다.

일침기화의 음성이다.

당우는 그의 음성과 함께 송곳처럼 쑤셔대던 장침의 세기(細技)를 뚜렷하게 기억해 냈다.

그는 산음초에게 도움을 청했다.

"그때 침 쓰시는 걸 보셨죠?"

"봤지. 일침기화라고는 하지만 어찌나 날렵하게 쓰던지…… 아직도 그 모습이 생생하네."

"그렇게 쓰셔야 합니다."

"허허! 난 약의(藥醫)일세. 어느 정도 침은 쓰지만 일침기화처럼 쓰지는 못해."

"그럴 필요 없어요. 이 사람들…… 혈이 완전히 망가져서 처음부터 정심하게 쓰지 않아도 돼요. 처음에는 타격만, 그러다가 어느 정도 혈이 살아난다 싶으면 예민하게 써야죠."

"알겠네."

산음초의가 급히 만든 장침을 들었다.

시술은 묵혈도가 먼저 하고, 신산조랑이 나중에 받는다.

하루에 한 번씩 시술을 받아서 느낌이 올 때 그만둔다.

시술을 언제 그치느냐? 그건 말해주지 않았다. 그냥 느낌이 올 것이라고 했다. 누가 말해주지 않아도 그만둘 때를 스스로 느끼게 될 것이라고 했다.

"중부(中府) 이 푼, 고방(庫房) 사 푼."

산음초의의 손이 시술을 하려다가 말고 멈칫거렸다.

당우의 말은 의도(醫道)에 맞지 않는다.

중부혈은 삼 푼을 놓는 게 정상이다. 시간은 세 번 숨 쉴 동안이면 된다. 고방혈은 삼 푼을 놓는다.

이것이 일반적인 침법이다.

"틀림없나?"

묻지 않을 수 없었다.

중부혈이나 고방혈이 사혈(死穴)은 아니다. 일반적인 혈일 뿐이다. 하지만 일침기화는 사혈만 골라서 취했다. 그것도 무식하게 푹푹 찔러댔다.

지금은 혈을 자극하느라고 일반적인 혈을 취하지만, 결국은 당우도 사혈을 취할 것이다.

한 치라도 깊이 찌르면 죽을 것이고, 반 치라도 얕게 찌르면 효험이 사라진다.

침을 어디에 놓느냐도 중요하지만 얼마만 한 깊이로 찌르느냐는 더더욱 중요하다. 다른 시술 같으면 약간의 오차는 허용되지만, 경근속생술은 아주 정확해야 한다.

당우가 단호하게 말했다.

"놓으세요."

묵혈도의 인내(忍耐)는 놀라울 정도다.

그는 멀쩡한 정신으로 경근속생술을 받아냈다. 신음 한마디 터뜨리지 않았다.

아프지 않은 것은 아니다. 너무 아파서 눈이 시뻘겋게 충혈되었다. 이마에서는 굵은 땀이 비 오듯 쏟아지고, 입술은 바짝 말라서 쩍쩍 갈라진다.

뜨거운 기름이 전신을 뒤덮은 듯한 고통을 받았으리라.

"참을성이 좋네. 죽겠다고 소리 빽빽 지를 줄 알았는데. 오늘은 됐어요."

당우가 묵혈도의 손을 잡아주었다.
"후후! 별로 아프지 않군."
"하하! 그래서 내일은 더 아프게 준비할 겁니다."
"얼마든지."
묵혈도는 기분이 몹시 좋아 보였다.
그럴 수밖에 없다. 전신에서 느껴지는 매서운 고통은 곧 혈의 움직임을 뜻한다. 아직 혈이 움직인다고까지는 말할 수 없지만, 그래도 가능성이 있구나 하는 희망이 가슴 벅차게 솟는다.
"이런 식으로 하루에 한 번인가?"
"네."
"아침저녁으로 두 번 받으면 안 되나?"
"하하! 정신 차려요."
당우가 웃으면서 묵혈도의 등을 떠밀었다.

묵혈도의 시술 다음에는 더 큰 어려움이 존재한다.
신산조랑은 혈이 망가진 상태에서 상당한 세월을 보냈다. 망가진 채로 굳어버렸다.
돌처럼 단단한 혈을 풀기 위해서는 묵혈도보다는 한결 세심한 사전 작업이 필요하다.
"몸 상태가… 당장은 침을 놓기 어렵겠어. 일단 추궁과혈(推宮過穴)부터 시작하세."
당우가 봐도 침을 놓기는 무리다.

우선 신산조랑의 몸에서는 혈의 흔적을 찾기가 힘들다. 너무 말라서 혈이 위치가 불분명하다.

"노신은 염려하지 마시고……."

신산조랑이 손을 저었다.

그녀도 무공을 회복하고 싶다.

어느 누가 잃었던 무공을 찾아준다는데 마다하랴. 받고 싶다. 지금 당장 시술을 받고 싶다. 하지만… 침을 놓을 수 없을 정도로 몸이 나쁘다는데 어쩌랴.

"엄노, 추궁과혈부터 받아. 내 곁에서 떨어지지 않는다며? 그러려면 무공을 알아야지. 나도 내 무공을 찾아야 하니까…… 우리 누가 먼저 무공을 찾는지 내기할까?"

"좋죠. 하겠습니다."

"내가 이기면 구령마혼 후반부 내놔."

"제가 이기면 뭘 주시려고요?"

"어! 원하는 게 있는가 본데?"

"있죠. 호호호! 있긴 있는데 나중에 말하겠습니다. 우선 내기부터 시작하죠."

신산조랑이 묘한 웃음을 흘렸다.

그녀는 경근속생술을 안다. 그래서 묵혈도를 치료할 수 있다고 자신있게 말했다.

당우를 관찰해 온 세월이 얼마인가? 무려 삼 년이다. 삼 년 동안 어둠에 숨어서 끊임없이 당우를 쳐다보고 또 쳐다봤다.

한시도 눈을 떼지 않았다.

당우가 만정을 탈출할 수 있을까? 자신과 손을 맞잡으면 가능할지도 모르겠는데.

그런 생각을 하면서 온 신경을 곤두세워 지켜봤다.

그가 산음초의와 나눈 대화도 자연스럽게 들었다.

경근속생술, 구각교피, 기경난법…….

의술에 관한 말들이 쏟아질 때, 그녀는 새로운 희망에 부들부들 살이 떨리기까지 했다.

'경근속생술! 경근속생술!'

혈에 금강기(金剛氣)를 쏟아 넣어 불사지체(不死之體)를 만드는 의술의 최고봉이다.

경근속생술을 펼치면 망가진 혈을 고칠 수 있다. 무공을 다시 쓸 수 있다. 옛날처럼 신법도 자유롭게 펼칠 수 있고, 병기도 마음대로 휘두를 수 있다.

이제 무인으로서의 생명은 끝났다고 생각했는데…… 경근속생술이라는 말이 튀어나왔다.

무슨 일이 있어도 당우만은 잡아야 했다.

경근속생술은 그녀가 당우에게 몰입하게 만든 첫 번째 이유다.

하지만 만정에서는 꿈일 뿐이다.

경근속생술이 천하제일의 의술이라고 해도 한 치 앞도 볼 수 없는 만정에서는 시술 자체가 불가능하다.

그래서 포기했다. 그래도 그게 어디인가. 밖에만 나가면 무공을 회복할 길이 열렸으니, 이 정도로도 춤을 덩실덩실 출 만큼 큰 축복이지 않나.

신산조랑은 그런 기회를 뒤로 미뤘다.

추궁과혈? 그것도 마다했다. 지금은 당우가 정말로 진기를 쓸 수 있는지, 종자를 풀어낼 수 있는지…… 확인하고 싶다.

그녀는 당우의 뒤를 살금살금 쫓았다.

자신의 몸에 갑옷이 둘러쳐져 있었다는 사실도 잠시 망각했다.

경근속생술을 보면서 구각교피까지 보게 되었다.

불사지체가 되기 위해서 신공이니 마공이니 하는 것들을 배우지 않아도 된다. 지금 현재 이대로도 그를 해칠 수 있는 사람은 몇 사람 되지 않는다.

그는 자신의 몸을 치검령과 추포조두에게 맡겼다.

"무슨 생각인지 모르겠는데, 좋지 않은 생각이야. 일촌비도에 맞으면 즉사야."

"십자표도 마찬가지. 깊이 생각해 본 건가?"

"아무리 생각해도 진기를 쓸 수 있는 방법은 이것뿐이군요."

"휴우! 그렇다면 할 수 없지."

치검령과 추포조두가 일 장 밖에 섰다.

"준비됐나?"

치검령이 말했다.

당우는 이기타기를 끌어올린다고 했다. 자신의 몸을 통로로 하여 외기를 받아들인다고 했다.

이는 치검령조차 시도하지 못한 방식이다.

그는 사람에게서만 진기를 끌어왔다. 그것도 주는 사람이 기꺼이 내주는 진기만 받아들였다. 상대가 주지 않으려고 할 때, 억지로 끌어당길 방도는 없었다.

당우가 자신도 해보지 않은 것을 한단다.

백일연공 끝에 겨우 이걸 생각해 낸 건가? 백일연공만 마치면 진기를 자유자재로 구사할 줄 알았는데 이런 말도 안 되는 방법을 생각하느라고 백 일이나 소모한 건가?

한심하다. 하지만 하겠다니 밀어줄 수밖에 없다.

"하십시오."

당우는 전신을 활짝 열고 눈을 감았다.

"간다!"

치검령은 망설이지 않고 석비를 힘차게 내던졌다.

풍천소옥의 절기, 일촌비도가 진기를 담뿍 머금고 허공을 찢었다.

쒹익! 쒜에에엑!

추포조두도 늦을세라 십자표를 던졌다.

쒜에에엑!

파공음에 소름이 오싹 돋았다.

당우는 석비와 석표를 피하지 않았다. 소름 끼치는 파공음을 듣고도 일체 미동하지 않았다. 의연한 자세로 온몸을 날아오는 암기 앞에 내던졌다.

퍽! 퍼억!

석비는 임맥(任脈) 중완혈(中脘穴)에, 석표는 독맥(督脈) 명문혈(命門穴)에 틀어박혔다.

"큭!"

당우는 단말마를 토해내며 털석 무릎을 꿇었다.

그가 천하에서 가장 단단한 갑옷을 입고 있다고 해도 맨몸으로 두 은자가 내던진 암기를 받아낸다는 건 역시 무리다. 그러나 그는 즉시 일어섰다.

"괜찮나?"

"괜찮습니다."

"놀랍군. 일격을 견뎌내다니."

"이기타기가 마음대로 운용되지 않는군요. 암기가 몸에 닿는 찰나를 잡아내야 하는데 잘되지 않습니다."

"천천히 할까?"

"그럼 효과가 없죠. 잠깐."

당우는 구령마혼을 끌어올렸다.

쏴아아아아!

뇌가 활발하게 움직이기 시작했다.

이번에는 사고할 일이 없다. 생각할 거리도 없다. 대신에 몸에 닿는 감각을 살펴야 한다.

아홉 조각으로 나눠진 뇌는 전신에 흐르는 기력을 남김없이 빨아 당겼다. 아홉 개를 움직이려면 그만한 먹이를 제공해야 된다면서 힘이란 힘은 모조리 끌어당긴다.

곧 육신은 텅 빈 상태가 되었다.

'서 있기도 힘들어.'

백일연공을 할 때와 같은 상태가 되었다.

누워 있지 않고 서 있는 것만 다를 뿐이지, 손가락 하나 움직일 만한 힘도 없다.

하지만 구령마혼의 효과는 역시 대단하다. 온몸의 감각이 칼끝처럼 일어선다. 솜털에 와 닿는 바람까지도 감지된다.

'바람! 도미나찰!'

구령마혼과 도미나찰을 섞었다.

도미나찰의 근본 원리는 부동시(不動視)다. 움직이지 않고, 생각하지 않고 보는 것이다.

고요한 마음으로 감각을 지켜본다.

"됐어요."

쒜엑! 쒜에엑!

그의 말이 끝나자마자 파공음이 울렸다.

퍽! 퍼어억!

관원혈(關元穴)과 지양혈(至陽穴)에서 극통이 치밀었다.

뼈마디가 산산조각나는 듯한 아픔이 번갯불보다 빠르게 전신을 휘젓는다.

'봤어!'

당우는 찰나의 틈을 잡았다.

석비와 석표가 몸에 닿는 찰나 이기타기를 이끌었다. 석비

출산(出産) 173

와 석표에 깃든 진기가 스르륵 빨려 들어와 씨앗 속으로 스며들었다.

돌에 맞은 육신은 아프지만 진기는 거뒀다.

"됐습니다. 마음껏 던지세요. 오늘 오십합(五十合)만 부탁드립니다."

당우는 편한 마음으로 기다렸다. 남은 건 기력을 다한 육신이 얼마나 버텨주느냐다.

第五十六章

조정(調整)

1

 세상은 태평무사하다.
 사람들의 얼굴에서는 웃음이 떠나지 않는다. 근심, 걱정은 찾아보기 어렵다.
 올해는 지독한 흉년이었다.
 비 한 방울 오지 않는 날이 보름을 넘어서면서 농작물이 말라비틀어졌다. 논이고 밭이고 바짝 말라 버린 농작물 때문에 애간장깨나 끓였다.
 그래도 농민들은 큰 걱정을 하지 않았다.
 그들 곁에는 천검가가 있다.
 이토록 지독한 흉년이 들면 천검가가 제일 먼저 곳간 문을 열어주었다. 그리고 인근 부호들까지 설득해서 한겨울을 넘기기에 넉넉할 정도로 곡물을 나눠주었다.

임강부(臨江府)는 항상 넉넉하다.

몇 년 전 천검가는 위기에 봉착했었다.

천곡서원의 향암 선생을 척살한 일은 만인의 신뢰를 단숨에 거둬갈 정도로 충격이었다.

다행히 하늘이 도와서 이 년 연속 흉년이 들었다.

사람들 마음에서 천곡서원 사건을 씻어내고, 역시 천검가밖에 없다는 말을 하게끔 만들었다.

천검가는 그 후에도 또 한 번 위기를 맞았다.

검련사십가 중 십가의 위치에 있던 천검가는 강호신출내기에게 형편없이 무너졌다.

아무도 그를 막지 못했다.

나중에는 묵비 비주까지 나서서 검을 들었지만 낯선 자를 막기에는 역부족이었다.

그는 옥면신검이라고 불렸다.

노산삼마, 흑백쌍마, 고루신마, 취생몽마를 단숨에 베어내고 승승장구하던 검호(劍豪)다.

천검가가 옥면신검의 제물이 되는 것인가!

그런데 반전이 일어났다. 옥면신검이 바로 천검가의 막내 공자인 류명이란다. 그가 사용한 검법이 천검가주의 독문검법인 천유비비검이란다.

아무리 그래도 그렇지 단신으로 천검가를…….

천검가에 고수가 득실거리지만 아무도 그런 행동을 하지 못했다.

 천검십검 중에서도 특별히 천검사봉이라고 불리던 네 명의 검호도 꿈꾸지 못했던 일이다. 한때는 천검가의 후인으로 지목되었던 첫째 류정조차도 도전할 수 없던 일이다.

 류명이 일을 벌일 때는 천검십검이 없었다.

 우연히도 천검십검들 모두가 천검가를 등지고 물러났다.

 장남 류정은 아예 축문(逐門) 당했고, 류과는 그 사실에 충격을 받고 유랑자가 되었다.

 둘째 부인의 소생인 류아와 류형은 하남의 외가로 가서 돌아오지 않는다.

 남은 사람은 류광과 류천, 그리고 류명뿐이다. 그리고 이 중에 무인은 류명밖에 없다. 류광은 다리를 쓰지 못하고, 류천은 글에 파묻혀 산다.

 천검가의 후계구도는 확고하게 굳어졌다.

 류명은 천검가를 단신으로 짓뭉갤 정도로 고절한 무공을 지녔다. 더군다나 그는 이제 갓 약관을 벗어났다. 앞으로 얼마나 발전할지는 아무도 예측하지 못한다.

 당대의 천검가주보다 강하면 강했지 약하지는 않을 것이다.

 천검가는 천검십검을 내쳤지만 그들 모두를 합친 것보다 더 큰 힘을 얻었다.

 류명은 잠시 외출을 했다. 그리고 절세 미녀와 함께 돌아왔다.

 멀리서 봐도 눈에 확 띄는 미녀 중의 미녀다. 숨소리, 웃음

소리조차도 보옥처럼 여겨지는 여인이다.

이런 미녀가 어디에 존재했던 것일까?

"휴우! 잘되는 집안은 뒤로 넘어져도 동전을 줍는다더니."

"부럽나?"

"부럽지. 너무 부러워서 배가 아플 지경이네."

"왕후장상(王侯將相)에 씨가 따로 없다던데, 틀린 말인 것 같아. 특별한 씨가 따로 있는 것 같아."

천검가의 앞날은 탄탄대로였다.

"형님."

"왔나."

"차나 한잔 같이 하려고요."

"자네가 차만 마시려고 왔겠나."

"그래요. 형님과 광이를 살려 드리려고 왔어요."

"광이! 지금 광이를 거론한 게야!"

소화부인의 고함이 쩌렁 울렸다.

"호호호! 형님도 참. 지금 당장 죽인다는 것도 아닌데 뭘 그리 노하세요?"

"감히 어디서!"

"하남으로 돌아가세요."

"형님은 명이 놈이 내쫓더니, 난 자네가 맡은 겐가? 고맙군. 어린놈에게 수모를 당하지 않게 해줘서."

"형님과 저는 뭐랄까…… 동병상련(同病相憐) 같은 게 있잖아요? 첩실끼리의 아픔이랄까?"

"네, 네가 감히! 호호호!"

소화부인은 분노를 삭이기 위해서 웃었다.

류아와 류형을 외가로 보내면서도 자신만은 꿋꿋이 자리를 지켰다. 그래야 두 아들이 돌아올 때 반겨줄 수 있기 때문이다. 두 아들이 돌아올 시기를 조율할 수 있기 때문이다.

오늘 같은 날이 올 것이라는 예측은 했다.

대부인을 쫓아냈는데, 자신인들 쫓아내지 않을까. 충분히 그러고도 남을 위인들이다.

하지만 그녀에게는 하남(河南) 삼련검가(三聯劍家)가 버티고 있다.

그들을 무시하지는 못할 터, 함부로 망동하지는 못하리라.

틀린 계산이다. 태생이 천한 것이라 앞뒤 생각할 줄 모른다. 기회를 잡았다 싶으니까 막 밀고 들어온다. 지금 하는 말이 어떤 비중을 지녔는지도 모르고 무조건 하고 싶은 대로 한다.

"나가주지."

소화부인이 웃으면서 말했다.

"말이 쉽게 통해서 다행입니다. 형님."

정명부인이 일어섰다.

"그만 가려는가?"

"용건이 끝났으니 가야죠."

"아직 찻물도 올리지 않았네."

"원래… 차는 흥취가 날 때 마셔야 제 맛을 음미할 수 있지 않겠어요? 망해가는 집에서 마시는 차 맛이란…… 아! 형님을 빗대서 한 말은 아니고요. 어쩐지 내키지 않네요."

정명부인이 활짝 웃었다. 깊이 파인 보조개가 그녀의 아름다움을 한결 북돋워 주는 듯했다.

소화부인은 눈으로만 웃었다.

"그 말도 일리가 있군. 망해가는 집안에서 차까지 얻어 마신다는 건 너무 염치가 없어. 그만 가시게."

"아!"

정명부인이 밖으로 나가려다 말고 깜빡 잊은 게 있는 듯 돌아섰다. 그리고 방금 전처럼 활짝 웃으며 말했다.

"광이 말인데요, 형님. 광이는 천검가의 핏줄 아니겠어요? 핏줄은 제자리에 있어야 하는 법이죠. 저 사람, 요즘은 사람 식별도 잘 못하는 것 같은데…… 그래도 자식은 알아보겠죠. 말벗이나 하게…… 제 말뜻 아시죠?"

"알지, 잘 알지!"

"호호호! 무림에서 자란 분들은 말이 쉽게 통하니 좋아요. 구구절절이 설명을 하지 않아도 되고. 형님, 잘 가시고… 필요한 것 있으면 연락 주세요. 언제든 두 발 벗고 달려갈게요."

"그럼세."

소화부인은 탁자 밑에서 두 주먹을 불끈 움켜쥐었다.

정명…… 잔꾀까지 부리는가. 인질까지 원하는 겐가? 그래도 삼련검가가 안중에 있기는 한가? 보복이 두려운가?

'오늘의 이 수모…… 언젠가는 씻을 날이 올 게야.'

182 취적취무

소화부인은 가주를 찾았다.

아내가 남편을 찾는다. 하등 이상할 것이 없는 방문이다. 그럼에도 소화부인은 전각 밖에서 기다려야 했다.

삐걱!

문이 열리며 시녀가 나왔다.

"아직 오침(午寢) 중이세요."

"깨워."

"절대 안정을 취해야 된다고 하셔서…… 용서해 주세요."

소화부인은 어금니를 꽉 깨물었다.

부부 간에 이별을 하는데 마지막 인사조차 못하게 하는가!

천검가주는 쇠약해졌다. 공식적인 행사에 얼굴을 내민 지 상당히 오래되었다. 무림에는 가주가 운명할 날도 얼마 남지 않았다고 소문이 난 상태다.

한데 가주의 쇠약함은 진실일까?

천검가주를 아는 사람이라면 그가 죽었다고 해도 정말 죽었는지 다시 한 번 확인할 게다.

소화부인은 가주의 쇠약함을 믿지 않는 쪽이다.

그가 이런 행동을 할 때는 분명히 무엇인가 큰일을 벌이고 있다는 뜻이다.

철없는 아이의 한마디에 대부인이 잠자코 전각을 비웠다. 가주 곁을 말없이 떠났다.

그때부터 뭔가 있다는 점을 눈치챘어야 한다.

조정(調整) 183

대부인의 일원검가는 사납지만 세(勢)가 약하다. 절정 무공이 있고, 일류고수가 있지만 암자 하나씩 꿰차고 눌러앉은 승려들 마냥 뿔뿔이 흩어져 있다.

결정적인 것은 그들이 좀처럼 세상사에 간여하지 않는다는 점이다.

그런 약점들 때문에 대부인을 내칠 수 있었다고 생각했다.

'이놈들이 정말 삼련검가를!'

"주무시더라도 얼굴이나 뵙고 가야겠다. 비켜라."

시녀는 비키지 않았다.

"가주님께서 굉장히 약해지신 상태라 특별히 엄명을 내리셨어요. 허락없이 전각 안으로 들어서는 자는 신분 여하를 막론하고 참하라는 명령을 직접…… 내리셨습니다."

"호호호! 뭐라고? 이것이 어디다 대고 말 같지 않은 말을!"

"류명 공자님도 오셨다가 뵙지 못하고 가셨어요."

"……"

"아까는 정명마님도 찾아왔었는데……"

소화부인은 시녀의 말이 그들도 얌전히 돌아갔는데 네까짓 것이 뭘 버티느냐는 투로 들렸다.

"건방져졌구나."

"죄송합니다."

"오냐. 가마."

결국 소화부인은 천검가주를 만나지 못했다.

그에게 하소연을 하기 위해서 찾아온 게 아니다. 그가 정말

병약한지, 아니면 병약한 척하는지 몰라도 환자가 되어 있으니 힘없는 행세를 할 게다.

정명부인이 한 말을 일러바친다고 해서 달라질 건 없다.

아니, 치사하지 않은가. 천한 것들이 나가랬다고 쪼르륵 달려와서 고자질하는 품세가 형편없지 않나.

그럴 생각은 없다. 그저 얼굴만 보고자 했다. 어쩌면 이승에서는 마지막 만남이 될지도 모르기에, 쓴맛 단맛 모두 맛보며 살아온 부부 간의 정리로 얼굴만 보고자 했다.

그걸 거절했다.

돌아서서 가는 소화부인의 몸이 부들부들 떨렸다.

'잊지 않을 거야!'

"갔는… 가?"

천검가주가 따뜻한 양광에 몸을 맡긴 채 말했다.

"이를 악무시고 떠나셨습니다."

"쯧! 삼련검가의 지지를 잃었군."

"……."

비주는 말을 하지 못했다.

삼련검가의 지지는 아주 큰 힘이다.

검련사십가의 회합에서 의견을 관철시키기 위해서는 과반수, 즉 이십가 이상의 동의가 필요하다.

검련삼가는 그 자체만으로 당장 세 표다. 그리고 그들의 영향력으로 움직일 수 있는 검가가 다섯 가문이나 된다. 스무 표

중에 여덟 표를 가지고 있다.

여덟 표가 전부는 아니지만 그들이 반대할 경우, 상당히 곤란해지는 것만은 틀림없다.

류명은 그런 점을 알고 있는 것일까?

정명부인은 그런 점까지 고려한 후에 소화부인을 내쫓은 것일까?

솔직히 아니다. 아니라고 생각한다. 그들에게는 그만한 머리가 없다. 하지만 마사가 뒤에서 조종한 것이라면…… 한 수 더 깊이 읽었을 수도 있다.

어쨌든 삼련검가를 적으로 돌려세운 것은 현명한 처사가 아니다.

"왜?"

천검가주가 느닷없이 물어왔다.

"네?"

"왜 그래? 뭔 걱정 있어? 얼굴 표정이 왜 그래?"

"아닙니다. 아무 걱정도 없습니다."

"이 시점에서 걱정이 없으면 묵비를 맡을 자격이 없지."

"……."

"철없는 것들이라 걱정돼?"

"솔직히 조금…… 걱정됩니다."

"후후! 그래서 넌 그 철없는 놈들에게 휘둘린 게야?"

"네?"

"한몫 떼어주지 않을까 봐?"

"아! 아닙니다. 제가 어찌 감히 그런 생각을······."

"철없는 놈이 하는 말이니 흔들린 것이겠지. 후후! 그릇이 이 정도라면······ 요리할 수 있겠구나. 틀렸나?"

"언감생심, 꿈도 꾸지 않았습니다."

"조조(曹操)는 후한(後漢) 제일의 모략가(謀略家)였어. 후한이 사실 그의 것이었지. 그렇게 키워진 힘은 결국 그의 아들 조비(曹丕)에 의해서 후한을 짓이기고 위(魏)라는 나라를 세우게 돼."

비주는 등골이 오싹했다.

자신을 제거할 심산인가? 아니면 좀 더 깊이 허리를 숙이라는 경고인가? 천검가주의 의중이 어디에 있는가? 왜 고사(古事)를 들먹여 겁을 주는가?

"그럼 위는 어땠는지 아나? 위 시절, 제일의 모략꾼이라면 단연 사마의(司馬懿)지. 제갈량(諸葛亮)의 북벌(北伐)을 막아낸 일등 공신 아닌가. 이 사마(司馬) 가(家)는 대단한 충신 집안이야. 사마의, 사마사(司馬師), 사마소(司馬昭). 대를 이어가면서 위나라에 헌신했어. 위나라에 그들만 한 모략꾼이 없었고, 그만큼 권력도 얻었지. 그래서 어땠는지 아나?"

"사마소의 아들, 사마염(司馬炎)에 이르러 진(晉) 왕조(王朝)로 정권이 교체됩니다."

"똑똑하면 욕심이 생기는 법인가 봐."

"······."

비주는 아무 말도 하지 못했다.

조정(調整) 187

천검가주는 자신의 행동을 질책하고 있다. 충실히 가주의 명을 좇았음에도 무엇인가 못마땅한 것이 있었나 보다.

무엇일까? 무엇이 가주를 실망시켰을까?

류명을 요리해 보고자 하는 마음이 없었던 것은 아니다.

류명의 그릇은 작다. 무공은 탁월하지만 세상을 보는 눈은 얕고 천박하다.

위험하지만 비교적 다루기 쉬운 부류에 속한다.

"가봐. 권한대행…… 잘하게 도와줘."

'이것이었군.'

가주는 류명에 대한 절대 충성을 말하고 있다.

생각하지 마라. 보지도 마라. 듣지도 마라. 시키는 일만 충실히 행하라.

가주가 요구해 오던 것을 류명에게도 하라는 뜻이다.

새삼스럽게 비감스럽다거나 서글프지는 않다. 원래 이것이 묵비의 운명이다. 아무도 알아주지 않는 곳에서 조용히, 흔적 없이 살다가 쓸쓸하게 사라져 간다.

묵비에 적을 두면서부터 귀에 못이 박이도록 들어온 말이며, 행동강령이다.

본분에서 벗어나지 마라!

천검가주가 해줄 수 있는 최대한의 경고다.

"알겠습니다. 절대 실망시켜 드리지 않겠습니다."

비주는 허리를 숙이면서 포권지례를 취했다.

'경고라…….'

비주의 마음은 무거웠다.

가주에게서 경고를 받았기 때문에 기분이 상한 건 아니다. 그 정도에 기분이 상한다면 아랫사람 노릇을 하지 못한다. 간이고 쓸개고 다 빼놓고 일해야 하는 게 무가의 아랫사람이다.

그의 마음이 무거운 것은 가주가 말한 방식이다.

가주는 직선적이지 않다. 한마디만 던지면 만 마디를 알아들어야 한다는 식이다.

그런데 이번에는 상당히 세심하게 말했다.

가주가 왜 그런 식으로 말했을까?

'이 시점에서 걱정이 없으면 묵비를 맡을 자격이 없다……. 일부러라도 걱정을 하라는 뜻인데. 그다음 말은 철없는 것들…… 류명. 그다음은 한몫…… 그다음은 모사들의 마음…….'

뚜벅! 뚜벅!

전각을 돌아나가는 발걸음이 묵직하다.

그때, 맞은편에서 한 여인이 사뿐사뿐 걸어왔다.

'마사…… 마사!'

마사를 보자 불현듯 가주의 말들이 명확하게 존재를 드러냈다.

걱정해라. 류명이 손을 썼다. 지금 천검가에는 한몫을 챙기고자 들어온 자들이 있지 않은가. 마사…… 모사꾼……. 모사꾼의 마음은 한없이 커지게 마련이다.

마사가 보기에 천검가는 먹기 좋은 떡으로 비쳤을 게다.

그녀는 류명을 손에 쥐고 있다. 천검가주는 병석에 앓아누워 있다. 천검십검은 거의 파문당했거나 돌아올 수 없는 입장이다. 솔직히 류명 한 사람에게 박살이 난 문파다.

'적성비가…… 은자……'

그녀는 적성비가의 은자를 여섯 명이나 데리고 왔다.

그들은 명목상 류명의 호법이다. 늘 류명 곁에서 밀착 호위한다. 하지만 그게 감시의 눈길은 아닐까?

바보 같은 류명만 모른다.

'이거였군. 마사가 내 목숨을 노리고 있어.'

가주의 충고는 이것이었다.

마사의 야망은 천검가를 집어삼킴으로써 첫 발을 내딛는다. 그러자면 실질적으로 천검가를 이끌고 있는 묵비 비주부터 제거해야 한다. 일을 벌임에 있어서 가주의 수족부터 잘라내야 한다는 건 기본 중 기본이다.

천검가에는 가주의 수족이라고 할 만한 사람이 비주밖에 없다.

천검귀차가 몰살당한 후, 그들의 자리를 맡을 만한 무인들이 양성되지 않았다.

비주만 제거하면 천검가가 수중에 들어온다.

마사의 운이 아주 좋다.

제거도 어려운 것도 아니다. 적성비가 은자 여섯 명이면 무엇이든 할 수 있다.

'피해야 돼!'

비주는 위기감을 느꼈다. 하지만 이럴 때일수록 정반대의 상황으로 이끌어야 한다.

피할 게 아니라 위험 속으로 파고든다.

비주는 얼굴에 함박웃음을 띠며 그녀에게 다가섰다.

"마사 아닙니까!"

그는 상당히 정중하게 포권지례를 취했다.

"……!"

마사의 눈꼬리가 살짝 찌푸려졌다.

비주는 은자들을 못마땅하게 여겼다. 은자들을 보는 눈에 경멸이 담겼다. 적어도 어제까지는 그랬다. 그래서 이번에도 못마땅한 표정을 지으며 스쳐 지날 것이라고 생각했다.

"절 반겨주시니 고맙군요."

형식적인 인사치레였다. 그런데,

"소저, 이상하게 듣지는 말고…… 은밀하게 할 말이 있소만."

비주는 무언가 비밀리에 할 말이 있는 사람처럼 사방을 두루 살피면서 말했다.

"말해보세요."

"이곳에서는 좀 그렇고… 천검귀차가 몰락한 후, 형당(刑堂)이 비었소. 이따가 반 시진 후에 그곳에서 봅시다. 류명 공자께도 연락해서 함께 와주시오."

"호호! 이제 보니 비주께서는 비밀을 좋아하는군요. 하지만

조정(調整) 191

어쩌죠? 전 비밀을 별로 좋아하지 않는데."

마사의 눈이 싸늘하게 변했다.

"천검사봉에 관한 일이오. 그래도 관심없소?"

"날개 꺾인 새는 관심없어요."

"그들이 검련 본가에 있는데도 관심없소?"

"천검사봉이 검련 본가에 있나요?"

"후후후! 빈 입으로는 안 되지. 전에 공자님이 약속한 게 있소. 그 계획을 구체적으로 알고 싶다고…… 그리 전해주시오. 하면 후후후! 천검가가 발칵 뒤집힐 일을 말해주겠소. 분명한 건 소저에게나 내게 나쁜 일은 아니라는 거요. 아니, 상당히 좋은 일이지. 난 이 기회를 꼭 잡을 생각이오."

비주의 눈이 욕심으로 번들거렸다.

마사는 미간을 살짝 찌푸렸다.

비주의 말이 진실인지 거짓인지 진위 여부를 살피는 것 같다.

비주는 기회를 주지 않았다.

"이따 봅시다. 그럼!"

비주는 마사에게 포권지례를 취해 보인 후, 황망히 자리를 떴다.

누가 보면 길을 가다가 우연히 만나서 몇 마디 잡담 정도 늘어놓은 것 같다.

마사는 멀어져 가는 비주를 보면서 미간을 찌푸렸다. 그리고 나지막하게 중얼거렸다.

"속은 것 같네."

2

쉬익! 따악! 쒜에엑! 따악!
"조금 더! 뭐해! 이를 악물란 말이야!"
류명은 문도를 호되게 다그쳤다.
일원검문의 사사검련(死死劍練)은 목숨을 걸어야 한다.
수련 중에 목숨을 잃어도 좋다. 어차피 검날 위에 선 인생이다. 언젠가는 검에 쓰러질 운명이다. 차라리 검을 깨닫다가 죽는다면 가장 행복한 죽음이 될 게다.
이것이 일원검문 검사들의 신조다.
그들은 검에 완전히 미친 검귀들이다. 검 이외에는 일절 관심이 없다. 상대와 싸워서 이기는 검도 아니다. 그런 방식의 검은 오히려 경멸한다.

ㅡ검은 싸우라고 있는 게 아니다. 공격용, 방어용…… 모두 헛소리다. 그런 검은 세상에 많다. 진정한 검은 마음에서 우러나는 것이니, 심검(心劍)을 보도록 하라.

일원검문 검사에게 귀가 따갑도록 들은 말이다.
그들은 자신과 싸운다.
자신이 원하는 검을 만들기 위해, 고군분투한다. 말 그대로 혼자서 외롭게 싸운다.

그들에 비하면 천검가 무인들은 살찐 돼지들이다.

이들은 검을 모른다. 형식적인 초식 몇 개에 얽매여서 죽자 사자 죽은 검법에만 매달린다.

류명은 그들에게 살아 있는 검법을 보여주고자 한다.

"와라!"

쒜에엑!

목검이 날아든다. 융통성이라고는 코딱지만큼도 없는 검이다. 천유비비검의 검결을 어린아이처럼 밟아나간다.

"늦어!"

쒜엑! 따악!

류명의 목검이 문도의 허벅지를 후려쳤다.

"큭!"

문도는 비명도 크게 지르지 못했다.

맨 처음, 류명의 검에 걸려든 자가 있다. 그는 목검에 갈비뼈가 두 대나 부러졌다. 그래서 고함을 질렀다. 비명은 크지 않았지만 아픈 표정은 역력했다.

류명의 목검이 쓰러진 자를 두들겼다.

한 대, 두 대, 세 대……. 정신을 잃고 난 다음에도 무자비하게 내려쳤다.

"밖에 나가서 천검가의 이름에 먹칠을 하고 죽느니 여기서 죽어라. 알았느냐! 여기서 죽든지, 밖에서 죽든지!"

그다음부터 뼈가 부러져도 벌떡 일어난다.

"빨리! 늦다!"

쒜에엑! 쒜엑!

좌우에서 합공을 취해온다.

어림도 없는 수작이다. 정체를 숨기고 도전할 때는 수십 명이 일제히 달려들었다. 그러고도 패한 자들이다.

"인원을 믿지 마라! 합공은 상대에게 의지하고자 하는 마음이 생기는 바! 전적으로 자신만 믿어라!"

쒜엑! 따악! 쒜에엑! 따악!

목검이 머리를 두들기자 살이 찢어지면서 피가 확 솟구쳤다.

그래도 문도들은 눈을 부릅뜬 채 목검을 추켜들었다.

그들은 이류가 아니다. 천검가 무인에게 이류라는 말은 가당치 않다. 류명이 너무 강하기에 이류처럼 보이는 것이다.

정신을 가다듬고 싶은가? 그럴 필요 없다. 천검가 무인들의 정신은 예전에도 녹슨 적이 없다.

"공자, 간다!"

쒜엑!

정면에서 천유비비검이 날아든다.

류명은 어깨를 살짝 비틀어 검을 흘려보냈다.

따악!

어느새 추켜든 목검이 상대의 목 부위를 강타했다.

실전을 방불케 하는 비무는 반나절 동안이나 지속되었다.

"헉헉!

"후욱! 흑!"

사방에서 거친 숨이 쏟아진다.

삼십여 명에 이르는 무인이 검을 들지도 못할 정도로 두들겨 맞았다. 온몸이 멍투성이, 피투성이가 되어서 휘몰아치는 강풍에 내던져졌다.

"시무당(柴武堂) 솜씨, 잘 봤다. 내일은 광전당(廣戰堂)이다. 아침 먹고 바로 시작하도록!"

류명이 피 묻은 목검을 내던지고 걸어갔다.

"미친놈!"

"아무리 공자라지만…… 제길! 나도 영약을 항아리로 처먹으면 저 정도 검은 구사하겠다."

시무당 무인들은 분을 이기지 못하고 치를 떨었다.

류명 공자에게 맞아서 아픈 게 아니다. 그들의 자존심을 짓밟았기에 아픈 것이다.

류명은 자신들보다 한참 앞서 있는 무인이다.

그 점은 인정한다. 하지만 그가 자신들보다 뛰어나다고는 보지 않는다.

그가 상승무공을 수련한 것은 재능이 뛰어나서가 아니다. 가주의 전폭적인 지원을 받았기 때문이다. 단 일 푼의 내공을 증진하기 위해서 천금을 쓰는 것도 마다하지 않았다.

다른 사람들은 몰라도 천검가 무인들은 속사정을 안다.

천검가에서 밖으로 흘러나간 은자가 너무 막대했다. 은자와 맞바꾼 것이 전부 영약들인지라 궁금증이 증폭했다. 그리고 누군가의 입을 통해서 영약들의 임자가 류명 공자라는 사실이 알려졌다.

세상에 비밀은 없는 법이다.

류명은 천검가가 휘청거릴 정도로 많은 은자를 썼다.

그렇게 해서 얻은 무공으로 문도들을 두들겨 팬다. 진정한 검이 어떻고, 투지가 어떻고 하면서 막무가내로…… 사실대로 말하자면 일방적인 폭행을 가한다.

미친놈이지 않나!

그들이 분을 삭이지 못하고 시근덕거리고 있을 때, 계집 같이 생긴 사내가 조용히 걸어왔다.

"너."

그는 다짜고짜 반말로 쓰러진 무인 중 한 명을 가리켰다.

"그리고…… 너, 너."

쓰러져 있던 무인들이 어처구니없다는 표정으로 사내를 쳐다봤다.

사내는 처음 보는 자였다. 천검가 무인은 절대 아니다. 천검가의 무복도 입지 않았다.

몸매가 계집처럼 야들야들하고, 얼굴도 곱상하고…… 남장보다 여장을 시켜놓으면 영락없이 계집이 될 놈이다.

이런 놈이 천검가에 있었다면 진작 알았을 게다.

"넌 뭐야?"

누워 있던 무인이 물었다.

조정(調整) 197

사내는 대답하지 않았다. 자신이 지목한 세 명의 무인을 돌아보면서 곱상한 말로 말했다.

"너희 셋, 따라와. 공자님 특별 면담이다."

사내는 할 말을 다했다는 듯 싸늘하게 돌아서서 걸어갔다.

류명은 혹한의 날씨 속에서도 개울물을 깨고 들어가 목욕을 하고 있었다.

"굼벵이들."

세 무인이 도착하자 먼저 도착해 있던 계집 같은 사내가 조롱했다.

쫘악! 쫘악!

류명은 보기만 해도 인상이 찌푸려지는 얼음물을 항아리로 듬뿍 퍼서 머리 위로 쏟아부었다.

"카아! 좋다."

시원한 탄성과 함께 머리를 세차게 흔들자 물방울이 사방으로 비산했다.

세 사내는 가만히 서 있다가 물방울을 고스란히 뒤집어썼다.

류명이 개의치 않고 말했다.

"너희 셋. 독존대(獨尊隊)다. 내 거처로 가서 기다려."

"공자, 독존대가 뭐하는 곳인지는 몰라도……."

"공자가 아니라 가주다. 알았나!"

류명의 음성이 쩌렁 울렸다. 더 이상 항거할 수 없게 만드는 살음(殺音)이었다. 안광도 쏘아졌다. 한마디만 더 대들면 목을 비틀어 버리겠다는 살광(殺光)이다.

세 무인은 아무 소리도 하지 못했다.

천유각(天遊閣), 류명이 거처하는 전각이다.
천유각에 세 명의 무인이 들어섰다.
"응?"
그들은 자신들 외에도 많은 무인들이 앉아 있는 것을 보고 놀란 표정을 지었다.

그들은 모두 천검가 무인들이다. 소속은 각기 다르다. 그래서 안면만 있지 말을 터보지 못한 자도 보인다. 개중에는 무인이 아니라 잡역부(雜役夫)도 있다.

어찌 된 사연인지는 금방 짐작된다.
류명은 각 당의 무인들과 비무를 하면서 쓸 만한 자들을 따로 챙긴 듯하다.

"시무당? 후후! 그래도 시무당은 세 명이나 뽑혔군. 역시 주력(主力)은 달라. 난 나 혼자야."
수문위(守門衛)였던 자가 아는 척을 했다.
"여기가 독존대?"
"얼핏 들은 건데…… 무소불위(無所不爲)의 절대 권력을 누릴 수 있다더군."
"단, 생사지련(生死之練)을 넘긴 후에."
옆에 있던 무인이 거들었다.

"생사지련은 또 뭐야?"

"오늘 겪어봤잖아? 그것보다 열 배는 힘들다고 보면 돼. 하지만 수련만 통과하면 천검십검과 싸워도 눌리지 않을 거라니까 해볼 만하지 않겠어?"

"천검십검과? 하하하! 그게 말이 된다고 생각해?"

시무당 무인이 코웃음을 쳤다.

물론 말이 안 된다. 천검십검은 타고난 천재들이다. 감각이 전혀 다른 사람들이다. 그런 사람들을 수련으로 따라잡는다는 건 누가 봐도 불가능하다.

수문위였던 자가 말했다.

"자네들도 이따가 듣겠지만, 류명 공자가 그러더군. 너희 중에서 나보다 자질이 떨어진다고 생각하는 사람은 손들어보라고. 자네들은 어떤가? 류명 공자보다 자질이 떨어진다고 생각하나?"

아니다. 절대 아니다.

천검십검과는 비교할 수 없다. 그들은 신이며, 자신들은 벌레다. 하지만 류명이라면…… 오늘 죽도록 얻어터지기는 했지만 마음으로 굴복하기는 싫다.

솔직히 류명은 삼 년 전만 해도 보잘것없었다. 천검십검은 고사하고 무인으로서 제 몫이나 제대로 해낼까 싶었다. 그런 자가 느닷없이 절대 고수가 되어서 나타났다.

역시 돈이 좋기는 좋다.

수문위였던 자가 말했다.

"공자는 자신이 받은 그대로 베풀겠다더군. 영약, 비급, 개인 사부까지. 그리고 자신이 겪었던 지옥의 수련도. 견뎌내면 자신처럼 될 것이지만, 절반 정도는 죽을 것이라던데…… 어때? 그래도 해볼 만하지 않아?"

세 무인은 비로소 이게 장난이 아니라는 사실을 깨달았다.

독존대…… 더 이상 높은 게 없는 대(隊)!

"후후후! 그렇다면 해볼 만하지. 모든 걸 지원해 준다면. 한데 공자가 무슨 힘으로 그런 걸 지원해 줘?"

그때다. 무인의 등 뒤에서 류명의 음성이 들렸다.

"가주라고 했다. 한 번만 더 공자라고 말하면 혓바닥부터 뽑아버릴 터, 말조심해라!"

류명이 웃통을 벗은 채 하얀 눈을 맞으면서 걸어왔다.

* * *

"묵비가 텅 비었다."

"그럴 줄 알았어. 너구리한테 깜빡 속았지 뭐야."

마사가 생긋 웃었다.

"너답지 않았다. 예전에는 생각한 것을 바로 밀어붙였는데, 잠시 생각한다는 건 너답지 않은 거야."

"사형."

"말해라."

"입 닫아줘."

"……."

"사부께서 적성비가의 모든 것을 내게 건다고 했지?"

"그렇다."

"그거 고민되네."

마사가 고개를 갸웃거렸다.

그녀의 수중에 떡이 두 개 있다. 하나는 천검가이고, 또 하나는 적성비가이다.

가장 맛있게 떡을 먹는 방법은 뭘까?

두 개를 한꺼번에 먹는 건 좋지 않다. 성질이 다른 두 개의 떡을 하나로 뭉쳐 버리면 죽도 밥도 안 된다. 팥과 콩이 뒤섞이면 제 맛을 음미할 수 없다.

하나를 먹고 잠시 쉬었다가 다른 떡을 먹는 방법이 있다.

더 좋은 방법은 하나를 버리고 하나만 먹는 것이다. 그러면 하나라도 제대로 된 맛을 음미할 수 있다. 맛이라는 것이 씹는 맛만 있는 게 아니라 시간이 경과됨에 따라서 입안에 감도는 여운이라는 게 있으니까 말이다.

둘 중 하나를 버려야 한다.

한데 양쪽을 저울질하기가 쉽지 않다.

천검가에는 호랑이가 두 마리나 있다.

한 마리만 뛰쳐나가도 무림을 질타할 수 있는 거호(巨虎)다. 더군다나 병석에 누워 있는 노호(老虎)는 깊이가 어느 정도나 되는지 도무지 측량되지 않는다.

힘과 힘으로 싸우면 적성비가가 진다.

천검가가 검련을 동원하면 적성비가 정도는 추풍낙엽처럼 나가떨어진다.

그녀의 고민은 재력(財力)에 있다.

아무래도 이 부분만큼은 적성비가의 손을 들어주어야 할 것 같다.

물론 천검가의 재력은 상상할 수 없을 정도로 많다. 임강부 전체를 수중에 넣고 조몰락거리고 있으니 해마다 거둬들이는 은자가 산더미처럼 쌓인다.

그런데 그 정도는 적성비가도 한다.

은자 한 명을 빌려주는 대가가 성 한 채를 살 수 있을 정도라면 말 다한 게다.

은자는 많은 것을 변화시킨다.

당장 천유각에 모인 무인들만 해도 그렇다. 그들은 지금은 겨우 일류에 간신히 포함된 정도이지만 앞으로 일이 년만 지나면 아주 강한 검호들이 되어 있을 게다.

류명에게 돈을 쥐어주면 막강한 문파가 탄생한다.

'아무래도 천검가 쪽이 낫겠어.'

사실 그녀의 마음은 적성비가 쪽으로 기울었다.

재력은 비슷하지만 적성비가는 많은 경험을 가지고 있다. 한 번쯤 멸문당해도 곧바로 다시 일어설 수 있을 정도로 풍부하고 다양한 경험을 지녔다.

그런 것이 마음을 끈다.

하지만 천검가를 택하면 양쪽 모두를 수중에 넣을 수 있다.

천검가는 그녀의 것이지 않나.

'천검가를 주(主)로, 사문을 부(副)로. 그래, 결정했어.'

그녀는 눈을 똑바로 뜨고 사형을 쳐다봤다.

이제부터 적성비가를 철저히 써먹을 것이다. 천검가를 융성시키는 밑거름으로 쓸 것이다. 물론 가주가 눈치채지 않게, 지극히 은밀하게 써야 하겠지만 그 정도는 자신있다.

"사형."

"……."

"비주를 죽여야겠어. 지금 바로 추적해 줘."

"큰일을 할 만한 놈이 아니다."

"그래서 입 닫아달라고 한 거야. 사형, 사형이 잘못 봤어. 그자는 큰일을 벌이고도 남아. 다 된 밥에 코 빠뜨리고도 남을 자라고. 그래도 내 판단을 못 믿어?"

"미안하다. 지금 즉시 추적하마."

"사형, 셋이 가."

"마사! 그런 놈 정도는……."

"또 그런다. 제발 여러 말 하게 말아줘. 무슨 말을 하든 간에 어차피 내 말을 들을 거잖아. 왜 자꾸 같은 말을 반복하게 해? 사형은 정말…… 힘들어."

"……."

사내는 침묵했다. 묵묵히 마사를 쳐다봤다.

'이제 정말 어른이군.'

왜 자꾸 말을 하냐고? 어려서부터 보아와서 그런다. 코를 질질 흘릴 때부터 지켜봤기 때문에 염려되어서 그런다.

이제는 그럴 필요가 없을 것 같다. 마사에게는 오히려 사형들이 짐이다. 날이 잘 선 칼이나 검처럼 사람을 베는 역할만 충실히 해주면 된다.

마사에게 적성비가 무인들은 병기일 뿐이다.

"셋이 간다. 가자!"

그는 옆에 있던 두 명에게 손짓을 한 후, 먼저 신형을 띄웠다.

그녀는 적성비가에 전서구(傳書鳩)를 날렸다.

생각이 정해졌으니 망설일 이유가 없다.

'천검가를 주로, 적성비가를 부로······.'

당장 적성비가가 할 일이 있다.

적성비가에 있을 때는 검련만 장악하면 세상 위에 우뚝 군림할 줄 알았다. 또 세상을 정복하는 것도 아니고 검련 정도 장악하는 게 뭐 그리 어려운 일인가 싶기도 했다.

한데 세상 밖에 나와보니 그게 아니다.

만정을 폭파해 놓고 보니 결코 만만치 않다.

우선 천검가의 노호가 마음에 걸린다.

만정을 폭파하는 대사건을 터뜨렸는데, 노호는 아무런 질책도 하지 않는다. 뿐만 아니라 류명에게 가주직까지 물려주려고 한다. 물론 마사의 존재도 천검가의 안주인으로 인정하는 듯하다.

아무런 거리낌이 없다.

검련 본가도 지독하다.

만정이 깨졌으면 어떤 식으로든 보복을 가해올 줄 알았다. 하다못해 자객이라도 보내야 마땅하다.

그들은 조용하다.

아니, 세상에 공표한 것은 있다. 만정 마인들이 탈출을 기도하다가 화약고를 잘못 건드려서 전원 폭사(暴死)했다는 기가 막힌 이야기를 만들어냈다.

이런 정도, 그녀가 예측하지 못한 것은 아니다.

검련 본가에도 책사는 있을 것이다. 검련 본가 정도에 터를 잡고 있다면 상당히 뛰어난 자일 게다. 그런 자가 머리를 제대로 쓴다면 지금과 같은 상황이 벌어진다.

아무런 일도 없었던 듯이 평화가 지속되는 것이다.

그러나 전쟁은 이미 시작되었다. 상대가 무슨 수를 쓰는지 파악하지 못할 뿐이다. 분명히 반격을 가해오기는 하는데, 어디서부터 어떻게 시작하는지 모르겠다.

역시 묵비를 건드리는 게 아니었나?

눈과 귀가 꽉 막혀 있으니 형체를 드러내기 전에는 파악할 도리가 없다.

아니, 비주는 어차피 눈과 귀가 되어줄 자가 아니었다.

그 일을 적성비가가 해줘야겠다.

그녀는 힘차게 날갯짓하는 비둘기를 보면서 생각했다.

'적성비가에서 파악한 모든 정보를 가져오너라. 하나도 빠짐없이 모두. 내 눈과 귀와 손과 발…… 내가 필요한 모든 것을 가져오너라. 나중에… 사부를 위해서 술 한 잔은 올릴 터이니.'

이틀 뒤, 류명은 독존대 삼십 명을 추려냈다.
"저 사람들…… 특색이 가지각색인데 선발 기준이 뭐예요?"
마사가 물었다.
"마사는 다 아는 줄 알았는데, 모르는 것도 있나?"
"무공은 상공을 따라갈 수 없잖아요."
"하하하! 귀엽네."
"정말요? 그런데 어쩐지 말 속에 뼈가 들어 있는 것 같아."
"무공이야 그렇다고 해도 선발 기준 정도는 알 수 있는 거지. 후후! 알면서 묻는 게 귀엽다고."
"그런 건 모른 척하고 그냥 대답해 주는 거예요. 정말 무뚝뚝한 사람이야."
마사가 곱게 눈을 흘겼다.
류명은 그런 모습을 사랑스러운 눈길로 쳐다봤다.
독존대를 뽑은 기준은 생존력이다. 다른 것은 일체 보지 않았다. 현재 무공의 성취도 같은 것은 볼 필요가 없다. 어차피 사사검련에 들어가면 모두 바뀔 터이니까.
류명은 일원검문의 사사검련을 생사지련이라는 말로 바꿔서 말했다. 그래야만 했다. 이들에게 사사검련을 거쳐야 한다고 말하면 아마도 절반 정도는 이런저런 핑계를 대고 빠져나갈 것이다. 사사검련은 정말로 수련 중에 목숨을 요구하니까.
 "상공께서 저들을 직접 수련시키실 거예요?"
 "음."
 "그럼 나머지는 제 마음대로 할 수 있도록 전권을 주세요."
 "떠나기 전에 공표하고 가지."
 "아버님 허락을 받지 않아도 돼요?"
 "아버님?"
 "호호호! 혼인은 안 했지만 그렇게 부르려고요. 상공께서 싫으시면 관두고요."
 "아냐, 괜찮아. 노인네가 좋아하겠군."
 "그럴까요?"
 "후후후!"
 류명은 마사의 어깨에 손을 얹었다. 그리고 가볍게 끌어당겨 껴안았다.
 "천검가를 완전히 탈바꿈시킬 생각인가?"
 "네. 제 입맛대로 완전히 바꿀 거예요. 지금은 너무 산만해요. 책임자도 마땅치 않고. 무슨 놈의 당주, 각주라는 자들이 검 하나 제대로 못 쓴대요?"
 "아버님 방식이야. 무공은 보지 않으셨어. 각 당의 업무에 가장 적합한 자를 뽑았지."
 "거기에 무공도 가미되면 좋잖아요."
 "좋지."
 "제가 만들어놓을게요. 상공께서는 저들을 최정예 무인으로 길들이세요."

"마사가 만든다는 조직…… 공격용이겠지?"

"네."

"목표는 여전히 검련?"

마사는 류명의 가슴에 얼굴을 묻었다.

류명은 그녀의 꿈을 명확히 알아야 한다.

여제(女帝)!

무림사에 두 번 다시 나타나지 않을 여제가 되는 것이 그녀의 꿈이다. 그것을 위해서 천검가를 발판으로 삼는다.

류명? 잘해야 한다. 기대에 부응해야 한다. 지금까지는 아주 좋지만…… 기대에 어긋날 경우, 어쩌면 내칠지도 모른다.

강해라. 누구도 건드리지 못할 정도로 강해야 한다. 최강의 무인으로 곁에 있어줘야 한다.

마사가 대답했다.

"우선 천검가 틀부터 고쳐놓고요."

第五十七章
기상(起床)

1

자연은 흥하지 않는다. 망하지도 않는다. 있으면 있는 대로 없으면 없는 대로 그렇게 존재한다.

짹! 째잭! 짹!

아침에 듣는 산새소리는 심신을 상쾌하게 풀어주는 음악이다.

"아함!"

묵혈도는 기지개를 길게 켜며 일어섰다.

"몸 좀 어때요?"

먼저 일어나 있던 당우가 말을 건넸다.

"어젯밤에는 죽을 것 같더니 한결 개운해. 이제는 호랑이도 잡을 수 있겠다."

"후후!"

"너 이 자식! 비웃는 거야!"

"운기나 해요."

"이것부터 확실히 하고. 너 분명히 비웃었지!"

"비웃기는 뭘 비웃어요."

"비웃었어."

"하하하!"

당우는 묵혈도를 뒤로하고 신산조랑에게 다가갔다.

"괜찮아요?"

"날아갈 것 같네요."

"죽을 것 같으면서, 거짓말도 잘하셔."

"그래서 조랑 아닙니까."

"하하하! 시작할까요?"

당우가 산음초의를 쳐다보며 말했다.

"잠깐! 아이구, 삭신이야. 이봐, 정말 죽겠는 건 이 늙은이야. 소도 아니고 하루 종일 부려먹는 법이 어디 있나!"

당우는 피식 웃었다.

신산조랑과 묵혈도가 가부좌를 틀고 앉아서 운공조식을 취했다. 그 순간,

쉬익! 쉭!

그들의 등 뒤에서 비침 두 자루가 무자비하게 명문혈(命門穴)을 찔렀다.

비명은 터지지 않았다.

두 사람의 혈도에는 금강기(金剛氣)가 운집되어 있다. 점혈(點穴)은 물론이고 타혈(打穴)도 불가능하다. 혈맥이 망가져서 무공을 쓸 수 없는 몸에서 금강불괴(金剛不壞)나 다름없는 몸으로 변신했으니 전화위복(轉禍爲福)인 겐가.

푹! 푸푹! 푸푸푹!

당우와 산음초의는 근 반 시진에 걸쳐서 전신 주요 사혈을 푹푹 쑤셔댔다.

"휴우! 끝났군. 우린 아침이나 먹으러 가세."

산음초의가 먼저 침을 거두고 일어섰다.

시술은 하루에 세 번 한다.

예전에는 하루 종일 했지만 지금은 그럴 필요가 없다. 반 시진씩 세 번 취하는 것으로 충분하다.

그들은 진기를 운용한다.

잃어버렸던 진기가 금강기로 연결된 혈도를 따라 면면히 흐른다.

묵혈도는 적성비가의 무공을 거의 완벽하게 펼쳐 낸다. 신산조랑은 무공을 펼쳐 보인 적이 없다. 하지만 '됐어요' 한마디로 그녀의 상태를 점쳐 볼 수 있다.

경근속생술은 성공이다.

당우는 실패했다.

치검령과 추포조두가 근 삼 개월 동안 석비와 석표를 던져 댔지만 단단한 껍질은 깨지지 않았다.

그렇다고 소득이 전혀 없는 것은 아니다.

당우는 타격이 몸에 와 닿는 순간을 탐지해 낼 수 있다. 치검령이 전력을 다한 일촌비도도 받아낸다. 받아낸다기보다는 타격받는 순간을 알아챘다.

전체와 구령마혼의 합작품이다.

당우는 몸에 가해지는 충격을 차기미기(借氣彌氣)로 활용한다. 건곤대나이(乾坤大那移)로도 활용한다.

상대가 충격을 가하는 순간, 그것은 이미 충격이 아니다. 새로 생성된 힘이다.

몸의 어느 부위를 타격하든, 육신에 가해진 힘은 단전으로 모인다. 그리고 그의 진기로 변화되어 발출된다.

이것은 그의 독창품이 아니다. 이미 만정에서 편마가 사용했던 방식이다.

당시 편마는 치검령의 도움을 받았다. 추포조두의 도움도 받았다. 그 두 사람의 도움 덕분에 일초식에 불과할망정 홍염쌍화와 평수를 이뤘다.

진기를 잃은 몸으로 만정의 절대자였던 홍염쌍화를 상대할 수 있었으니 대단하지 않은가.

당우는 치검령과 추포조두 대신에 타격력을 이용할 뿐이다.

편마는 타격 순간을 잡아낼 능력이 없었다.

그 순간은 지극히 짧다. 짧다는 말이 부족할 정도로 순간적이다. 피부 감각이 아픔을 느끼는 순간이면 이미 결과가 일어나고 있다.

아니다. 정확하게 말하자면 이미 모든 결과가 다 일어난 후에야 아픔을 감지한다.

아픔…… 아픔을 느낄 때 타격받았다는 사실을 인지한다.

그래서는 늦는다. 당우가 말하는 타격 순간이란 외부 물질이 피부에 와 닿는 순간을 말한다. 아픔을 느끼기 전이다. 아픔을 느꼈으면 타격 순간을 놓친 것이다.

구령마혼……. 아홉 개의 뇌가 온 신경을 쏟아부어 타격 순간을 지켜본다. 전체……. 세상을 하나로 흡수한다. 나의 육신, 상대의 육신, 주변의 모든 환경을 한 덩어리로 묶는다.

느낌이 통해야 한다. 공기의 흐름이 느껴져야 하고, 상대가 내뿜는 숨결을 감지할 수 있어야 한다. 거짓말을 조금 보태면 상대방의 솜털이 떨리는 소리까지 들을 수 있어야 한다.

그러한 상태가 되면 타격 순간이 감지된다.

그 순간, 타격력을 흡수한다. 단전으로 끌어당긴다. 그리고 차기미기로 쓰든 건곤대나이로 쓰든 마음껏 활용한다.

무림에 차기미기를 쓰는 사람은 많다.

건곤대나이를 신공으로 분류해서 전문적으로 사용하는 무인이나 문파도 존재한다.

당우가 사용하는 것과 그들이 사용하는 것은 근본적으로 같다. 무리(武理)가 같고, 운공 비결이 같다. 하지만 그 누구도 당우처럼 정심하게 사용하지는 못한다.

그가 거둬들인 진기는 편마가 그랬던 것처럼 일회용이다.

원정진기가 껍질에 쌓여 있으니 몸속에 쌓을 수가 없다. 아니, 쌓아지고 있는지도 모른다. 껍질 속으로 스며들어 가서 느낄 수 없을 뿐이다. 아마도 그럴 것이다.

껍질 속의 진기는 오늘 이 순간에도 끊임없이 성장하고 있다.

속도는 느리다. 상당히 느리게 나아간다. 하지만 백 명의 동남동녀를 희생했을 때 얻을 수 있는 상태를 향해서 다가가고 있는 것만은 틀림없다.

남에게 맞으면 맞을수록 껍질을 깨는 순간이 빨라진다. 타격이 강하면 강할수록 진기 성장에 도움이 된다.

당우는 긴긴 겨울 동안 몸에 가해지는 충격은 모조리 흡수하는 방법을 수련했다.

쏴아아아아!
계곡물이 힘차게 흐른다.
겨울 동안에는 꽁꽁 얼어붙어서 흐르는 듯 마는 듯 흘렀다. 세면을 하거나 목욕을 하려면 두꺼운 얼음을 깨야만 간신히 밑바닥에 흐르는 물길을 볼 수 있었다.

새싹이 파릇파릇 돋는 신춘(新春)이 되자 물길도 달라졌다.
본연의 활력을 되찾아 힘차게 흐른다.
당우는 계곡물에 몸을 담갔다.
쏴아아아아……!
물살이 몸에 부딪친다. 부드럽게, 애무하듯이 살살 어루만지면서 지나간다.

도미나찰!

물살을 지켜본다. 물살이 살에 닿는 감각을 느낀다. 그러다가 물살이 닿기 전에, 닿으려는 찰나의 순간을 감지한다.

신산조랑이 백 번째 마공이라며 알려준 도미나찰은 선공이다. 순간을 깨달을 수 있는 비기(秘技)다.

물살이 살에 닿는 감각은 새로운 힘으로 형성된다.

스으으읏!

새로운 힘이 경맥을 휘돌아 단전으로 모인다. 그리고 조용히 사라진다.

어디로 사라지는가? 그 힘은 어디로 갔는가?

알지 못한다. 이것만은 전체로도, 도미나찰로도, 구령마혼으로도 파악되지 않는다. 하지만 씨앗 속의 진기와 어울렸을 것이라는 직감만은 확실하다.

"춥지 않아?"

어해연이 큰 수건을 내왔다.

"날이 많이 풀렸어요."

"제대로 되기는 하는 거야?"

"네."

"나와. 닦아줄게."

"아, 아니……. 그냥 제가 닦을게요."

당우는 얼굴이 벌게졌다.

어해연은 여자다. 그것도 젊은 여자다. 나이가 쉰에 가까운, 혹은 쉰이 넘은 중년 여인이지만 주안술이라는 요물은 그녀들을 이팔청춘 꽃다운 소녀로 변모시켰다.
 그녀들에게서 방향(芳香)이 풍긴다.
 "어머! 얘 웃긴다. 너 너와 내외하는 거야?"
 "아, 아니 그게……."
 "호호호! 호호호호! 기분이 나쁘지는 않네? 그러니까 네가 날 여자로 본다 이거지?"
 "서, 선배. 그게 아니라……. 아, 선배까지 왜 이러세요. 화영 선배라면 모를까."
 그때다. 당우에게는 참으로 곤란한 음성이 들렸다.
 "나? 내가 왜? 가만히 있는 나는 왜 끌어들여?"
 어화영까지 나타났다.
 "끄응!"
 당우는 앓는 신음 소리만 냈다.
 그는 몸을 물속에 담그고 있다. 옷이 물에 흠뻑 젖어 있다. 밖으로 나가는 건 알몸을 보이는 것 같아서 싫다.
 "어서 나오라니까. 저녁때야. 저녁 안 먹어?"
 "거, 거기 놓고 가세요. 제발."
 "호호호호! 쟤 봐라. 정말 내외하나 봐."
 "이거 질투 나는데? 언니한테만 내외하고 나하고는 안 하는 거지? 그럼 이리 나와. 내가 닦아줄게."
 "미친다. 내가."
 당우는 아예 물속에 머리까지 푹 파묻어 버렸다.
 "호호호!"

"호호호호!"
깔깔거리는 소녀들의 웃음소리가 수면 위에서 들렸다.

불가능할 줄 알았다.
희망을 가진 후에는 몸을 만드는 데 시간이 오래 걸릴 줄 알았다. 일 년? 이 년? 십 년?
두 사람은 사 개월 만에 해냈다.
기존에 사용되던 모든 무공이 무용지물이 되었다.
새로운 무공, 이 세상에서 딱 한 사람에게만 맞는 무공을 창안해야 한다.
불가능하다. 씨앗을 부수기 전에는 기초조차 닦을 수 없다.
그는 처음 생각과는 전혀 다른 무공을 발견해 냈다. 창안한 것이 아니라 발견해 낸 것이다. 원래부터 있었던 것을 찾아낸 것에 불과하다. 하지만 위력은 경이롭다.
사 개월…… 세 사람의 폐인을 정상인으로 되돌리기에는 너무 짧은 세월이다.
"저희는 출신이 각기 다릅니다."
신산조랑이 어해연에게 찻차를 건네며 말했다.
"고마워."
어해연은 당연한 듯이 받아 들었다.
"함께 행동하기로 결정했지만 속마음이 어떨지는 아무도 모르죠."
어화영에게도 찻차를 건넸다.

"엄노의 속마음은 어떨까?"

"제 속마음은 새카맣게 타서 재가 되었습니다."

신산조랑이 싱긋 웃으며 말했다.

그녀의 웃음은 밝지 않다. 너무 말라서 웃는다는 것이 얼굴 근육의 비틀림에 지나지 않는다. 웃음기는 없고 주름만 깊이 파인다. 차라리 무표정한 얼굴이 보기 좋다.

"다시 한 번 당부 드리건대, 진심을 다해야 합니다. 서로의 목숨을 서로에게 맡겨야 하는 상황이니 믿을 수 있게끔 속마음을 드러내야 합니다."

은자들에게는 어려운 말이다.

은자는 마음을 숨기고 산다. 마음뿐만이 아니다. 세상에 대한 감정이나 비판까지도 숨긴다.

그들은 오직 임무만 떠올린다.

신산조랑은 잘못 말했다. 결속력을 강화할 목적이라면 그에 합당한 임무를 부여하는 편이 나았다.

신산조랑이라고 그런 잔수를 모를까.

그녀는 근본적으로 파고든다. 수면 위에 부유하는 부평초(浮萍草)가 아니라 수면 밑 깊숙한 곳에 뿌리가 단단히 박힌 연꽃 무리를 만들고자 한다.

왜 이렇게 멀리 보는 것일까?

"그동안 궁금하셨을 텐데…… 저희 회(會)의 명칭은 반혼귀성(返魂鬼城)입니다."

"반혼귀성?"

"이름이 뭐 그래? 편안한 이름도 많은데."

반혼귀성이라는 이름을 좋아하는 사람은 없었다. 입을 열어 말하지 않은 사람도 얼굴에는 못마땅한 표정이 역력했다.

반혼귀란 돌아온 귀신이란 뜻인데, 성을 붙이면 귀신들이 사는 성이 된다.

개개인을 단주니 원주니 하며 거창한 직위를 부여했으니, 그 뜻대로라면 목적을 달성한 것 같다.

반혼귀성이라고 하면 상당히 거대한 세력처럼 비쳐진다.

"당 공자님과 묵혈도에게도 임무를 줘야죠?"

"제길! 불공평하네. 저놈에게는 공자님이고, 나는 별호를 쩍쩍 불러대고…… 무공도 내가 더 나은 것 같은데 말이야."

묵혈도가 큰 키답지 않게 작은 불만을 터뜨렸다.

신산조랑은 개의치 않고 말을 이어나갔다.

"공자님의 직위는 없습니다. 공자님, 내일부터 마음껏 무림을 활보하세요."

"내일? 마음껏?"

"우리는 공자님 뒤를 보살필 겁니다. 공자님이 무엇을 하든 뒤처리는 우리가 맡을 거예요. 깨끗하게."

"내 뒤를 반혼귀성이라는 단체가 돌봐준다 이거지?"

"그렇습니다. 그러니 가급적 큰일을 저지르세요. 소문이 널리 날 수 있는 방향으로."

"내 신분을 드러내고?"

"그렇죠. 당우라는 이름으로."

"그럼 난?"

묵혈도가 끼어들었다.

"화천을 찾아요."

"임무 말고, 직위가 뭐냐고요?"

"자유."

"자유?"

"잘 들어. 묵혈도라는 신분으로, 아니, 지금 이 모습으로 무림을 돌아다니면 당장 적성비가의 눈에 띌 거야."

"그렇겠죠."

묵혈도가 무의식적으로 중얼거렸다. 하지만 당우의 표정은 심각해졌다. 그리고 곧 어해연의 미간도 심하게 찌푸려졌다.

어해연이 말했다.

"그건 위험 부담이 너무 커."

"제게 맡기셨죠?"

"그래도……."

"끝까지 맡겨주세요."

"도대체 무슨 말들이야? 보아하니 당하는 사람은 나인 것 같은데 알아듣기 쉽게 말하라고."

"제가 살아났고, 묵혈도가 살아났다고 쳐요. 무림이 어떤 눈으로 볼까요?"

"……."

아무도 말을 하지 못했다.

답답해진다.

일단 검련이 가만히 있지 않을 것이다. 전력을 다해서 당우든 묵혈도는 낚아채려고 할 게다. 어떻게 살아났는지, 그들 외에 또 살아난 사람이 누구인지 알고자 할 게다.

적성비가는 움직이지 않는다.

은가는 무림에 나간 은자를 건드리지 않는다. 본인이 임무를 완수했든 하지 못했든, 무림을 활보할 때는 내버려 둔다. 추궁은 수결이 끝난 다음에 한다.

이번 일에 대한 수결은 끝났다.

추포조두의 임무는 실패로 낙인찍혔다. 하면 곧바로 묵혈도에 대한 추궁이 시작된다.

적성비가의 사형제들이 적이 되어서 달려들 게다.

천검가도 발칵 뒤집힌다.

무림에 당우와 묵혈도, 두 사람만 등장했을 뿐인데 전 무림이 요동을 친다.

거기에 반혼귀성이 크기를 더한다.

당우와 묵혈도의 뒤에 반혼귀성이라는 존재가 붙어 있다면, 관심을 갖지 않는 문파가 없으리라.

이들은 당장 무림의 핵(核)으로 등장한다.

"행동강령 일(一), 검련과는 사즉생(死卽生)의 관계를 유지하세요. 만정을 만든 사람이 그들이니 그들에 대한 적개심을 불태워야 정상입니다."

당우를 쳐다보며 말했다.

"천검가도 적입니다. 특히 류명을 수소문하세요. 류명이 목표인 것처럼 행동하세요."

당우는 고개를 끄덕였다.

"묵혈도는 피하기만 해."

"피하라고요?"

"그럼 적성비가를 상대할 수 있겠어?"

"그 말은… 내 뒤에는 아무도 안 붙는다는 거야?"

"추포조두가 붙을 거야. 그게 속 편하겠지? 하지만 가급적 피해. 어쩔 수 없을 때만 빼고 무조건 피하도록 해."

"나도 싸우는 건 원치 않지만……."

그들은 팔팔 끓는 칡차를 따라 마셨다.

다음 날, 당우가 눈을 떴을 때 두 사람이 사라지고 없었다.

"추포조두보다는 선배님들이 낫지 않아?"

당우가 신산조랑에게 말했다.

"저들끼리 해결하고 싶을 거예요. 그리고… 이런 건 공자님도 짐작하고 있잖습니까. 구령마혼으로 읽을 수 있는 건 노신에게 묻지 마세요."

"구령마혼……. 아! 그거! 뭔가 잊어버리고 있었다 싶었지. 구령마혼 후반부 내놔야지?"

"그게 필요하세요?"

당우는 무공을 재창안하는 수준에 올랐다.

실제로 그의 무공이 그토록 높은 것은 아니다. 하지만 전체와 구령마혼으로 인해 머리가 비정상적으로 발달했다. 다른 건 몰라도 생각하는 힘만은 천재적이다.

더군다나 그는 도미나찰을 쓴다.

차기미기, 건곤대나이…… 무공의 원천이라고 할 수 있는 절기들도 도미나찰이 있어야만 가능해진다.

도미나찰은 날아오는 화살도 피하게 한다.

무공이 높지 않으면서 높고, 고절한 무공을 지니지 않았으면서 절정무공을 창안하는 기이한 사람이 되었다.

"약속은 약속이니까, 내놔."

"그러죠."

"불러봐."

"지금요?"

"왜? 그것도 시간과 장소가 따로 있어야 하나? 지금 좋잖아."

"알겠습니다. 그럼 불러 드리죠."

신산조랑은 구령마혼 후반부를 빠르게 읊어나갔다.

다른 사람이 듣는 것은 개의치 않았다. 후반부는 세심공(洗心功)이다. 마음을 맑게 해주는, 진기를 굳건하게 붙들어주는 심공이다. 구령마혼은 전반부가 위험하지 후반부는 아무런 해가 없다.

당우는 묵묵히 듣기만 했다.

"다 읊었습니다."

"휴우! 나가면 가슴이 찢어질 텐데."

당우는 엉뚱한 소리를 했다.

그는 두 사람이 걸어갔을 새벽길을 쳐다보고 있었다.

적성비가는 대거 속세로 내려왔다.

그들은 천검가 주변에 포진했다. 천검가 내부로 들어간 사람은 몇 명 되지 않는다. 그들 외에 다른 사람들은 천검가를 중심으로 만통진(萬通陣)을 형성했다.

그들을 거치지 않고 천검가로 들어갈 수 있는 방도는 없다.

적성비가와 천검가 사이에 모종의 밀약(密約)이 읽힌다.

은자 한두 명 빌려주는 밀약이 아니다. 적성비가 전체를 건 거대한 밀약이다.

적성비가는 현재 시점에서 추포조두와 묵혈도가 나타나는 것을 원치 않는다. 그들의 등장은 새로운 밀약에 방해가 되었으면 되었지 도움이 되지 않는다.

싸움은 피할 수 없다.

한때는 혈육처럼 지냈던 사형제들과 사투를 벌여야 한다.

당우는 그게 마음에 걸리는 모양이다.

"남 걱정 마세요. 공자님도 피 마를 날이 없을 거예요."

신산조랑이 물수건을 건네며 말했다.

2

약점이 있는 곳을 무방비 상태로 내버려 두는 사람은 없다.

만정은 검련제일가의 최대 약점이다. 강력한 폭발로 뇌옥이 백 장 지하에 파묻혔으니 안심인가? 아니다. 그래도 두고두고 발목을 잡아당길 화근 덩어리가 되었다.

파묻힌 것은 캐내질 수 있다.

한 번의 폭발에 이어서 두 번째 폭발이 일어났다.

첫 번째 폭발을 일으킨 자와 두 번째 폭발을 일으킨 자가 누군지 파악해 냈다.

류명과 적성비가.

화천.

이들은 제각각 다른 목적을 가지고 만정을 폭발시켰다.

첫 번째 폭발은 죽음을 부른다. 만정 안에 있는 마인들을 몰살시키기 위한 폭발이다.

두 번째 폭발은 삶을 부른다.

만정은 첫 번째 폭발로 초토화되었다. 그곳에 삶은 없다.

또 한 번의 폭발, 두 번째 폭발이 일어날 이유가 전혀 없다.

그곳에는 삶이 있다. 삶을 추구해서 폭발을 일으킨 것이다.

이만한 근거가 있는데, 만정을 주시하지 않는다면 무림에서 살아갈 자격이 없다.

검련제일가는 당연히 만정을 지켜봤다.

'새벽에 두 명.'

그는 전서구를 날렸다.

꾸욱! 꾸우욱!

전서구가 보고서를 발목에 달고 힘차게 날아올랐다. 그런데,

쒜엑! 꿰엑!

땅 위에서 하얀빛이 번쩍 솟구쳤다. 그리고 멀리 날아갈 것 같던 비둘기가 맥없이 툭 떨어졌다.

"훗!"

그는 깜짝 놀랐다.

전서구가 떨어졌다. 자신 또한 노출되었다.

'저놈들이!'

그는 검을 뽑았다.

몇 달간 추위를 참아가며 놈들을 지켜봤다. 하지만 특출한 놈은 보이지 않는다. 계집 몇에 사내 몇 명, 그들 중에서 고수로 보이는 자는 없다.

'날 잡겠단 말이지! 후후! 네놈들…… 실수한 거야.'

그는 당황하지 않았다. 위치가 노출되었으면 어떤가. 모조리 달려들어도 상대해 줄 생각이 있다. 그러니 도주할 생각 같은 것은 애당초 하지 않는다.

'어떤 놈이냐!'

그는 전서구를 떨어뜨린 자가 누군지 알고 싶었다.

하얀빛은 석비나 석표를 날렸을 때 나타나는 현상이다.

놈들을 지켜보면서 석비와 석표가 날아다니는 모습을 수도 없이 봤다. 있는 힘껏 던지는데도 맞는 놈은 멀쩡하다. 아프다는 표정도 짓지 않는다.

석비, 석표…… 별것 아니다.

그는 두 사내를 찾았다. 가까이에 있는 놈이 전서구를 떨어뜨렸을 터이다. 그때,

스읏!

그의 뒷머리에 무엇인가가 닿았다.

"검 놔!"

"……."

"천천히. 허튼 수작 말고."

맑고 강한 음성이다.

놈들 중에서 이런 음성을 발하는 놈은 딱 한 놈, 새파랗게 젊은 놈이다. 한데 어떻게 이럴 수 있지? 어떻게 아무런 기척도 흘리지 않고 다가섰지?

놈은 무공을 헛배웠다. 이리저리 그럴싸하게 무공다운 손짓은 하는데 진기를 사용하지 못한다. 그러니 보법이고, 신법이고 아무것도 밟지 못한다. 무공을 수련하면서도 보법 같은 것을 펼치는 모습은 보지 못했다.

놈은 외공(外功)을 익힌 듯한데, 외공치고는 너무 어설프다.

도대체 어떤 놈이 저따위로 무공을 가르쳤는지 한심하기 이를 데 없다.

그런데 놈이 등 뒤로 다가와 무엇인가를 들이댄다.

'어떻게…… 어떻게……?'

"검 놔라!"

그는 잠시 손목을 꿈틀거렸다.

놈이 가지고 있는 것은 어차피 석비다. 돌을 갈아서 만든 비수다. 그런 것으로 치명상을 입히려면 상당히 강한 힘을 써야 한다.

놈에게 그런 힘이 있을까? 자신이 돌아서서 검을 쓰면……
더 빠르지 않을까?

놈은 의도를 알아챘나 보다. 뾰족한 느낌이 뒤통수를 찔러
온다.

"마지막이다. 검 놔!"

그는 검을 놨다.

그는 검련제일가 무인이 싱겁게 잡히는 모습을 봤다.

한 사내가 거리낌없이 걸어가 석비를 댔다. 그러는 동안 검
련제일가 무인은 아무것도 짐작하지 못하고 앞만 쳐다봤다.

검련제일가 무인치고는 상당히 멍청하다.

아니다. 그는 멍청하지 않다. 최소한 향주(香主) 이상의 무
공을 지닌 자다.

'왜 그랬지?'

도대체 어디다가 정신을 판 것일까? 적을 앞에 두고 딴생각
을 하다니 무인으로서 있을 수 없는 행동이다. 그러나 그는 그
렇게 했다. 무엇이 그에게 딴생각을 강요했을까?

그는 전서구를 꼭 쥔 채 움직이지 않았다.

자칫했으면 검련제일가 무인 대신 자신이 잡힐 뻔했다.

자신은 적을 앞에 두고 방심 따위는 하지 않지만 그래도 공
격 대상이 되었을 게다.

놈들은 지켜보는 자가 있다는 것을 알고 있었다. 그러면서
도 모른 척했다.

간악한 놈들!

'여기서는 힘들겠어. 조금 밑으로 내려가서 날려야겠어.'

그는 전서구의 머리를 쓰다듬었다. 그런데,

"그거 안 날릴 건가?"

그의 등 뒤에서 저음이 들려왔다.

'제길!'

그는 자신도 잡혔다는 것을 직감적으로 깨달았다.

'이건 날려야 하는데……'

잡힐 때 잡히더라도 보고는 제대로 해야 한다. 그래야 잡힌 보람이 있다.

"날리고 싶은가? 그럼 날려."

뒤로 접근한 자는 그의 심정을 잘 안다는 듯 상냥하게 말했다.

'은자, 이놈들!'

그는 한낱 은자 따위에게 겁박을 당하는 게 수치스러웠다.

스륵!

전서구를 놓아버렸다.

푸드득! 푸득! 쉐엑! 퀘엑!

비둘기가 힘차가 날아올랐다. 그리고 예상했던 대로 얼마 날지 못해서 하얀빛에 격중당했다.

그럴 줄 알았다.

전서구를 살려서 날려 보내야 하는 것이 그의 임무이지만 지금은 어쩔 수 없다.

기상(起床) 233

스릉!

그는 전서구를 포기한 대신 검을 뽑았다. 그리고 뒤돌아섰다.

누군지 알겠다. 늘 석비를 날리던 놈이다.

놈의 석비는 굉장히 빠르다. 손에서 떠났다 싶으면 이미 목표에 격중된다.

그것 외에는 특별할 것이 없다. 검 쓰는 걸 몇 번 보기는 했는데, 가소로워서 웃음만 나온다.

그런 그가 거물이라도 되는 것처럼 팔짱을 끼고 말한다.

"그만두지."

"건방진!"

그는 검을 들어 올렸다.

"난 묵비의 검을 잘 안다. 너는 내 검을 아나?"

"건방진!"

그는 같은 말을 반복했다.

"미안하지만 묵비의 검은 정통 검이 아니다. 묵비의 검은 살수검에 가깝지. 그런 검이라면 풍천소옥의 검이 한결 낫다."

"뭐라고! 그럼 네놈이… 네놈이 치검령!"

"후후! 누군지도 모르고 감시했나?"

그의 손이 꿈틀거렸다.

"싸우고 싶나?"

"건방진!"

"싸우고 싶은 거로군."

"건방진!"

쒜엑!

그가 검을 썼다. 눈부신 속도로 검을 뿜어냈다. 하지만 팔꿈치 밑으로 흘러드는 검…….

'언제!'

검을 뽑는 것도 보지 못했다. 검초를 펼치는 것은 더욱 보지 못했다. 그런데 검이 팔꿈치 밑으로 해서 가슴으로 파고든다. 자신이 상대할 수 없는 검이다.

'이것이 낙화검법…….'

퍼억!

수평으로 날아든 검이 심장과 폐를 동시에 찍었다.

"풍천소옥은?"

"없어. 수결을 확실히 끝냈어."

"적성비가도 없지?"

"없어."

당연하다. 은가는 끝난 일을 돌아보지 않는다.

수결을 끝낸 일은 아무리 뒤통수가 간질거려도 돌아보지 않는다.

이곳에 은가의 은자들은 없다.

모두 수결을 마쳤다. 풍천소옥, 적성비가, 귀영단애까지……. 짐작은 했지만 이미 끝났다.

끝난 일에 사람을 파견할 리 없다.

뒤가 구려도, 임무와 관련해서 죽여야 할 사람이 남아 있어도, 수결을 받았으면 그 순간부로 손을 딱 끊는다.

이상한 점은 화천이다.

산을 통째로 날려 버릴 정도의 화액을 구하려면 엄청난 금액을 쏟아부어야 한다.

화천은 그런 일을 했다. 한데 폭파만 시켜놓고 결과를 보지 않는다. 몇몇 사람을 살리기 위해서 폭파를 시도했다면, 과연 생각한 사람들이 살아났는지 지켜봐야 할 게 아닌가.

그들은 나타나지 않았다.

사 개월 전부터 지금까지 코빼기조차 비치지 않았다.

어해연이 주위를 돌아보며 말했다.

"은가는 끝났어. 검련제일가와 천검가에서만 사람을 보냈군."

"보내면 뭘 해. 영 시원찮은걸. 기왕 보내려면 쓸 만한 놈들을 보냈어야지."

어화영이 새로 잡은 비둘기 두 마리를 작은 구덩이에 던져 넣었다.

그곳에는 죽은 비둘기들이 수북했다.

검련제일가 무인과 천검가 무인은 자신들이 만정에서 기어나오는 순간부터 전서구를 날렸다. 그러나 그중에서 목적지까지 제대로 날아간 전서구는 한 마리도 없다.

은자들은 전서 차단하는 법을 특별히 따로 수련한다.

오늘처럼 당사자가 보는 앞에서 전서구를 떨굴 경우도 있지만, 대부분은 암암리에 떨군다.

검련제일가와 천검가는 아무런 보고도 받지 못했다.

이로써 검련사십가 중에서 만정과 이해관계가 있는 문파는 딱 두 군데뿐이라는 사실을 알게 되었다. 그렇지 않았다면 다른 검문에서도 사람을 보냈으리라.

어화영이 발로 흙을 차서 구덩이를 메우며 말했다.

"우리가 나타났다는 걸 어차피 알릴 생각이잖아. 그러면서 이건 뭐하러 떨어뜨리래?"

어화영이 신산조랑을 쳐다보며 말했다.

"우리가 누군지 아는 것과 모르는 것은 큰 차이가 있으니까요. 성주님, 호법원주님, 부탁이 있습니다."

"됐어."

"……."

"그 정도는 우리도 짐작했어. 말하지 않아도 돼."

"감사합니다."

신산조랑이 허리를 숙였다.

당우는 포로로 잡은 검련제일가 무인을 어화영에게 넘겨주었다. 그리고 어해연과 어깨를 나란히 하고 걸었다.

"뒤에서 다가서니 눈치 못 채지?"

"무기지신이 통하더군요."

"그럴 거라고 했잖아. 어쩌면 단전이 풀리지 않은 게 다행인지도 모르겠다."

기상(起床) 237

"제 무공을 너무 얕보시네."

"후후! 기분 나빠?"

"기분 나쁜 일이 어디 한두 개라야지요."

"약한 건 사실이잖아."

"그러니까 이걸 풀어야죠. 무기지신이 좋긴 한데 정통은 아니니까. 언제까지나 무기지신에 연연할 수도 없고요."

"그래. 풀어야겠지."

그때, 뒤에서 가벼운 숨소리가 들렸다.

큭!

짧고 간결한 숨소리다.

입을 틀어막았다. 그리고 비명을 지르지 못하게 빠른 솜씨로 폐를 찔렀다.

한 사람이 죽는다.

당우는 돌아보지 않았다.

어화영이 포로를 넘겨달라고 할 때부터 이런 일이 벌어질 것이라고 짐작했다.

어해연이 당우의 표정을 보고 애써 무심하게 말했다.

"다음에는 그냥 손을 써."

"그래야 하는데…… 그게 잘 안 되네요."

"이번만 해도 그래. 숨을 끊으라고 했잖아. 살려둬서 어쩌려고 그랬어? 데려가기라도 할 참이야?"

"죽이려고 했는데, 그냥 대어지더라고요. 반항이라도 했다면 손을 썼을 텐데, 그러지도 않고."

"반항하길 바랐구나?"

"그럴 줄 알았죠."

"너무 겁을 줬어."

"……?"

"몰랐니? 네 무기지신은 무형(無形)을 창조해. 아무것도 느끼지 못한다는 거지. 너 뒤에서 누가 말하는데 아무것도 못 느끼는 기분이 어떤지 알아?"

"아!"

"검을 놓으라고 겁박하면 놓을 수밖에 없었을 거야. 반항? 어림도 없지. 그런 생각이 들다가도 아무런 기척을 감지하지 못하면 포기하게 돼. 뭘 느껴야 싸우지. 아, 이렇게 가까이 있어도 기척을 읽지 못하다니! 이자는 내가 상대할 수 없는 거인이구나. 이런 생각이 들 텐데 어떻게 싸워."

"그렇군요."

"너 만정 마인들은 거침없이 죽였잖아. 갑자기 왜 그래?"

"그들은 마인이니까요."

"마인이라……."

"나쁜 모습을 너무 많이 봤어요. 더럽고, 악하고, 비열하고…… 하지만 저 사람들은……."

"호호호! 너, 착각하고 있구나."

어해연이 갑자기 간드러지게 웃었다.

"네?"

당우는 어리둥절한 표정으로 그녀를 쳐다봤다. 그녀의 말

기상(起床) 239

속에서 차가운 기운을 읽었기 때문이다.

"우린 정도인으로 무림에 나가는 게 아냐."

"알아요."

"인의(仁義)와 협행(俠行)을 하려고 무림에 나서는 게 아니라고."

"그건 알지만……."

"넌 만정에서 살아남은 사람이야. 무슨 소린지 알아? 다른 사람들에게는 너도 식인 습관에 길들여진 만정 마인으로 보인다는 거야. 피도 눈물도 없는 마인 말이야."

"알아요."

"신산조랑이 백마비전을 전수했지?"

"네."

"왜 그랬겠어?"

"……."

"넌 마공을 써야 돼. 그게 너야."

"마인."

"그래. 마인. 백마의 후예. 너는 만정 마인들의 한을 안고 세상에 나온 거라고. 그런 사람이 손속에 사정을 담겠어? 죽이지 않을 사람도 죽여야 할 판이야."

저주받은 구령마혼……. 구령마혼은 무림 출도에 대해서도 생각을 하게 만들었다. 무림에 나가면 제일 먼저 무엇을 할까 하는 단순한 물음으로 생각을 시작했는데…… 방금 어해연이 말한 부분을 생각하고 말았다.

두 번, 세 번⋯ 아홉 개의 머리를 최대한 쥐어짜 내도 다른 방법이 모색되지 않는다.

만정에서 기어나온 자는 마인이 될 수밖에 없다.

자신이 그렇지 않다고 해도 세상 사람들이 그렇게 생각한다.

오죽하면 만정에 갇혔을까. 폭발로 다 죽었는데 오죽 지독하면 살아남았을까. 사용하는 무공은 뭔가? 마공? 그럴 줄 알았다. 그러고도 마인이 아니라고 하는가.

천하에서 가장 먼저 죽여야 할 사람을 거론하라면 자신을 지목하도록 만들어야 한다.

한마디로 살성(煞星)이 되어야 한다.

어해연이 말했다.

"죽이고 싶지 않으면 죽이지 마. 아무런 부담 갖지 말고 하고 싶은 대로 해. 뒤처리는 우리가 할 테니까."

뒤처리라는 말이 묵직하게 들렸다.

뒤처리란 뒤치다꺼리를 말하는 게 아니다. 그가 살려둔 자들을 모두 죽이겠다는 뜻이다.

"흠!"

답답한 마음이 신음이 되어 흘러나왔다.

第五十八章
배자(背刺)

1

"천유비비검…… 중요한 게 빠졌다."

적성비가 가주는 비급을 불길 속에 던져 버렸다.

마사를 포함해서 여섯 명의 은자와 맞바꾼 비급이 한 줌 재가 되어 스러진다.

천유비비검보는 가짜가 아니다. 류명은 진본을 건네주었다. 하지만 수련이 되지 않는다. 중요한 것, 아주 중요한 것… 아마도 구전(口傳)으로 전해지고 있을 무엇인가가 빠졌다.

천유비비검보대로 검공을 수련하는 것은 앵무새가 사람 말을 하는 것과 같다. 사람이 가르쳐 준 몇 마디만 할 줄 알지 자기 스스로 생각하고 말하지 못한다.

"후후후! 약은 놈……."

가주는 류명을 떠올렸다.

류명은 진정으로 천유비비검을 깨달았다. 그렇기에 거침없이 검보를 내밀 수 있었던 것이다.

류명이 연공하는 동안 천검가주는 천검가 안에만 있었다.

눈속임이다. 절대 그렇지 않다. 천검가주가 직접 오의를 말해주지 않는 한은 절대로 터득할 수 없다.

본인이 은밀히 빠져나가서 무공 전수를 했거나, 주요 골자를 심부름한 자가 있다.

"그 아이는 요즘도 황련산(黃蓮山)에 머물고 있느냐?"

"네."

"몇 명이나 죽어나갔는고?"

"어제 또 한 명이 불상사가 있었습니다. 탈락자가 모두 열한 명입니다."

"손실이 크군."

"원래 천검십검을 염두에 둔 듯합니다."

"서른 명에서 열 명만 추리겠다?"

"독존대라는 명칭을 계속 강조하더군요. 열 명 정도를 추려서 휘하에 둘 생각인가 봅니다."

"천검십검 열 명이 휘하라. 막강하군."

"그렇게 되면 건드릴 자가 없지 않겠습니까."

가주는 손을 들어 이마를 쓱쓱 문질렀다.

"그 아이…… 여기 올 때만 해도 그릇이 작았어. 온 신경을 만정에 쏟아붓고 있었지. 야심이 있긴 했지만 아마도 검련 본가를 내치고 그 자리를 차지한다는 정도였을 거야."

"마사가 부채질했군요."

"생사지련이라고 했나? 후후후!"

가주가 고개를 끄덕였다.

생사지련은 사사검련의 변형이다. 일원검문의 수련법을 형태만 빌려왔다.

사사검련은 고독한 수련이다. 사람을 보는 날이 흔치 않다. 일 년에 몇 번? 고작 그 몇 번을 만나면서 얼굴만 보면 혈투를 벌인다. 그렇기 때문에 사사검련에서는 존경이 싹트지 않는다.

류명은 독존대와 같이 생활한다. 같이 자고, 같이 밥을 먹고, 수련도 같이 한다.

이런 수련이라면 서로 간에 끈끈한 정이 생긴다.

지금은 비록 잡아먹지 못해서 안달이 날 지경이라도, 수련이 끝나가는 시점에서는 없으면 못 사는 지경이 된다.

이것은 적성비가의 수련법이다.

추포조두가 그런 식으로 수련을 시켰다.

열 명의 은자를 끌고 나가서 단 두 명만 데리고 왔다.

묵혈도와 벽사혈.

살아남은 자들은 추포조두와 형제 이상의 정을 맺었다.

류명이 그 방법을 쓰고 있다.

마사가 조언하지 않았다면 알 수 없는 방법이다.

류명은 마사가 고맙기 이를 데 없을 것이다. 자신을 한껏 키

워주고 있으니 이처럼 현명한 여자가 또 있을까 싶을 게다.

그 생각이 맞다.

류명은 어떤 여자를 만나더라도 마사 같은 여인은 두 번 다시 만나지 못한다.

마사는 야망을 키워주고, 이뤄줄 수 있는 유일한 여자다.

"많이 변했겠군."

류명을 두고 한 말이다.

수하들과 함께 생사지련 같은 것을 하면 내부에서부터 변화가 일어나게 마련이다.

류명은 그들에게 힘을 준다. 강력한 영향을 끼친다. 하지만 그들 또한 류명에게 영향을 끼친다. 사내들의 의기(意氣), 생사의 절박함…… 이런 것들이 류명을 변화시킨다.

쌍방 간에 서로 영향을 주는 것이다.

"이젠 미공자로만 볼 게 아닙니다."

"그래. 반반한 얼굴에 기질까지 강해졌다면… 매력있는 청년으로 변했겠군."

"마사가 좋아합니다."

"그럼 된 거지."

가주는 불에 타버린 비급을 쳐다봤다.

비급 한 권으로 맺어진 인연인데, 비급보다 더 큰 것을 얻었다.

"후후후! 그럼 마사의 어깨를 가볍게 해줄 일만 남았나?"

"숙고… 하십시오."

"이제부터 네가 적성비가의 가주다. 받아라."

가주는 두루마리 한 권을 던졌다.

"네 사부들, 사형들, 사제들이 목숨을 던진 대가가 거기 있다. 그것만 가지고 있으면 적성비가를 일으키는 것은 식은 죽 먹기. 가라. 가서 너의 적성비가를 만들어라."

"가주님!"

"후후후!"

가주는 젊은 청년을 보면서 실소를 흘렸다.

농자(聾者).

청년은 귀머거리다. 그래서 다른 사람이 하는 말을 알아듣지 못한다. 명령이나 지시 같은 것도 수화(手話)로 하지 않으면 알아듣지 못한다.

그는 은자가 될 수 없다.

임무를 받고 팔려 나갈 수도 없고, 적성비가를 위해서 특별히 할 것도 없다.

그저 가주 곁에서 잔심부름만 한다.

이것이 은자 중의 은자다.

마사의 눈에도 띄지 않는 은자라면 단연 최고의 은자라고 할 수 있지 않은가.

세상에 내보내 한판 도박을 벌일 만한 은자는 많다. 그러나 차분하게 안에 틀어박혀서 앉아 있는 자리를 굳건히 지킬 수 있는 은자는 드물다.

농자는 그럴 수 있다.

무려 이십여 년이라는 세월을 농자로 살아온 인내라면 무엇이든 해낼 수 있다.

"난… 가문을 이끌면서 큰 실수를 했다."

가주가 농자를 뚫어지게 쳐다봤다.

농자는 언제나처럼 무표정한 얼굴로 쳐다볼 뿐이다. 세상에서 오고 가는 말들은 자신과 상관없다는 듯 초탈하다.

"아주 큰 실수였지. 엎질러진 물처럼 주워 담을 수 없는 실수……. 그게 무엇인지 아느냐?"

"짐작은 합니다."

"뭐냐?"

"마사를 들인 겁니다."

"뛰어난 재목이었다. 일가붙이가 전혀 없는 아이였고. 받아들이지 않을 이유가 없다."

"어려서부터 너무 총기를 발했습니다. 문일지십(聞一知十)의 천재였지요. 생각이 많은 은자는… 글쎄요."

농자가 곤란하다는 표정을 지었다.

"너도 문일지십의 천재다."

"전 생각이 없습니다."

"정말 없느냐?"

"있습니다."

"뭐냐?"

"마사의 눈을 피해서 잘 숨는 것. 지금은 오직 그 생각밖에 나지 않습니다."

"그래? 하하! 하하하! 그래. 그렇구나. 지금은 그게 가장 중요한 것이었어."

가주가 호탕하게 웃었다.

농자는 가주의 실수를 잘 짚어냈다.

생각이 많은 은자가 탄생하면 오늘과 같은 일이 벌어진다.

절대로 휘둘리지 말아야 한다고 생각하면서 어느덧 휘둘려 버렸다. 밝은 희망, 태양, 빛나는 미래가 환히 보이는데 달려들지 않는다면 바보가 아닌가.

적성비가는 언제나 그때를 꿈꿔왔다. 아니, 그런 것은 모든 은가의 꿈이다. 은자로 태어나서 은자로 죽고 싶은 사람이 세상 천지에 어디 있겠는가.

……정말?

아니다. 가주의 진정한 실수는 마사를 받아들인 것이 아니라 희망에 현혹되었다는 것이다.

농자는 그 점을 안다. 알면서 말을 하지 않았다.

귀영단애…… 은자라면 귀영단애를 모르는 자가 없다.

그들은 지독하다. 너무 지독해서 소름이 돋는다. 똑같은 일을 해도 그들은 지나치게 잔혹하다.

어떻게 그럴 수 있나?

은자들 중에서 타락해 가는 현실을 비관한 자들이 있다.

은자는 아무나 될 수 있는 게 아니다. 수련한다고 되는 게 아니다. 천성적으로 타고나야 한다. 그런 자가 본능을 깨닫고 은자가 되었다면 마땅히 은자로 죽어야 한다.

희망, 밝은 미래…… 그런 건 없어도 좋다.

은자? 은자는 그들의 자존심일 뿐이다. 동전푼에 살인을 하는 살수가 아니라 세상을 뒤흔드는 일에 간여했다는 자부심을 은자로 보상받는다.

그런 자들이 귀영단애로 몰려갔다.

적성비가, 풍천소옥도 그런 부류다.

그런데 자신은 희망을 좇았다. 이제 그만 은가에서 벗어나 밝은 날을 지향해도 괜찮을 것이라고 생각했다.

그 순간부터 적성비가는 사라진 것이다.

"잘 숨을 수 있겠느냐?"

"솔개가 날아도 머리카락 한 올 볼 수 없을 겁니다."

"나 같은 실수는 하지 않겠지?"

"적성비가의 무공은 밝은 세상에서 펼칠 수 있는 게 아닙니다."

"너무 한스럽지 않겠느냐?"

"그러기에…… 은자인 것이지요."

가주는 고개를 끄덕였다.

적성비가의 무공을 가장 잘 아는 자는 검련 본가에 추포조 두로 간 백미철응(白尾鐵鷹)이다.

그는 백미철응이라는 별호가 계집 같다고 해서 좋아하지 않았지만 적성비가 은자 중에서 가장 뛰어난 자에게 부여하는 별호가 흰 꼬리, 백미(白尾)이니 어쩔 수 없다.

적성비가에서 가장 똑똑한 사람은 마사다.

그녀의 지혜는 화약(火藥)에 비교된다. 잘 쓰면 이롭지만 나쁘게 쓰면 사람을 해친다.

적성비가 은자들은 그 두 사람 중에 한 명이 가주가 될 것이라고 생각했다.

무공이 강한 사내는 적성비가에 먹칠을 했다. 병법에 뛰어난 여인은 파멸로 이끌고 있다.

가주가 희망이라고 생각한 것이, 농자에는 은자의 파멸이다.

농자는 적성비가보다는 귀영단애 쪽에 가깝다.

'그것이 은자의 본분……'

가주는 고개를 몇 번 끄덕이다가 말했다.

"내가 나가면 이 집을 태우거라."

"돌아오셔야지요."

"허허허! 넌 내가 돌아올 수 있다고 생각하느냐? 방금 전에 네 입으로 말했잖니. 은자의 무공은 밝은 세상에 어울리지 않는다고. 허허! 하지만 가주 된 입장에서 땅바닥을 기어간대서야 말이 안 되는 것이고……"

"죄송하지만 그 말씀은……"

"아! 그렇군. 허허! 은자라면 죽는 순간까지 은자여야 한다고 했지. 가주면 어떻고 아니면 어떤가. 은자라면 마땅히 땅바닥을 기어야 하고, 담벼락도 타야 하는 것을. 그렇지 않느냐?"

"……"

"너는 네 고집을…… 끝까지 지키거라."

가주는 일어섰다.

농자는 붙잡지 않았다.

가주는 성공과 실패를 동시에 감당하려고 한다. 성공하면 좋고, 실패해도 마사에게는 피해가 돌아가지 않는다. 가주 혼자서 독단적으로 움직였을 뿐이다.

가주가 은자의 방식으로 싸운다는 것은 적성비가를 대표하는 뜻이 있다. 하지만 무공으로 싸우는 것은 가문과는 전혀 상관없는 개인의 의지일 뿐이다.

가주는 거기까지 생각한 게다.

"가십시오."

농자는 가주의 가죽신을 신기 좋게 바로 놓아주었다.

"네가 만든 적성비가가 보고 싶구나."

"보십시오."

"오냐, 보마."

가주는 휘적휘적 걸어갔다.

농자는 조용히 일어서서 떠나가는 스승의 뒷전에 이배(二拜)를 올렸다.

그가 할 수 있는 마지막 행동이었다.

2

"후후후!"

가주는 웃었다.

마사는 지금까지만 해도 대단한 일을 해냈다. 자신이 천검가의 정문을 아무런 제지도 받지 않고 걸어 들어갈 수 있다는 것만 해도 얼마 전까지는 꿈도 꾸지 못했던 일이다.

"오셨습니까."

수문 무인은 그에게 예까지 취했다.

"추운데 고생 많네."

"날씨가 많이 풀려서 괜찮습니다. 안에 연통을 넣어드릴까요?"

"괜찮네. 자네 말대로 날씨도 풀렸고 하니…… 연무장이나 한 바퀴 휘 돌아보고 가려네."

"그러시지요."

수문 무인은 제지하지 않았다.

제지할 이유가 없다.

적성비가는 천검가를 위해서 외곽 경비를 자청했다. 천검가 주위에 포진해서 오가는 사람들을 일차 점검한다.

천검가의 경계망이 두 배 이상 강화된 것이니 오히려 고마워해야 할 판이다.

뚜벅! 뚜벅!

청석(靑石) 밟는 소리가 낭랑하게 울렸다.

'계집애……'

가주는 푸른 하늘과 천유각(天遊閣)을 번갈아 쳐다봤다.

수문 무인은 연통을 취하지 않는다고 했지만, 아랫사람의 도리로써 연락하지 않을 수 없을 게다.

그렇다면 지금쯤 마중을 나왔어야 한다.

마사는 나오지 않는다. 보이지는 않지만 천유각 어느 창문에선가 자신을 굽어보고 있으리라.

'패(覇)로 접어들었군.'

가주는 홀로 고개를 끄덕였다.

마사는 양손에 권력을 쥐었다. 그리고 휘두르기 시작했다.

은자 시절에는 사람을 한 명만 잘못 죽여도 질책을 받았다. 지금은 수십 명을 잘못 죽여도 덮고 넘어갈 수 있다. 그녀 자신이 그만한 권력을 소지했다.

그녀의 성격은 유(柔)하다.

지금은 마른 장작처럼 딱딱하다.

야망이 점점 구체화되어 간다는 증거다. 어느 정도 발걸음을 떼어놓았다는 반증이다.

마사는 돌이킬 수 없는 길로 접어들었다.

이제 마사는 도박을 해야 한다. 정당한 승부가 아니다. 도박이다. 가진 힘이라고는 쥐뿔도 없으면서 세상을 넘보니 승부가 아니라 도박인 게다.

그녀는 흥하든지, 망하든지 양단 간에 하나를 선택해야 한다. 택하고 싶지 않아도 세상이 택하게 만들 것이다.

그 길을 향해 간다. 충분히 갈 수 있는 여자다. 끝까지 갈 수 있다고 생각한다. 그래서 적성비가의 모든 것을 맡긴다. 여섯 명을 주는 것이 아니라 전부 다 준다.

그녀도 그런 점을 알고 있다.

자신이 이곳에 발길을 들여놓는 순간, 적성비가는 그녀의 손에 쥐어졌다.
 그렇다면 고맙다고 인사라도 해야 할 것 아닌가.
 그녀는 나오지 않는다.
 '후후후! 역시… 우리의 만남은 꼬투리가 될 수 있으니까. 계집애가 한 수도 놓치지 않는군.'
 그는 천유각을 힐끔 쳐다본 후, 천검가주의 전각을 향해 걸었다.

 "안에 계신가?"
 "네. 계십니다."
 "만나뵐 수 있겠나?"
 "들어가 보시지요."
 소화부인을 문전박대했던 시녀가 가주에게는 순순히 길을 열어주었다.
 가주는 안으로 들어섰다.
 천검가주의 전각은 의외로 검소했다.
 가구는 화려하지 않지만 원목의 재질을 그대로 살려서 아늑하다는 느낌이 든다.
 "가주께서는?"
 "후원에 계세요. 볕이 좋으시다고."
 "후후! 볕을 좋아하신다는 말씀은 전해 들었지. 그래도 아직은 날씨가 쌀쌀한데……."

가주는 시녀가 안내한 대로 후원으로 들어섰다.

후원에는 봄꽃들이 화려하게 피어 있었다. 이제 막 봉오리를 열기 시작한 꽃들은 새봄의 싱그러움을 담뿍 뿜어냈다.

천검가주는 꽃밭 한가운데에 의자를 놓고 앉아 있었다.

저벅! 저벅!

가주는 꽃들을 감상하며 천천히 다가섰다.

"인사드립니다. 적성비가의……."

"알아. 알아."

천검가주가 귀찮다는 듯 손을 휘휘 저었다.

"병이 깊으시다고 해서 걱정했는데, 이렇게 뵈니 정정하시군요. 다행입니다."

"허허! 놀리나?"

"아닙니다. 진심입니다."

"자네… 적성비가를 이끈 지 얼마나 됐지?"

"글쎄요? 한 사십 년쯤 되지 않을까 싶습니다만……."

"오래 해먹었군."

"네? 아! 하하하! 그렇습니다. 꽤 오래 해먹었군요."

두 사람은 오래전에 헤어진 지우(知友)처럼 다정하게 말을 주고받았다.

"사십 년……. 그 오랜 세월이 지나서야 자네 얼굴을 보는군. 자네 얼굴 보기가 하늘의 별 따기였는데. 꽤 비쌌어."

"하하하! 그랬나요?"

"그래서 난 정말 자네가 비싼 사람인 줄 알았지 뭔가."

팟! 파파팟!

두 노호의 눈빛이 허공에서 부딪쳤다.

가주는 오래전에 잊어버렸던 긴장감을 되찾았다. 긴장 같은 것은 육신을 떠난 줄 알았는데, 가슴 밑바닥에서 급속하게 일어나 전신을 휘어 감았다.

대화가 이상하게 흐른다. 첫 인사부터 무엇인가 잘못되었다. 언중유골(言中有骨)도 정도가 있는 법인데, 이건 너무 노골적이다. 자신의 의도를 알고 있다는 뜻이다.

"전 아직도 비싼 사람입니다. 비싼 사람이 아니라면 어떻게 가주님과 대화를 할 수 있겠습니까."

"아부도 심하군. 역시 싸구려야."

"가주님께서는… 적대적 관계인 사람은 사람 취급을 하지 않으시는군요."

"그럴 필요가 없잖나. 곧 송장이 될 텐데, 뭘 대접해."

문답무용(問答無用), 더 이상 말을 나눌 필요가 없게 되었다.

사실 말 같은 것을 할 필요는 없었다. 마사를 위해서 장애물을 제거하러 왔으니 시행하는 일만 남았다.

"검은 연기를 봤네."

"……."

"자네, 집까지 태웠나?"

"……."

"마사가 좋은 후원자를 두었군."

"후… 원자입니까?"

"그걸로 만족하게."

천검가주의 말에 가주는 마음 편하게 웃었다.

천검가주는 이번 일과 마사를 연관 짓지 않으려고 한다. 마사를 류명의 옆에 두고 날개를 활짝 펴도록 독려할 속셈이다.

자신은 마사의 사부가 아니다. 후원자일 뿐이다. 후원자가 딴마음을 품고 칼을 들었다. 그것뿐이다. 이번 일과 마사는 일체 상관이 없다.

이건 천검가주의 결정이다.

문득… 이상한 생각이 든다.

혹시 이번 일에 대해서 마사와 천검가주가 사전에 교감을 나눈 건 아닐까?

마사라면 자신의 수쯤은 읽을 수 있다.

적성비가 은자들을 대거 끌어왔다. 천검가 주위에 포진시켰다. 적성비가도 다시 집어넣을 수 없는 칼을 뽑은 것이다. 물러설 수는 없고, 앞으로 쭉 나아가는 길만 남은 게다.

마사는 천검가를 재정비했다.

조직 구조를 바꾸고, 사람을 바꾸었다.

천검가에 들어온 지 몇 개월 만에 천검가 식솔들의 전폭적인 지지를 이끌어냈다.

이럴 때 적성비가의 가주로서 최고의 역할은 무엇일까?

노호를 소리없이 제거해 주는 일이다.

류명이 천검가주의 역할을 하지 못할 정도로 무능하다면 이야기가 달라진다. 하지만 류명의 무공은 본인 스스로가 천검가를 때려 부숨으로써 입증했다.

그는 천검가주다.

형식적인 절차만 겪지 않았다 뿐이지 실질적으로는 가주 역할을 하고 있다.

거기에 마사가 있다.

노호가 없더라도 천검가는 융성한다. 아니, 더욱 발전해 나갈 것이다. 검련 본가를 물리치고 검련사십가를 이끌 것이며, 무림 전체를 통틀어 가장 영향력있는 위치에 올라설 게다.

마사의 어깨를 편하게 해주어야 한다. 이것이 적성비가의 가주가 해야 할 일생의 마지막 일이다.

자, 마사가 이 정도 일을 읽지 못할까?

읽을 수 있다. 그리고 천검가주와 상의할 수도 있다.

'후후……. 그렇구나. 마사… 네가 적성비가를 도구로 쓰는구나. 사문을…… 네 가족이나 다름없는 사람들을…… 후후! 이것도 내가 선택한 일…….'

이런 일들이 있으니까 천검가주가 자신과 마사를 연계시키지 않는 것이다. 천검가주의 입장에서는 적성비가가 공짜로 굴러 떨어졌는데 마다할 리가 있겠나.

그는 농자를 떠올렸다.

그에게 더 많은 것을 주지 않은 게 후회된다.

마사에게 준 것보다 훨씬 많은 것을 줘야 하는데, 간신히 일어설 기반만 주었다.

그걸로 될까?

'되겠지. 잘해내겠지.'

가주가 말했다.

"그렇게 말씀하시니…… 그럼 이번 일이 잘못되더라도 편한 마음으로 가겠습니다."

"허허허! 사람 욕심은 끝이 없다더니 자네가 그렇군. 아직도 욕심을 부리는 겐가? 우리 나이쯤 되면 옷섶으로 찬바람만 스쳐도 뼈마디가 쑤시는 법일세. 꼭 손발을 써야겠나?"

가주는 천검가주를 살폈다. 그를 만나는 순간부터 계속 살펴왔다.

소문대로 병이 든 건가? 노환인가? 아니면 거짓으로 병자 행세를 하는 겐가?

천검가주의 얼굴은 누가 봐도 병색이 완연하다.

얼굴색이 싯누렇게 떴다. 입술은 새카맣게 타들어간다. 눈은 흐리멍덩하니 누런빛이 가득하다.

"일초면 끝날 것, 뼈마디가 쑤시면 얼마나 쑤시겠습니까."

스룽!

소도 두 자루를 꺼내 양손에 나눠 쥐었다.

"쯧!"

천검가주는 혀를 찼다. 상대할 생각이 없다는 듯 다른 데로 눈길을 돌리기까지 했다.

사람을 너무 무시한다. 하지만 그럼으로써 더 좋다.

쒜엑!

소도가 천검가주의 심장을 향해 곧바로 날았다. 순간,

푸욱! 푹! 푹! 푹! 푹푹!

의자 밑에서 튀어나온 강침(鋼針) 한 무더기가 가주의 복부를 파고들었다.

"큭!"

가주는 짧은 단말마를 흘렸다.

'당했구나' 하는 생각이 재빠르게 머릿속을 스쳐 갔다. 더불어서 찌르던 칼은 계속 내려쳐야 한다는 생각도 들었다.

'어차피 동귀어진 정도는 각오한 것……'

쉐엑!

소도를 계속 내려치려고 했다. 한데 팔이 말을 듣지 않는다. 억센 힘에 꽉 억눌린 것처럼 꼼짝달싹도 할 수 없다.

'마석분(痲石粉)?'

일시 사지를 마비시키는 분가루. 적성비가 은자들이 사용하는 독분(毒粉)이다.

'마사!'

그는 자신의 복부를 쳐다봤다.

그의 복부는 벌집이 되어 있다. 강침 수십 자루가 호신기공(護身奇功)을 뚫고 들어와 장기를 가닥가닥 끊어놓았다.

'명부강침(冥府鋼針)……'

일반 강침에 물결 모양의 골을 파서 회전력을 강화시킨 강침이다.

역시 적성비가의 물건이며, 마사가 가장 잘 쓴다.

"천유…… 비비검을 기대했소만……"

천검가주가 눈살을 찌푸리며 말했다.
"그건 비싼 사람에게 쓰는 것이지."
"후후!"
"자넨 싸구려라고 하지 않았나? 싸구려한테는 이런 게 제격이야. 쯧! 내 집인지, 네 집인지 구분은 했어야지. 안 그런가?"

가주는 눈을 가늘게 떴다.

죽는 순간에 저주할 대상이 생겼다. 적성비가를 진흙 구렁텅이에 몰아넣은 마사. 한데 바로 이 순간, 마지막 순간에 막 입 밖으로 쏟아내려던 저주를 거뒀다.

천검가주의 미간에 은은한 홍색 반점이 보인다.

두말할 것도 없이 중독 증상이다. 해독약이 개발되지 않은 극독 중의 극약, 그래서 반드시 죽여야 할 사람에게만 쓰는 절독(絶毒) 현상이다.

마사는 천검가주에게도 이미 손을 썼다.

그녀는 자신만 끝내는 게 아니다. 천검가주도 끝내서 양 가문을 한 손에 움켜쥐려고 한다.

"내 집…… 네 집……. 좋은 말이오. 후후! 후후후!"

가주는 눈을 부릅떴다.

눈을 감아야 할 순간에 더욱 크게 떴다. 의지로 죽음의 순간을 이기는 은자의 죽음 방식이다.

천검가주가 가주의 죽음을 보면서 중얼거렸다.

"적성비가가 이렇게 끝날 줄이야……. 허허!"

가주는 인생무상을 느낀 듯 하늘을 쳐다봤다.

사박! 사박! 사박!

등 뒤에서 옷자락 끌리는 소리가 난다. 아니, 그전에 이미 처녀의 풋풋한 방향을 맡았다.

"차도살인(借刀殺人). 만족하느냐?"

"고맙습니다. 소녀의 청을 들어주셔서."

마사가 웃으면서 사뿐사뿐 걸어왔다.

천사가 날개옷을 입은 듯 하늘거린다. 발걸음을 옮길 때마다 꽃잎들이 속삭이는 듯하다. 향긋한 방향이 꽃들의 향기를 단숨에 밀어버린다.

"손에 피 한 방울 묻히지 않고 사부를 죽이다니. 허허! 이제 적성비가는 네 것이냐?"

"아뇨. 아버님 것이에요."

"내 것?"

"예."

"명이 놈 것이 아니고 내 것이라고?"

"네, 아버님."

"허허허! 넌 사람 기분을 좋게 만드는 재주가 있구나."

마사가 천검가주의 등 뒤로 다가와 어깨에 손을 얹었다. 그리고 나긋나긋하게 어깨를 주물렀다.

"시원하세요?"

"시원하구나. 허허! 안마 받아본 지 얼마 만인지 모르겠어."

"어머! 그러세요? 제가 날마다 해드릴 게요."

"바쁜 애를 이런 데 쓰면 되나. 그건 그렇고…… 쯧! 굳이 이렇게 드러낼 필요는 없었는데 그랬어."

천검가주가 못마땅한 듯 혀를 찼다.

적성비가 가주는 천검가주의 상대가 못 된다. 소문처럼 병석에 누워 있는 상태라면 몰라도 두 손 두 발을 멀쩡히 사용하는 한은 일초지적에 불과하다.

은자는 은자답게 싸워야 한다. 무인 흉내를 내서 결투나 비무를 하는 건 그들답지 않다.

가주가 은자로서 싸웠다면 천검가주도 최선을 다해야 했다. 하지만 가주는 무인으로 싸웠다. 오히려 은자로 싸운 건 천검가주다. 암수와 암기로 죽였으니까.

하나 가주를 죽인 건 천검가주가 아니다. 마사다. 마사의 암기와 적성비가의 수법에 가주가 죽었다.

적성비가 은자들은 가주의 시신을 거둘 것이다. 그리고 누구에게 죽었는지 밝혀낼 게다.

마사! 가주의 죽음 끝에 떠오르는 이름!

한바탕 피바람을 피하기 어렵다.

그런데 마사는 오히려 그런 점을 좋아한다.

천검가주가 말했다.

"가주를 내가 죽인 것으로 하면 적성비가를 온전히 가질 수 있었잖니. 안 그래?"

"호호호! 아버님, 욕심은 금물이랬어요. 자고로 한 대가 끝나고 다음대로 넘어갈 때 좋게 넘어간 적이 있던가요? 반드시 이반하는 사람이 나와요. 지금은 천검가가 안정되었으니……

이번 기회에 저들을 솎아내야겠어요."

마사가 단호하게 말했다.

"어느 정도나 추려질 것 같으냐?"

"육 할? 그 정도는 건질 거예요."

"후후! 은자들의 의리란……."

천검가주가 비웃듯이 말했다.

가주가 죽었다. 마사에게 죽었다. 한데 육 할이나 되는 자들이 마사 곁에 붙는다. 가주를 죽인 마사를 따른다.

이것이 은자들의 의리인가?

일반 무가도 이런 식으로는 하지 않는다. 만일 후인이 가주를 죽였다면 죽자 사자 복수를 하려 할 게다. 후인의 무공이 너무 높아서 상대할 수 없을 때는 창피해서라도 검을 놓아버린다. 결코 한 솥밥을 먹는 일은 없다.

이것이 명문정파다.

하기는 은가에게 명문정파의 의리를 논한다는 게 무리인가?

마사는 웃기만 했다. 가주의 미간에 찍힌 홍색 반점을 즐기듯 쳐다보면서.

第五十九章
탕양(蕩漾)

1

"이렇게나 많이?"

사내는 남장여인이라고 하면 딱 알맞을 정도로 예쁘장하고 몸매가 날씬하다.

세요독부(細腰毒婦)는 명단을 보고 깜짝 놀랐다.

"실수하면 안 돼."

마사는 다짐하듯 말했다.

"실수는 안 하지."

그는 가는 허리가 특징적이고, 독한 여자 같다고 해서 세요독부라고 불린다.

그는 그런 별호를 싫어하지 않는다. 좋아하고 즐기는 편이다. 누가 자신을 사내라고 부르면 불같이 화를 내지만 계집이라고 하면 흥겨워한다.

그래서 그는 마사와 가장 친하다.

뱃속에 있는 걸 다 꺼내 보이는 사이라고 해도 과언이 아니다.

"한날한시에. 가능하지?"
"어머! 날 무시하는 발언이네? 날 뭐로 보고 그래?"
"미안. 불안해서 그래."
"어머! 계집애. 너도 불안한 게 있어? 호호호! 난 네가 철담(鐵膽)을 지닌 줄 알았는데 이제 보니 요만하구나!"

세요독부가 새끼손가락을 들어 보였다.

"언제 할 거야?"
"오래 끌 것 있어? 말 나온 김에 오늘 하지 뭐."
"그래. 그럼 좋고."

마사가 환하게 웃었다.

'계집애, 너무해!'

세요독부는 명단을 꼼꼼히 살폈다.

오늘 밤 안으로 제거해야 할 사형제들이 무려 이십여 명에 이른다.

은자 이십 명이면 대단한 전력(戰力)이다. 그들을 동원하면 웬만한 문파쯤은 쉽게 쓸어버릴 수 있다.

그러나 마사에게는 필요없는 자들이다.

가주가 마사에게 죽었다는 사실을 알게 되면 당장 검을 거

꾸로 돌려 잡을 고집불통들이다.
 아무래도 상관없다. 마사가 죽이라고 하니 죽인다.
 "휴우! 어쩌면 이리 족집게처럼 집어냈지? 하나같이 융통성이라면 바닥인 놈들이잖아."
 그는 명단을 가볍게 흘려보지 않았다. 심각하게 한 명, 한 명 얼굴을 그려가며 지켜봤다.
 얼굴을 떠올리는 순간, 죽일 방법도 생각난다.
 '얘는… 안 되겠어. 맡길 놈이 없잖아. 내가 직접 죽여야겠네. 손에 피를 묻히지 않으려고 했는데……'
 명단을 훑다 보니 남에게 맡길 수 없는 자가 있다.
 가주가 마사와 함께 류명에게 건넨 자인데, 추포조두가 나간 지금은 적성비가에서 연배가 가장 높은 대사형(大師兄)이다.
 그는 무공이 만만치 않다.
 누구를 그에게 붙일까 하고 고민을 거듭했지만, 마땅한 자가 생각나지 않는다.
 '치잇! 할 수 없지.'
 그는 자신의 몫으로 낙점했다.

 장불주(藏不株)는 호남형의 사내다.
 겉모습이 영준해서 호감을 사고, 마음이 맑고 투명해서 지우를 만든다.
 그는 감추는 것이 없는 나무, 늘 언제나 쉬고 싶을 때 다가와서 쉴 수 있는 사내로 통한다.

적어도 적성비가 은자들에게는 그렇다.

그의 검은 밖을 향해 겨눠졌다.

적성비가를 보호하기 위해서라면 검날이 무뎌지다 못해서 부러질 때까지 휘두를 것이다. 은자라면, 그를 아는 사람이라면 그런 점에 한 치의 의심도 품지 않는다.

장불주는 한 여인과 마주 앉았다.

늦은 밤, 은밀히 침소로 찾아온 여인은 상당히 초췌해 보였지만 그녀의 미모를 손색시키지는 못했다. 뚜렷한 이목구비가 별빛 아래 드러난다.

"오랜만이구나."

"그러네요."

장불주는 침소에 들려다 말고 일어나 앉았다.

그는 장삼을 걸친 후, 탁자로 다가오려고 했다.

여인은 손을 들어 검을 가리킨다.

장불주는 잠시 멈칫거렸지만 여인이 가리키는 대로 검을 집어 휴대했다.

"소식이 끊겨서 걱정 많이 했다."

"소식 끊긴 사람이 저만은 아니죠."

"그래."

"도와달라고 찾아온 게 아니니까 긴장 푸세요."

"훗! 그럴 만한 힘도 없다. 차 좀 끓일까?"

"시간 없어요."

"……!"

"가주님이 쓰러졌어요."

"천유비비검인가?"

장불주가 인상을 쓰면서 물었다.

"마석분과 명부강침."

"마사……."

장불주의 눈가에 아픔이 출렁거렸다.

"마사를 좋아했군요."

"후후후! 마사를 좋아하지 않은 사내는 없다. 가시가 너무 날카로워서 접근할 엄두가 나지 않았을 뿐이지."

"마사는 살생부(殺生簿)를 작성했어요."

"가주님을 쳤다면 당연하겠지."

장불주는 한 치의 흔들림도 보이지 않았다.

"피하세요."

"그것 때문에 찾아왔다면… 어리석구나."

"그래요?"

"그렇다. 마사가 우릴 제거하겠다고 생각했다면… 그녀가 옳은 것이다. 우린 죽어야 할 존재겠지."

장불주가 고개를 끄덕이면서 말했다.

마사는 굳이 칼을 뽑을 필요가 없다.

적성비가는 본거지를 폐쇄하고 임강부로 내려왔다. 천검가 옆에 둥지를 틀었다.

그러한 행동 배경에는 마사에게 전력을 보태겠다는 의미가 포함되어 있다.

가주가 죽든 살든 적성비가의 움직임에는 하등 변함이 없다.

마사가 가주를 모두가 지켜보는 눈앞에서 죽였다고 해도, 은자들은 마사를 따른다.

본거지를 버리고 임강부로 내려오는 순간부터 가주는 직위를 잃은 것이다. 가주 대신에 마사가 전권을 움켜쥔 게다. 명령의 획일화를 위해서는 당연한 조처다.

이것이 일반적인 문파와 은가가 다른 점이다.

흥하든지, 망하든지…… 선택의 열쇠는 마사가 쥐고 있다.

그런데 왜 마사는 검을 뽑았나? 사형제들을 죽이고자 하는가? 살생부 같은 게 왜 필요한가?

다른 사람의 눈을 속이기 위해서다.

가주가 죽었는데, 문도들이 아무런 일탈도 없이 마사의 명을 좇는다면 보기에도 희한하지 않겠나.

사람들은 은자들의 행동 방식을 이해하지 못한다.

마음대로 해볼까? 친아버지나 다름없는 가주가 죽었다. 마사가 죽였다. 그럼 어떻게 할까? 마음 내키는 대로 선택을 해보라면 검을 들지 않을 자가 있겠나!

이것이 일반적인 생각이다.

은자들은 그 위에 '철저한 임무'라는 포장을 한 겹 덧씌운다.

그것이 그들의 마음을 분노에서 충성으로 탈바꿈시킨다. 충성도 보통 충성이 아니다. 절대 충성이다. 눈이 있고, 귀가 있는 자라면 모두 마사의 명에 따라야 한다.

그러나 모두 그럴 수 있으랴.

개중에는 정말 임무를 머릿속에 각인시키고 또 각인시켜도 마사를 저주하는 은자들이 있게 마련이다.

그들은 마사의 명령을 받는다. 하지만 저주하는 마음이 가슴속에 깊이 박혀 있다. 충실히 명령을 받들면서도 저주하는 이율배반적인 일이 벌어진다.

마사는 영리하다. 아주 똑똑하다.

같이 살아온 사람으로서 누가 그런 사람이고 아닌지 쉽게 분간해 낼 것이다.

살생부를 작성했다?

밖으로 보여주는 의미도 있고, 정말로 상대적인 측면에 있는 자들을 솎아내려는 마음도 있을 게다.

여인이 몸을 일으켰다.

"대충 짐작은 했지만… 사형, 잘 가세요."

"험난한 가시밭길…… 잘 견뎌 나가라."

두 사람은 눈인사를 주고받았다.

그로부터 한 시진쯤 지났을까?

똑! 똑! 똑!

방문을 두들기는 소리가 차디차게 들려왔다.

"들어와라."

덜컹!

말이 떨어지기 무섭게 방문이 열렸다. 그리고 한 사내가 계집처럼 엉덩이를 살랑살랑 흔들면서 들어섰다.

"웅? 킁킁!"

그는 들어서자마자 개처럼 코를 킁킁거리면서 방 안 공기 냄새를 맡았다.

"계집? 땀 냄새가 맡이 배기는 했지만 틀림없이 계집 냄새인데…… 호오! 사형이 계집을 좋아하는 줄 몰랐는데?"

"자신있어서 온 게냐?"

"선자불래(善者不來) 내자불선(來者不善)이라. 자신없는 사람이 찾아오겠수?"

세요독부는 약한 상대가 아니다.

그는 어려서부터 놀림을 많이 받았다. 그래서 더욱 이를 악물고 수련에 박차를 가했다. 동문들이 입으로 놀릴 때, 그는 온갖 수모를 감수하며 검을 갈고닦았다. 그리고 어느 날부터 검으로 동문들의 입을 틀어막았다.

그는 특이한 취향을 포기하지 않으려고 검을 닦았다.

세요독부는 검을 수련한 목적이 뚜렷하다. 누구에게도 조롱받지 않겠다고 다짐하면서 수련했다. 그리고 이뤄냈다.

은자 중에서는 가장 강한 무공을 지녔다고 해도 과언이 아니다.

그가 자신있게 말했다. 혼자서 왔다. 장불주를 찍어 넘길 수 있다는 자신감이 없다면 할 수 없는 행동이다.

"이런 상황에서 긴 이야기는 쓸모없겠지. 시작할까?"

장불주가 검을 잡고 일어섰다.

그동안 세요독부는 빠르게 방 안을 훑고 있었다.

침상이 깨끗하다. 누웠던 흔적이 전혀 없다. 여인이 오기는 했지만 침상에서 뒹굴지는 않았다. 더군다나 장불주는 깨끗한 무복을 꺼내 입고 자신을 기다렸다.

오늘 밤의 사태를 미리 알고 있었다는 뜻이다.

그럴 수는 없다. 오늘 밤에 일어나는 척살은 온전히 자신의 결단에 의해서 이뤄졌다. 자신이 오늘이라고 해서 오늘인 게다. 내일이 될 수도 있고, 모레가 될 수도 있었지만 오늘 하기로 했기에 지금 이렇게 움직이고 있는 게다.

그럼 누군가 사전에 연통해 준 자가 있단 말인가?

그것도 불가능하다.

그는 척살 명령을 내림과 동시에 장불주를 찾았다. 명령을 내리고 일다경도 되지 않아서 이곳에 도착했다. 누가 사전에 통보를 해준다고 해도 자신보다 빠를 수는 없다.

결론은 하나, 자신과 마사의 대화를 들은 자가 있다.

'은자, 여자, 장불주를 직접 대면할 수 있는 계집!'

적성비가 은자 중에 이런 조건을 갖춘 사람은 몇 명 되지 않는다. 아니, 한두 손가락에 꼽는다. 그중에 한 명이 마사요, 또 한 명은…… 벽사혈이다.

세요독부는 손으로 이마를 탁 쳤다.

"아! 벽사혈. 벽사혈을 깜빡 잊어먹고 있었네. 벽사혈이 왔다 갔군. 호호! 고 계집, 수결이 끝났으니 돌아오라고 해도 오지 않더니 아직도 천검가를 기웃거리고 있었던 거야? 호호호!"

세요독부가 여인처럼 간드러지게 웃었다.

장불주는 검을 겨눴다.

"우리 승부나 내자."

"호호호! 짜릿해. 항상 사형과 진검승부를 벌이고 싶었어. 어떻게 될까? 어떻게…… 상상만 해도 짜릿해."

스읏!

세요독부도 검을 뽑았다.

발검 소리가 일체 들리지 않는다. 조용히… 구렁이가 담장을 넘듯이 검이 검집에서 스르륵 흘러나온다.

일섬겁화(一閃劫火)의 정수(精髓)다.

빠름에는 두 종류가 있다. 강한 빠름과 부드러운 빠름이 그것이다.

적성비가의 은자들은 대부분 강한 빠름을 수련한다.

이것은 자신이 선택할 수 있는 게 아니다. 일섬겁화를 수련하다 보면 어느새 강한 빠름을 표현하고 있다. 수련하다 보면 빠름의 종류가 결정된다.

그런데 세요독부는 느린 빠름을 구사한다.

일섬겁화를 수련하면서 서둘지 않고, 성취에 연연하지 않고, 오직 최종 결과만 보고 매진했다는 소리다.

"좋군."

장불주는 감탄했다.

"사형도 좋아. 검기가 송곳처럼 파고드네. 역시 짜릿해."

스슷! 스슷!

두 사람은 상대를 노려보면서 천천히 원을 그리며 움직였다.

그다지 넓은 공간도 아니다. 누구든 먼저 검을 쳐내면 즉시 벨 수 있는 답답한 공간이다.

선공(先攻)은 필승(必勝)으로 이어진다. 하지만 작은 공간이다 보니 역습도 치명적이다. 일검으로 필사(必死)를 노려야 한다. 그래서 선공이 중요한 줄 알면서도 함부로 쳐나갈 수 없다.

스슷! 스스스슷!

소리없는 보법, 암행류가 분주히 펼쳐졌다. 그러던 한순간,

푸확!

두 사람 사이에서 희뿌연 연기가 확 피어올랐다.

은자들이 종종 사용하는 은형무(隱形霧)다.

상대방의 시선을 가릴 목적으로 사용하곤 하는데, 지금과 같은 결투에서는 불의의 기습, 선제공격이 될 수도 있다.

장불주가 잠시 주춤했다.

그도 익히 알고 있는 은형무이지만, 느닷없이 눈앞에서 연기가 피어나면 일시 혼란이 온다. 순간적으로 상대를 놓쳐서 당황하게 된다. 지금 이 순간, 안개 속에서 검이 흐르고 있다는 생각이 들면서 좌불안석(坐不安席)이 되고 만다.

물론 숙련된 은자이니 만치 곧 평정을 찾는다.

탕양(蕩漾)

필요한 것은 한순간이다.

스웃!

은형무를 타고 암행류가 흘렀다. 부드러운 빠름이 암행류 위에서 활짝 피어났다. 희뿌연 안개 속에서 검광(劍光) 한 줄기가 화악 번져 나왔다. 한데,

스륵!

세요독부가 후려친 곳에는 아무도 없었다. 장불주의 신형이 환영처럼 스르륵 사라졌다.

암행류 육식(六式) 환변만화(幻變萬化)다.

'밑!'

순간적인 판단, 그리고 검의 흐름!

까앙!

검과 검이 부딪쳤다. 밑에서 흘러온 검과 세요독부가 내려친 검이 불똥을 튀겼다.

이것이 시작이다.

세요독부는 검과 검이 부딪치는 순간에 장검을 놓아버렸다. 그리고 좌수로 단검을 뽑아 내지름과 동시에 검을 잡았단 손으로는 십자표를 쏘아냈다.

쉬익! 쒸익! 쒜에엑! 타악!

공기를 찢는 파공음 끝에 둔탁한 파육음이 울렸다.

'잡았어!'

세요독부의 입가에 웃음이 흘렀다. 그 순간,

스웃!

바로 옆에서 소리가 들렸고, 순간적으로 세요독부는 머리끝이 쭈뼛 곤두섰다.

무엇인가?

파앗!

차가운 쇠붙이가 세요독부의 오른팔에 찰싹 달라붙었다. 그리고 각도를 바꿔서 서걱 잘라냈다.

'밀자검(密刺劍)!'

그는 즉시 물러났다. 물러서면서 십자표를 있는 대로 뿌렸다. 손에 잡히는 대로 모조리 던져 냈다.

파악!

오른손이 팔꿈치에서부터 잘라지면서 붉은 피를 뿌렸다. 하지만 그는 웃었다.

장불주가 무너지고 있다.

은형무가 걷힌 자리에 장불주가 죽음의 기운을 물씬 풍기면서 서 있다. 확실히 보인다. 이마 한가운데 십자표를 꽂고 죽음을 맞이하는 모습이 똑똑히 보인다.

"호호! 손해는 아니네."

세요독부가 오른손을 지혈시키며 말했다.

장불주는 말이 없었다.

'미련하게……'

어둠 한 구석이 살짝 눈을 떴다. 어둠을 비수로 쩬 듯 살짝 벌어지더니 흑요석처럼 반짝이는 눈동자가 나타났다.

이번 싸움은 장불주의 승리다.

그의 밀자검은 세요독부를 따라붙었다. 그리고 목을 베어낼 수 있었다.

장불주의 고집이 손만 잘라냈다. 그리고 유표(流鏢)에 몸을 갖다 맞췄다.

그는 죽은 게 아니다. 자살한 게다.

세요독부는 자신의 실력을 너무 과신했다. 장불주가 겸손한 사람이라는 사실을 깜빡 망각했다. 한 가지, 그가 자신을 죽이지 않을 것이라는 자신은 들어맞았다.

은자는 상황을 읽는 힘이 탁월하다.

변화하는 상황 속에서 자신이 할 일을 용케도 찾아낸다.

장불주는 우수한 은자다. 그렇기 때문에 그가 죽은 것이다.

'이제 마사를 막을 수 있는 건 없어. 고삐가 완전히 풀렸어.'

반짝이는 눈동자가 다시 감겼다. 그리고 고요함이 내려앉았다.

2

삼 개월, 혹은 사 개월 동안 소식 한 장 없다면 사단이 났다고 봐야 한다.

그들은 온 산을 샅샅이 뒤졌다.

"사람이 살았던 흔적을 발견했습니다."

첫 번째 보고가 들어왔다.

"몇 명이냐?"

"아직은 짐작이지만 칠팔 명 정도인 것 같습니다."

"칠팔 명? 그렇게 많아?"

"조금 더 조사해 보겠습니다."

그들이 흩어졌다.

조사라면 이력이 난 자들이다. 추포조두의 휘하에서 온갖 종류의 조사 방법을 배운 자들이다.

삼십홀(三十捴)!

서른 명의 밀자는 만정을 이 잡듯이 뒤져 나갔다.

탁! 타탁! 타타탁!

수신호가 부지런히 오간다.

무엇인가를 발견했다는 뜻일 게다. 또 뭘까? 칠팔 명이 은신했었다니 그들의 흔적이 아닐까?

"사람을 태운 흔적입니다."

"사람을…… 태워?"

"타다 남은 뼈에서 무딘 흔적을 발견했습니다. 돌에 짓이겨진 듯한 흔적인데… 살인병기가 무엇인지는 좀 더 조사를 해 봐야 되겠고…… 지금은 돌로 만든 석검(石劍) 종류라고 판단됩니다."

"석검…… 그럼 놈들이!"

타탁! 타타탁!

수신호가 또 날아든다.

"시신의 어금니에서 녹은 금이 발견되었습니다. 우리 쪽 사람은 아닙니다."

"그럼 천검가 사람이겠군."

"그쪽도 관심을 갖지 않을 수 없으니, 그럴 겁니다."

그때다!

파팟! 파파파팟!

삼십홀이 가을철 메뚜기처럼 분분히 날아올랐다.

그들은 일제히 수색을 중지하고 한 군데로 뭉쳤으며, 서로 등을 맞대고 사주 경계를 폈다.

"낯선 자들이 나타났습니다."

"나도 봤어."

추포조두…… 적성비가의 추포조두가 행방불명이 된 후부터 삼십홀을 이끌어온 추포조두가 눈빛을 빛냈다.

일단의 무리가 만정을 에워쌌다.

그들의 숫자는 겨우 십여 명밖에 되지 않는다. 하지만 신법이 날렵하다. 몸도 새털처럼 가볍다. 몸 전체에서 갈고닦은 검의 냄새가 물씬 풍긴다.

조사를 전문으로 하는 삼십홀이 상대할 수 없는 고수들이다.

그러나 그들은 싸우러 온 것이 아니다.

그들을 이끌고 온 자가 주위를 살피더니 추포조두에게 다가와 포권지례를 취했다.

"묵비 비주요."

사내는 천검가 문양이 박힌 검을 앞으로 내밀었다.

"아! 그러셨소? 묵비 비주는 전에 봤는데…… 아는 분이 아니라서 결례했소이다."

추포조두와 삼십홀은 긴장을 풀었다.

"내부 사정으로 비주가 교체되었소."

"그렇소이까?"

추포조두는 입가에 희미한 웃음을 매달았다.

전임 묵비 비주의 행방이 묘연하다. 천검가에서는 사라졌고, 무림에는 모습을 보이지 않는다.

막중한 임무를 띠고 잠행 중이거나 제거되었다.

그런데 추포조두는 그렇게 보지 않았다.

검련 본가에는 많은 소식이 흘러든다.

요즘 들어서 최대 관심사는 단연 천검가의 변화다.

현재 천검가는 잠시 한눈을 팔면 몰라볼 정도로 급속한 변화를 겪고 있다.

문파가 완전히 탈바꿈되었다. 옛 천검가의 모습은 전혀 찾아볼 수 없다. 옛사람을 찾아보라면 병석에서 골골거리는 천검가주 정도가 고작이다.

나머지를 살펴보자. 누가 남았는가. 천유비비검을 수련했으나 문턱도 넘지 못한 풋내기들뿐이다.

천검가의 변화는 류명과 마사가 주도하고 있다.

이것은 이미 비밀이 아니다. 누구나가 아는 공공연한 사실이다. 천검가가 굳이 숨기려고 하지 않았기 때문에 중원 무림인이라면 모르는 사람이 없다.

신진고수들이 주축이 되어 변화를 이뤄냈다.

천검가주가 이끌던 천검가에서 류명이 이끄는 천검가로 바뀌었다.

가주만 바뀐 것이 아니라 완전히 새로운 문파로 탈태환골(奪胎換骨)했다.

이러한 변화가 검련 전체에 미치는 영향은 얼마나 될까?

천검가는 검련십가의 위치를 고수할 것이다.

아직 천검가주가 건재하다. 병석에 누워 있다지만 그걸 믿는 사람은 아무도 없다.

천검가주는 언제든 검을 뽑을 수 있다.

천검가주를 대리하고 있는 류명도 무공이 뛰어나다. 그는 가주직을 승계하기 전에 이미 무공을 입증했다. 마인들을 척살하면서 옥면신검이라는 별호를 얻었으니 이보다 확실한 입증이 어디 있겠나.

류명과 같이 움직이는 마사는 호기심의 대상이다.

그녀가 류명과 함께 만정에 나타나기 전까지 그녀의 존재를 아는 사람은 없었다.

그런데 무명이었던 그녀가 일약 무림 중추로 떠올랐다.

그녀는 지극히 짧은 시간에 문파 전체를 완전히 탈바꿈시켜 버렸다. 은가로 자족하던 적성비가를 세상에 끌어냈을 뿐만 아니라 천검가의 문도들을 확실히 거머쥐었다.

마사의 조직 장악력은 놀라울 정도다.

앞으로 천검가가 어떻게 운용될지는 초미의 관심사다.

검련 본가만 관심을 두고 있는 게 아니다. 검련사십가 전체가, 아니, 무림 전체가 천검가를 지켜보고 있다. 신출내기들의 개혁이 성공할지 실패할지 주의 깊게 쳐다보는 중이다.

이런 시점에서 묵비 비주가 바뀌었다.

비주를 바꾼 사람은 천검가주가 아니다. 마사다.

마사가 정보를 관장하는 수장을 쳐냈다.

어떤 식으로 처냈을지는 불 보듯 뻔한 것 아닌가. 많이 아는 사람일수록 처리 방법은 간단한 법이다.

한데 묵비 비주가 죽었다는 소문도 없다.

제거에 실패한 것이다. 눈치 빠르게 도주했거나, 숨어 있거나, 투옥되어 있거나…… 아직 죽이지 못한 것만은 분명하다. 또한 제거된 것도 분명하다.

추포조두는 그런 점을 일절 내색하지 않았다.

"우리 애들이 그쪽 사람을 찾은 모양이오."

그는 삼십홀에게 눈짓을 했다.

삼십홀 중에 한 명이 검게 그을린 땅을 가리켰다.

"역시."

묵비 비주는 예상한 일이라는 듯 고개를 끄덕였다.

"소식이 없을 때부터 사단이 났다 싶더니만…… 흠! 그럼 전이만 먼저 실례해야겠습니다."

묵비 비주가 포권지례를 취했다.

"살펴보지도 않을 생각이오?"

"그쪽에서 이미 살펴봤을 터, 무엇인가 건진 게 있다면 벌써 말해주셨을 터, 계속 살펴본다는 건 시간 낭비가 아닐까요?"

"그런가요? 하하하! 그럼 잘 가시오."

추포조두는 포권지례를 취했다.

묵비가 물러났다. 그리고 그 자리에 술 취한 걸인이 휘청거리면서 걸어왔다.

"커억! 요긴 뭔 놈의 산들이 이리 험악하다냐? 이리 봐도 잿더미, 저리 봐도 잿더미로구나."

걸인은 술에 많이 취한 듯 가끔 털썩 주저앉아 고개를 꾸벅거렸다.

영락없이 잠든 모습이다. 하나 그는 곧 화들짝 놀라 깨어서는 다시 휘청거리며 걸어갔다.

"이런 데서 자다가는 귀신에 홀리기 십상이지. 허! 길을 단단히 잘못 들었군. 어디로 간다?"

그는 좌우를 유심히 살피면서 걸었다.

삼십홀이 여기저기 흩어져 있다.

걸인도 그들을 봤을 게다. 하지만 술에 취해서 보지 못한 척한다.

삼십홀은 그가 지나가도록 내버려 두었다.

활을 든 엽사(獵師)가 모습을 보였다.

그는 목이 타는 듯 호로병을 꺼내 꿀꺽꿀꺽 물을 들이켰다.
 "숨이 막히는군. 사방에 요사한 기운이 서려 있는 것으로 보아서 억울한 죽음이 꽤나 많았겠어. 여보! 거기 뭐가 있소? 아까부터 뭘 찾는 것 같소만."
 그가 삼십홀에게 말을 걸었다.
 "그냥 갈 길 가시오."
 "거참 딱딱하기는……. 좋은 게 있으면 같이 찾읍시다."
 그는 불탄 자리를 살폈다. 삼십홀이 뭘 쥐고 있는가 싶어서 손도 쳐다보았다.
 자세히 살펴보지는 않았다. 그저 쓱 훑는 것으로 그쳤다.
 "이쯤해서 그냥 가시오."
 삼십홀이 말했다.
 "허! 안 가면 사람 치겠네. 갑니다. 가! 허! 여기가 자기 땅도 아닌데 뭔 유세래?"
 그는 사냥감을 찾아서 부지런히 걸음을 옮겼다.

 무복을 입은 무인이 나타났다.
 등에 봇짐을 진 장돌뱅이도 황량한 산에 모습을 드러냈다. 길이 없는 곳인데 용케도 찾아온다. 경장(輕裝) 여인은 어떤가? 이곳이 여인이 올 법한 곳인가? 하지만 왔다.
 그들은 길을 잃은 척했다.
 그저 지나가는 길손 흉내를 내기도 했다.
 물론 전부 눈 가리고 아웅이다.

만정은 금지구역이다. 마인을 가둬둔 곳으로 침입자사(侵入者死)라는 푯말이 산 입구에 세워져 있다.
이들은 그 팻말을 무시하고 침입했다.
만정이 건재할 때는 어림도 없는 일이다. 불타 버렸기에, 통제할 사람이 없다는 점을 알기에 찾아온 것이다.
이들은 누굴까? 만정의 불탄 자리를 찾을 정도라면 거의 대부분 밀자(密者) 계통에서 일하는 사람들이다.
걸인은 개방(丐幫)이다. 활 든 사냥꾼은 하오문(下午門)이다. 무당파(武當派)의 도인(道人)이나 화산파(華山派)의 검수는 문양이 뚜렷해서 한눈에 알아봤다.
경장 여인은 어디에서 왔을까?
신분을 알 수 없는 건 경장 여인뿐만이 아니다. 두 눈이 먼 소경도 왔지만 어디서 왔는지 알 수가 없다.
무림에 적을 둔 문파라면 모조리 사람을 파견한 듯싶다.
만정이 사람들로 들끓는다.
어지간하면 검련 삼십홀이 사방을 뒤질 때는 끼어들지 않았는데, 지금은 그런 전례까지 무시한다.
검련과 자잘한 충돌이 일어나더라도 무엇인가 손에 쥘 만한 것을 찾는 게 더 중요하다는 뜻이리라.
'검련 일에는 상관하지 않는 게 관례였는데…… 꼬투리를 잡힌 겐가? 전 무림이 들썩이고 있어. 아무리 좋게 해석해도 좋지 않아. 무언가 잘못되고 있어.'
추포조두의 안색이 어두워졌다.

쉬익! 쒸이익!

멀리서 무인 몇 명이 경공(輕功)을 펼치면서 다가온다.

이제는 아예 공공연히 방문하고 있다.

"찾을 건 다 찾았나?"

"저희 쪽 사람도 찾았습니다. 불에 타버려서 건진 건 없습니다."

추포조두는 고개를 끄덕이며 말했다.

"됐다. 가자."

第六十章
추핍(追逼)

1

    두 사람이 길을 걷는다.
    기괴한 몰골을 한 두 사람이, 사람인지 괴물인지 분간이 되지 않는 두 사람이 어깨를 나란히 하며 걷는다.
    그들은 맨발이다.
    봄이라고는 하지만 아직도 꽃샘추위가 제법 매섭다.
    얼어붙은 땅도 녹지 않았다. 곡괭이로 찍어보면 바위 덩어리 마냥 딱딱하다. 맨발로 걸어다니기에는 너무 차갑다.
    그들은 옷이 너덜너덜해서 속살이 비친다.
    거지인가? 거지는 아닌 것 같다. 옷은 남루하지만 머리를 단정하게 묶었고, 세면도 한 것 같다.
    그들은 사람이다. 하지만 너무 말라서 괴물처럼 보인다. 사내는 그나마 나아 보이는데, 키 작은 자…… 사내인지, 여인인지 구분도 안 되는 자는 그야말로 뼈에 살가죽만 붙여놓은 것 같다.

"저벅! 저벅!"

그들은 길가에 있는 반장(飯莊)으로 거침없이 들어섰다.

하지만 거지나 다름없는 그들에게 길을 터주겠는가.

"턱!"

한눈에 봐도 장사인 듯한 거한이 두 사람의 앞길을 가로막았다.

"뭐야!"

그가 눈을 부라리며 말했다.

"낄낄! 요 쥐새끼는 뭐야! 죽고 싶은 게로구나."

왜소한 자가 눈을 치켜뜨며 말했다.

순간, 거한은 사시나무라도 된 듯 덜덜 떨었다. 얼굴도 옆에서 보기에 안쓰러울 정도로 하얗게 질렸다.

"죽여줄까?"

"아, 아닙, 아닙니다."

"뭐야, 새끼야! 그런데 왜 앞에서 알짱거려!"

"아! 드, 들어가십쇼."

거한은 얼른 자리를 비켰다.

"들어가시죠. 공자님."

왜소한 자가 사내에게 머리를 조아렸다.

사내는 당연하다는 듯이 앞장서서 걸었다.

두 사람이 반장 안으로 들어선 후, 거한은 힘이 빠진 듯 털썩 주저앉았다.

"후욱! 후욱!"

그는 거칠게 숨을 몰아쉬었다.

왜소한 자의 눈, 죽음의 눈…… 저승사자의 눈!

그는 아직도 그 눈이 선명하게 보여서 덜덜덜 떨었다.

"이봐, 왜 그래? 아는 사람이야?"

"무림고수라도 되는 모양이지?"

"그런데 이 친구, 왜 그래? 안색이 하얗게 질려가지고. 왜? 마두라도 들이닥친 거야?"

두 사람은 초라한 행색만 봐도 정인(正人) 같지는 않다. 사마외도(邪魔外道), 좋게 봐줘야 중도(中道)에 선 인물들일 게다. 물론 성격은 괴팍할 게다.

거한은 한참 만에야 비틀거리면서 일어섰다.

"나, 나 좀 쉬어야겠어. 오늘은 영 몸이 좋지 않아서."

그는 두 번 다시 그들과 마주치기 싫다는 듯 종종걸음으로 사라져 버렸다.

두 사람은 말썽을 피우지 않았다.

소면 두 그릇을 시켜서 조용히 먹었다.

후룩! 후룩……!

두 사람은 세상에서 가장 귀한 음식을 먹는 사람들처럼 면

발 하나를 입에 넣고 백 번 이상은 씹어댔다.

자연히 식사하는 시간은 길었다.

"저거 뭐하는 인간들이야?"

"뭐하기는. 거지들이 밥 먹고 있지 않나."

"저놈들은 다른 사람을 의식하지 않는 모양이지? 따가운 눈총이 느껴질 만도 한데 말이야."

"눈치있는 놈 같으면 이런 데 들어오겠나. 어디 담 귀퉁이에 쪼그리고 앉아서 동냥밥이나 주워 먹겠지."

일단의 무인들이 일부러 언성을 높였다.

두 사람은 개의치 않았다. 천천히, 국수 가닥 한 올까지 음미해 가면서 천천히 먹었다.

그들을 보다 보면 마치 음식이 신(神)이라도 되는 듯했다.

"저놈들 귀머거리인가? 아무 소리도 안 들리나 봐."

"아까 주문하는 거 봤잖아. 귀머거리는 아냐."

"그럼… 우릴 무시하고 있다는 거네?"

"그렇지. 아주 개똥 같이 취급하는 거지."

그때, 우연히 왜소한 자가 고개를 돌렸다.

까만 눈동자가 흑요석처럼 반짝거린다. 눈동자가 흰자위는 없고 온통 검은 동자만 가득하다.

"흑!"

거침없이 말을 쏟아내던 무인들이 급히 입을 다물었다.

"공자님, 모자라시면 한 그릇 더 시키겠습니다."

"아냐. 됐어. 이것만 해도 배불러."

누구나 할 수 있는 아주 평범한 대화다.

하지만 무인들은 숨도 쉬지 못했다. 왜소한 자…… 노파의 새카만 눈동자를 접한 다음부터 그들 목숨은 자신들 것이 아니라는 사실을 깨달았다.

노파가 죽이려고 마음만 먹으면 즉시 죽는다.

손을 써보고 자시고 할 틈도 없다. 검을 뽑을 시간도 없다. 뽑아봤자 한낱 재롱에 불과하리라.

노파는 자신들이 상대할 수 없는 최절정 고수다.

하면 왜 이런 자들이 가볍게 보였을까? 왜 만만하게 보였을까? 장난삼아서 건드려도 좋을 성싶었는데, 눈이 삐어도 단단히 삐었지 어쩌자고 절정고수를 알아보지 못했단 말인가.

첫째는 이들의 몰골이다.

이건 깡마른 정도가 아니라 아예 마른 북어다. 이런 몸으로도 살 수 있구나 싶다.

사내는 그나마 낫다. 노파는 정말 목불인견(目不忍見)이다.

둘째는 얕은 기도다.

이들은 무인이다. 그것은 들어서는 순간부터 알아봤다. 하지만 기도가 풍기지 않는다. 절정고수들이 내뿜는 강렬한 패기, 투기가 전혀 느껴지지 않는다.

"국물이 좀 짜죠?"

"좀이 아니라 많이 짜지 않나? 음식에 간해서 먹은 게 언제 이야기인지 모르겠어."

"소금을 빼라고 할 걸 그랬습니다."

"괜찮아. 다 먹었어. 다음에나 그러지 뭐."
사내는 노파를 하녀처럼 대했다.
사내는 노파보다 훨씬 약해 보인다. 노파는 그나마 눈에 광채라도 빛나지만, 사내는 그런 것도 없다. 정말로…… 정말로 건드리기만 하면 넘어갈 것 같다.
사내의 신분이 높나?
"다 먹었으면 일어날까?"
사내가 먼저 몸을 일으켰다.

그들은 아무것도 하지 않았다. 어느 사람처럼 반장에 들어와 소면을 시켜 먹었다. 계산도 했다. 단 일 푼도 깍지 않고 달라는 값을 온전히 치렀다.
사람이 들어왔고, 소면을 먹고 갔다.
이런 단순한 사실만 일어났는데 두 사람을 지켜본 사람들은 마치 거대한 폭풍이 휩쓸고 지나간 듯한 심정이 되었다.
"휘우! 거 뭐하는 인간들인지."
"고수였지?"
"고수는 무슨 고수……. 생긴 꼬락서니를 보면 모르겠나? 잘해야 마두지 뭐."
무인들은 검조차 뽑아보지 못한 무능함을 욕으로 달랬다.
그런데,
"네놈들이 공자님을 우롱하는구나!"
언제 들어왔는가! 두 사람처럼 깡마른 사람이 무인들을 노려보고 있었다.

"흑!"

무인들은 이번에도 숨을 죽였다.

깡마른 노파는 두 눈에 죽음의 기운을 담았다. 함부로 지껄이면 죽여 버리겠다는 살기가 듬뿍 담겨 나왔다.

방금 나타난 사내는 그런 기운을 전신으로 내뿜는다.

'살기!'

무인들은 병기를 잡았다.

노파와는 싸우지 않을 수 있었다. 자신들이 입만 닫으면 되었다. 하지만 사내는 다르다. 입을 함구해도 이미 뱉어버린 말을 핑계 삼아서 목숨을 노릴 것이다.

사내의 살기가 너무 강해서 그런 느낌이 든다.

사내가 음산한 살기를 뿜으며 말했다.

"반혼귀성을 건드린 대가는 죽음이다. 너흰 감히 반혼귀성의 공자를 모욕했다."

"뭐 이런 놈이 다 있어?"

차앙!

무인이 어처구니없다는 듯 검을 뽑았다. 그 순간,

쒜엑!

어느새 날아온 수리검 한 자루가 무인의 심장에 정통으로 꽂혔다.

"큭!"

무인은 짤막한 비명을 토하며 뒤로 나가떨어졌다. 수리검에 깃든 경기가 무인의 몸을 뒤로 일 장이나 날려 버렸다.

"저, 저놈!"

"살인이다!"

무인들이 분분히 자리를 박차고 일어섰다. 하나,

쒜엑! 쒜에엑!

"컥!"

"큭!"

무인들은 자리에서 일어서기 무섭게 가슴을 부여잡고 비명을 토해냈다.

무인은 용서를 모른다. 자비도 없다. 단번에 심장을 꿰뚫어 버린다.

반장 안은 주검이 생겼다. 그리고 죽음과 같은 정적도 일어났다.

"주둥이를 함부로 놀리면 죽는다. 그마나 청마단의 단주의 손에 죽게 된 걸 영광으로 알아라."

깡마른 사내가 죽은 무인들에게 일별을 던진 후, 걸어나갔다.

"죄없는 사람들인데…… 솔직히 우릴 봐. 우릴 보고 놀리지 않을 사람이 어디 있나."

"그렇기 때문에 죽이는 겁니다."

"알아. 아는데…… 그래도 기분이 좋진 않네."

당우가 미간을 찌푸리며 말했다.

신산조랑은 반혼귀성이라는 가공의 단체를 만들어냈다.

살기 위한 발악이다.

그들의 몰골은 누가 봐도 한심하다. 치검령, 추포조두, 묵혈도, 산음초의까지…… 식인을 하지 않은 사람들은 충분한 영양을 섭취하지 못해서 피골이 상접한 상태다.

누가 봐도 단번에 주목한다. 그리고 뒤를 캐는 사람들이 반드시 존재한다.

먹지 못해서 깡마른 사람들.

그들이 만정에서 빠져나온 마인들이라는 사실이 알려지는 건 시간문제다.

그럼 어찌 될까?

다른 곳은 몰라도 검련 본가와 천검가는 전력을 다해서 앞길을 막을 게다. 아니, 추적조를 보내서 살아남은 자들을 모조리 척살하려 할 게다.

그들이 본격적으로 무인을 보내기 시작하면 감당할 수 없다.

현재 살아남은 사람들 중에는 천검사봉과 검을 맞댈 수 있는 사람이 없다.

그만한 고수가 나온다면 모조리 도륙된다.

그래서 뒤에 가공의 단체를 만들었다. 커다란 세력이 뒤에 있는 것처럼 꾸몄다.

함부로 손을 쓰지 못하게끔 만드는 것이 최대 목표다.

단주라는 사람들, 시녀라는 사람들의 무공으로 미루어서 반혼귀성의 크기를 역으로 잰다면 깜짝 놀랄 것이다. 추포조두나 치검령이 단주라면 반혼귀성에는 그들을 능가하는 고수가 적어도 십여 명은 존재해야 한다.

함부로 건드릴 수 없는 집단이다.

검련 전체가 아니라 일개 검파로서 그들과 정면으로 부딪치면 자칫 치명적인 타격을 당할 수도 있다.

관계있는 문파들은 두 사람이 만정에서 나왔다는 것을 조만간 알게 되리라. 그래도 즉각 쳐오지는 못한다. 일단은 반혼귀성이라는 존재부터 탐문할 게다.

반혼귀성의 정체도 언젠가는 백일하게 드러나겠지만, 당분간은 안심하고 움직일 수 있다.

잔혹하게 살인을 함으로써 오히려 안전해지는 경우다.

쉬익!

귀에 익숙한 바람 소리가 울렸다.

"몇 명이에요?"

"네 명이다."

"어느 문파인지는 모르죠?"

"그런 것까지 일일이 신경 쓰지 마라."

치검령이 다소 딱딱하게 말했다.

세상 밖으로 나오자 아무 문제도 없을 것 같던 당우에게 문제가 일어났다.

만정에서 당우는 냉정, 잔혹했다.

바깥세상에서는 살수를 쓰려고 하지 않는다. 처음 만났을 때의 당우로 다시 돌아가 버렸다. 삼 년이란 세월을 지옥에서 보냈는데도 인성(人性)이 바뀌지 않았다.

이건 좋은 게 아니다.

"조랑, 십 리 앞에 객잔이 있다. 투숙자 중에 시비를 걸 만한 자는 노광삼호(露光三虎)다."

앞길을 살피고 돌아온 추포조두가 말했다.

"너희 놈들…… 좋게 말할 때, 조랑이라는 말… 거둬. 이 노신이 성질을 부리기 시작하면 감당할 수 없을 테니까."

"그렇다고 신산이라고 부를 수는 없잖아? 그건 너무 과해."

"그렇지? 나도 신산이라는 말은 간지러워서 입 밖으로 나오지 않더라. 그리고… 조랑, 우리에게 성질을 부릴 입장이 아니잖아? 조랑이 하늘처럼 떠받드는 저놈에게 우린 이놈저놈 하는 처지니까."

"그런가? 하하하!"

"그만해요. 엄노… 정말 화났어요."

당우가 말했다.

그 순간 거짓말처럼 두 사람의 음성이 사라졌다. 기척도 말끔히 지워졌다.

"여우같은 자식들! 조랑이라는 별호는 저놈들에게 붙여야 하는 건데. 어휴!"

신산조랑이 가슴을 콩콩 쳤다.

당우는 빙긋 웃었다. 하지만 그의 머릿속에는 추포조두가 방금 전에 한 말, '노광삼호'란 말이 뱅뱅 돌았다.

　오늘 밤, 호랑이처럼 날뛰던 세 장한이 절명한다.

　단지 반혼귀성이라는 말을 남기기 위해서 그들의 목숨을 빼앗는다.

　'휴우!'

　그는 신산조랑이 듣지 않도록 가는 숨을 내뱉었다.

2

　무림에는 검련에 적(籍)을 두지 않은 검사(劍士)가 많다.

　삼악제일쾌검(三岳第一快劍)도 그런 사람들 중에 한 명이다.

　삼악이란 특정한 지역이 아니다. 광동리(廣東里)를 중심으로 인근에서 가장 큰 산 세 군데를 지칭한다. 그러니 삼악제일쾌검이란 성(城) 정도의 넓은 지역에서 가장 빠른 검을 지녔다는 뜻이다.

　그에게 손님이 찾아왔다.

　하악(下顎)이 단단하고, 콧수염을 거칠게 길렀으며, 체구는 무척 단단해서 바윗돌 같다.

　'독사!'

　삼악제일쾌검은 사내를 보자마자 독사를 떠올렸다.

　삼각형으로 째진 눈 때문일까? 아니면 작은 눈에서 발산되는 광기(狂氣) 때문일까.

　"검련 본가 추포조두요."

그가 신분을 밝혔다.

"그렇소?"

삼악제일쾌검은 담담하게 손님을 맞이했다.

그는 이런 손님들을 많이 만났다.

그들 중 대부분은 영입(迎入)을 권유하려고 찾아왔다. 물론 삼악제일쾌검이란 말에 비무를 청하러 온 손님도 많았지만, 일정한 소속을 가진 자들은 영입이 주요 방문 목적이다.

"단도직입적으로 말하리다. 부인께서 수년째 병석에 있는 것으로 알고 있소."

삼악제일쾌검이 미간을 찌푸렸다.

방문객들은 저마다 거절하기 힘든 제안을 가지고 온다.

그중에 가장 치사한 인간들이 아픈 부인을 거론한다. 돈이 필요하지 않느냐는 말에서부터 병을 직접 치료해 주겠다는 말까지 다양한 말을 쏟아낸다.

환자가 있다는 것만 알고 찾아온 무뢰한들이다.

그들에게 정작 치료를 맡기면 난감한 표정을 지으면서 나가떨어진다. 설마 그런 줄 몰랐다면서 본문에 들어가 알아본다는 식으로 즉답을 회피한다. 그리고 그런 식으로 총총히 떠난 자들은 두 번 다시 찾아오지 않았다.

삼악제일쾌검이 웃으면서 말했다.

"왜? 병이라도 치료해 줄 심산이시오?"

"옛말에 알고 죽는 흑달(黑疸:간경화)이라고 했는데 어찌 장담할 수 있겠소."

삼악제일쾌검의 눈이 반짝였다.

이자는 병명을 제대로 짚고 왔다. 하면 살릴 수 있는 방법이라도 있단 말인가.

추포조두가 말했다.

"부인을 본문으로 모셔가겠소. 그리고 장담하건데 본문제일의 약을 써드리겠소."

삼악제일쾌검은 오백 년은 족히 됨직한 노송(老松) 아래서 길손을 기다렸다.

그는 추포조두의 제안을 거절하지 못했다.

그의 제안에 솔깃한 면도 없지 않지만, 그 대가로 해야 할 일이 호기심을 급격하게 끌어당겼다.

강호에 신진방파가 탄생했다.

반혼귀성이라는 기이한 이름을 지닌 문파. 무공이 어느 종류인지는 모르지만 가공할 비도술(飛刀術), 비검술(飛劍術)이라는 데는 이의가 없다.

그들은 비술(飛術)을 쓴다.

사람을 살상함에 있어서 시간을 오래 끌지 않고 빨리 끝낸다는 뜻이다.

그는 삼연비도술(三衍飛刀術)을 막아낸 적이 있다.

무인 세 명이 삼방(三方)에서 던져 내는 비도 스물한 자루를 쳐냈다. 그리고 세 명의 목숨을 거뒀다. 숨 돌릴 틈이 없었고, 순간적으로 끝난 싸움이지만 아직도 뇌리에 짜릿한 기억으로 남아 있다.

삼연비도술이 최고의 비도술은 아니지만 충분히 감당할 수 있다는 생각이 든다.

'저자들……'

그는 힘들게 걸어오는 두 괴물을 쳐다봤다.

"반혼귀성인가?"

"삼악제일쾌검이라고 들었소. 이쯤에서 그냥 가시오."

두 괴물 중 젊은 놈이 정중하게 말했다.

그의 말투가 다소 건방진 감이 없지 않지만 기분을 상하게 하지는 않는다.

그는 진심으로 염려하고 있다. 그를 쳐다보는 두 눈에 진심이 담겨 있다.

'사연이 있는 놈들이군.'

삼악제일쾌검은 사내보다 키 작고 왜소한 노파를 유념해서 살폈다.

사내놈은 특별히 눈여겨볼 것이 없다.

무인이 무인을 보는 잣대는 모두 똑같을 게다. 첫 번째가 무인이냐 아니냐 하는 점이고, 둘째가 어느 정도의 고수냐는 점이고, 셋째가 병기는 무엇을 쓰냐는 것이고…….

사람 보는 잣대를 첫째부터 열 번째까지 고르라고 하면 모두 무공에 관련된 것들이다.

사내는 첫 번째 관문도 넘어서지 못한다.

무공을 수련하지 않았다. 어설프게 권법 형세 정도 수련한 것 같은데, 그 정도는 수련한 것으로 치지도 않는다. 그런 식이라면 파락호들의 주먹질도 모두 무공으로 간주하게?

왜소한 노파는 무공을 수련했다. 그것도 상당한 수준이다. 진기가 녹록지 않고, 흑요석처럼 반짝이는 눈동자에서는 요사한 사공의 냄새까지 풍긴다.

"오는 길에 노광삼호를 죽였나?"

"휴우!"

사내가 긴 한숨을 내쉬었다.

"네놈들 뒤에 노광삼호를 죽인 놈이 있다더군. 그놈을 만나려면 얼마나 기다려야 하나?"

"바로… 올 거요."

"잘됐군. 너희에게는 볼일 없다. 가라."

사내는 그를 향해 두 번 읍했다.

절 대신 읍으로 망자(亡者)에 대한 예의를 다한 것이다.

삼악제일쾌검은 코웃음 쳤다.

"흥!"

'이자!'

기다리던 자가 나타났다. 그리고 삼악제일쾌검은 검을 익힌 이후 최강자와 만났다는 점을 직감했다.

"내가 노광삼호를 죽였다."

"그런가."

스릉!

삼악제일쾌검은 담담하게 검을 뽑았다.

노광삼호 따위는 알지도 못한다. 다만 시비를 걸기 위해서 죽은 자의 명호를 빌렸을 뿐이다.

"훗! 사주받은 놈이군."

사내가 비웃었다.

"사주도 정도껏 받아야지. 자진해서 죽을 자리로 기어드는 놈이 어디 있는가."

"길고 짧은 것은 대봐야 아는 법이거늘. 장담이 심하군. 하기는… 무인의 허세는 과(過)가 아니라고 했으니."

"우린 너를 알고 있다. 삼악제일쾌검. 그리고 내가 나타났다. 아직도 모르겠나?"

"비도인가, 비검인가?"

"그것도 잘못 알았어. 비도를 쓴 사람은 없다. 비검과 비표(飛鏢)만 있을 뿐."

"비표? 살수인가?"

"아무것도 모르고 왔군. 불쌍한 인생."

쒜엑!

말 대신 비검 한 자루가 날아왔다.

삼악제일쾌검은 넉넉하게 받아냈다. 비검술이 그리 탁월하지 않은 까닭에 긴장조차 하지 않았다.

싸우려고 비검을 날린 게 아니다. 병기가 무엇인지 보여준 게다. 그러나!

'이 수법은… 이, 일촌비도!'

분명히 비도술이다. 다만 상대가 비도 대신에 수리검을 사용하고 있다는 점이 다르다.

일촌비도!

눈 깜빡할 순간에 생사를 결정짓는다는 은자의 최강 비도술!

어떤 비도술이든 마찬가지이지만 비도술의 생명은 신법이다. 비도술 자체도 중요하지만 상대를 현혹시키는 신법이야말로 생살여탈의 관건이다.

일촌비도가 비도술의 최강으로 알려진 것은 비도술 자체가 뛰어나서가 아니다. 사내가 전력을 다해서 비도술을 펼쳐도 이번에 던진 것과 비슷할 게다.

그런데 실전에서는 완전히 다른 위력을 선보인다. 왜 그럴까? 은자의 신법이 그의 신형을 가려주기 때문이다. 두 눈과 전신의 모든 감각이 상대를 쫓아가기에 급급한데, 비도가 날아오는 모습을 언제 보겠는가.

에이, 설마 비도가 날아오는 것도 못 봐?

못 본다. 그렇기에 일촌비도다. 비도술 자체가 번개를 능가할 만큼 빠르지만, 그것 때문에 일촌비도라고 부르는 게 아니다.

당하는 사람의 입장에서 봐야 한다.

비도가 피할 수 없는 거리까지 다가온다. 그때까지 까마득히 모른다. 일촌… 몸에 바싹 붙었을 때에서야 비도를 발견한다. 그래서 일촌비도인 게다.

"놀란 모습인데…… 늦었다."

"일촌비도라면 풍천소옥!"

"그 말도 하지 말았어야 했고!"

쒜엑!

사내는 더 말할 기회를 주지 않겠다는 듯 수리검 한 자루를 쾌속하게 내던졌다.

"이 정도는!"

까앙!

삼악제일쾌검은 수리검을 받아냈다. 한데,

스읏!

무엇인가 턱 밑에서 기분 나쁜 울림이 들린다.

'뭐……?'

그가 눈길을 아래로 내리려는 찰나, 수리검 한 자루가 심장 깊숙이 틀어박혔다.

턱!

'빠르다!'

그가 느낀 일촌비도는 정말 빨랐다.

'당했군. 이렇게 빨리…….'

추포조두는 두 사람의 싸움을 지켜보고 싶었다.

삼악제일쾌검이라면 상대의 진신무공을 끄집어낼 것이다.

반혼귀성? 세상에 그런 문파는 없다. 그런 집단도 없다. 완전히 급조된 문파, 조직이다.

검련은 뿌리 깊은 문파를 모두 알고 있다.

창건한 지 일 년 이상만 되어도 정식 집단으로 인정해서 주의를 기울인다.

정도문파들은 당연히 모두 알고 있고, 흥망(興亡)이 굉장히 빠른 사마외도의 집단들도 모두 파악한 상태다.

그중에 반혼귀성은 없다.

북으로는 북해(北海)에서부터 남으로는 남만(南蠻)까지 샅샅이 훑어봤지만 그와 비슷한 문파도 없었다.

그렇다면 특정한 이익을 위해서 급조했다는 뜻이 된다.

더군다나 그들은 만정 마인들을 돕는다.

만정 마인들이 지상에 올라온 건 길어야 사 개월이다. 폭발과 동시에 살아났다고 가정해도 한 계절밖에 되지 않는다.

만정 마인들과 연관있는 놈들이 뿌리 깊은 문파일 리 없다.

어떤 놈들이 이들을 돕는 것인가?

그것을 알아보기 위해 삼악제일쾌검을 썼다.

그는 이렇게 버릴 패(牌)가 아니다. 좀 더 요긴한 데 써먹으려고 아껴둔 자다.

그런데 싸우는 모습조차 보지 못했다.

비검이 번뜩이고, 삼악제일쾌검이 나가떨어지는 모습을 보면서도 앞으로 나가지 못한다.

"으음!"

그는 신음했다.

"어떤 방면의 고인이신지 모르겠소만…… 오늘의 후의는 가슴 깊이 새겨놓으리다."

그는 주위를 쓸어보며 말했다.

적어도 두 군데 이상에서 살기가 쏘아진다. 그 살기는 자신이 감당할 수 있는 범위를 넘어섰다.

반혼귀성의 일원일 텐데, 어찌 이렇게 하나같이 고수들이란 말인가.

그는 물러섰다.

반 각 후, 삼십홀이 주위를 이 잡듯이 훑었다.

그들이 수림에 은신했던 자들의 흔적을 발견했다.

"여인 둘, 사내 한 명입니다."

"또 다른 흔적은?"

"없습니다."

"다시 한 번 뒤져봐!"

"알겠습니다."

삼십홀이 사방으로 흩어졌다.

그들의 조사는 정확하다. 다시 한 번 뒤져보라는 말에 순순히 응하기는 했지만 기분이 썩 좋지는 않을 게다. 자신들을 뭐로 보고 다시 뒤져보라는 말을 한단 말인가.

그런 점은 추포조두도 알고 있다. 하지만 워낙 중요한 일이라서 그런 명을 내릴 수밖에 없었다.

여인 둘, 사내 한 명…… 그리고 삼악제일쾌검을 죽인 자가 있다. 모두 네 명이다. 앞서 간 놈도 있나? 두 명의 괴물…… 그렇게 따지면 모두 여섯 명이다.

'고작 여섯…….'

그들이 반혼귀성의 전부라면, 깊게 신경 쓸 필요가 없다. 지금이라도 척결하면 된다.

'한 번 더 해보자.'

그는 돌다리도 두들기고 건널 심산이다.

삼악제일쾌검처럼 강자를 붙여본다. 그리고 주위에 숨어 있는 자들을 살핀다. 그때도 여섯 명밖에 없다면 반혼귀성이든 뭐든 단숨에 짓뭉개 버린다.

"즉사! 정확히 심장 관통입니다."

삼악제일쾌검을 조사한 자가 보고해 왔다.

솜씨 하나는 깨끗하다. 깨끗해도 너무 깨끗하다. 문제는 비록 멀리서 봤지만 그 정도의 비도술이라면, 그리고 상대가 삼악제일쾌검이라면 충분히 막을 수 있지 않았을까 싶다는 것이다.

그리 빠르지도 않아 보였고, 변화가 심한 것도 아니었다.

그가 보기에는 삼악제일쾌검이 멍청하게 서 있다가 당하는 것처럼 비쳤다.

그런 비도술을 구사하는 문파는 어디일까?

정도문파는 아니다. 정도문파는 온전히 비도술로만 승부한다. 그 속에 사악한 수법을 가미하지 않는다.

"후후! 범위가 좁혀지는군. 누가 되었든… 며칠 안 남았다, 팔팔 날뛸 날도."
 추포조두는 삼악제일쾌검의 시신을 쳐다보며 빙긋 웃었다.

『취적취무』 7권에 계속…

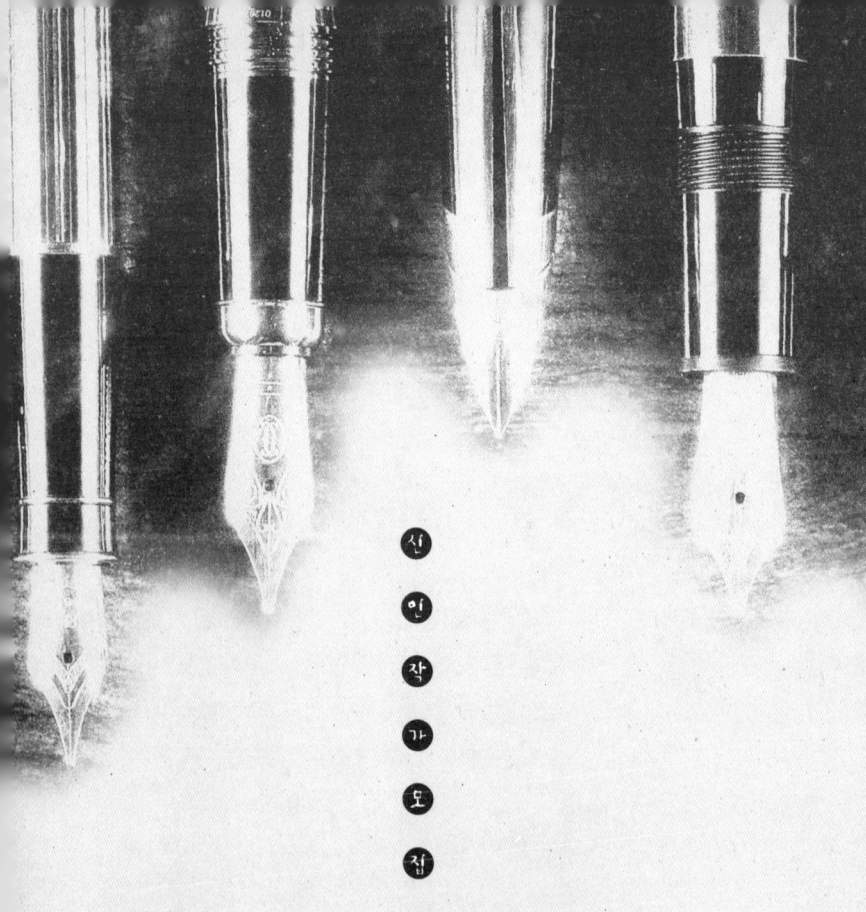

신인작가도집

**시작이 반이라고 했습니다.
작가의 길에 대한 보이지 않는 벽을 과감히 깨뜨리십시오!
청어람은 작가 지망생 여러분들의
멋진 방향타가 되어드리겠습니다.**

저희 도서출판 청어람에서는
소설 신인 작가분들을 모집합니다.
판타지와 무협을 사랑하시는 분들의 많은 참여를 바랍니다.
소정의 원고(A4용지 150매)를 메일이나 우편으로 보내주시면
검토 후 출판 여부를 알려드리겠습니다.

주소:경기도 부천시 원미구 심곡2동 163-2 서경B/D 2F 우편번호 420-822
TEL:032-656-4452 · **FAX**:032-656-4453
http://www.chungeoram.com
e-mail:chungeoram@chungeoram.com

秘龍潛痾
비룡잠호

오채지 新무협 판타지 소설

『백가쟁패』, 『혈기수라』의 작가 오채지가 돌아왔다!
그가 선사하는 무림기!

비룡잠호!

야만의 전사 오백으로 일만 마병을 쓰러뜨리고
홀연히 사라진 희대의 잠룡(潛龍).
그가 십 년의 은거를 깨고 강호로 나오다.

"나를 불러낸 건 실수야."

**이가 갈리고 치가 떨리는
경험을 만들어주겠다!**

Book Publishing CHUNGEORAM

유행이 아닌 자유추구 -
WWW.chungeoram.com

장강삼협
長江三峽

조돈형 新무협 판타지 소설

『궁귀검신』, 『마도십병』, 『운룡쟁천』의
작가 **조돈형**
그가 장강의 사나이들과 함께 돌아왔다!

굽이쳐 흐르는 거대한 장강의 흐름 속에서
선혈처럼 피어나 유성처럼 지는 사내들의 향취!

장강삼협(長江三峽)!

하늘 아래 누구보다 올곧았던 아버지의 시신을 이끌고
고향으로 돌아온 유대웅를 기다리고 있던 것은
천오백 년의 시공을 뛰어넘은 패왕(霸王)의 무(武)와 검(劍)!

패왕칠검(霸王七劍)과 팔뢰진천(八雷振天)의 무위 아래
천하제일검(天下第一劍)으로 우뚝 설 한 소년의 일대기!

장강의 수류는 대륙을 가로질러
이윽고 역사가 된다!

Publishing CHUNGEORAM
www.chungeoram.com

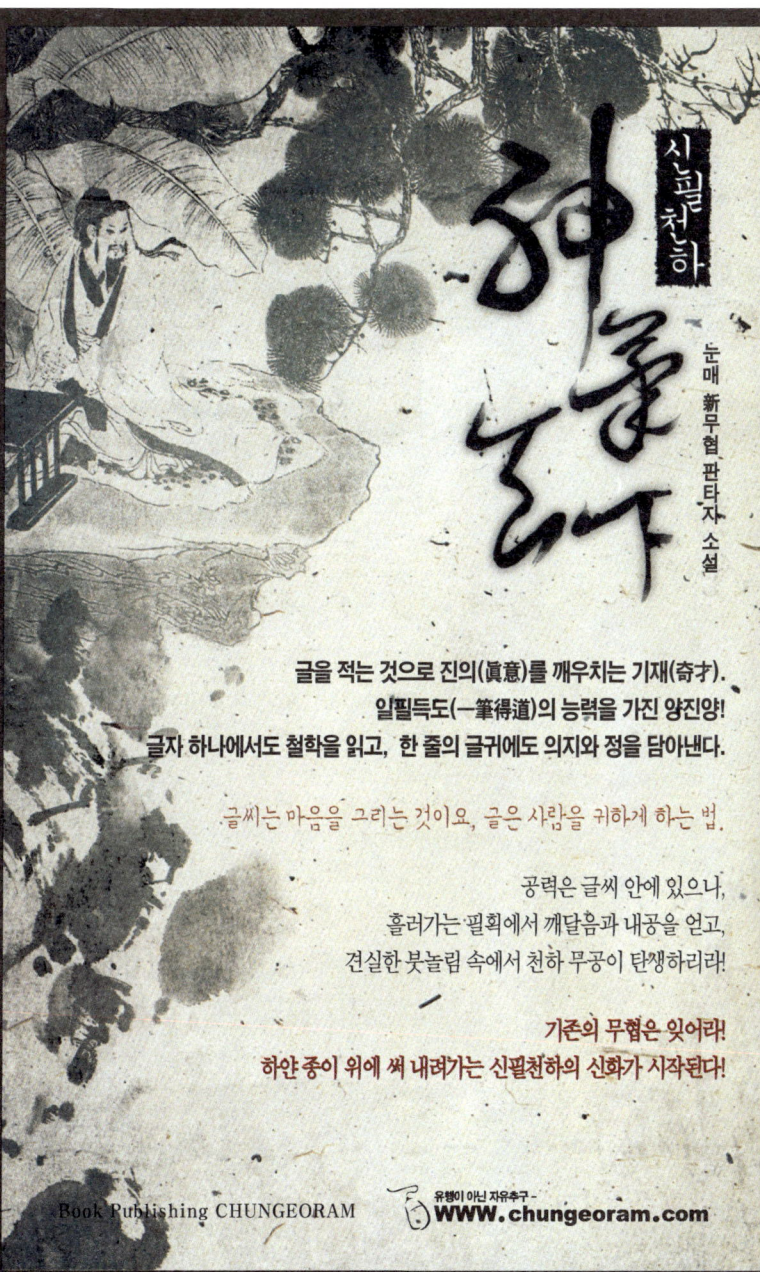

김현석 현대 판타지 소설

전능의 팔찌

THE OMNIPOTENT BRACELET

**「신화창조」의 작가 김현석이 그려내는
새로운 판타지 세상이 현대에 도래한다!**

삼류대학 수학과 출신, 김현수
낙하산을 타고 국내 굴지의 대기업 천지건설(주)에 입사하다!

상사의 등살에 못 견뎌 떠난 산행에서, 대마법사 멀린과의 인연이 이어지고……

어떻게 잡은 직장인데 그만둘 수 있으랴!

전능의 팔찌가 현수를 승승장구의 길로 이끈다!

통쾌함과 즐거움을 버무린 색다른 재미!
지·구·유·일·의 마법사 김현수의 성공신화 창조기!

Book Publishing CHUNGEORAM

유행이 아닌 자유추구 -
WWW.chungeoram.com